MANUELA INUSA

Der kleine Teeladen zum Glück

Buch

Die romantische Valerie Lane, eine kleine Straße in Oxford, ist benannt nach einer einzigartigen Frau namens Valerie Bonham, die vor einhundert Jahren lebte und in dieser Straße ein kleines Gemischtwarengeschäft betrieb. Über Valerie Bonham sind viele Geschichten im Umlauf, doch eines ist diesen allen gemeinsam: Valerie hatte ein großes Herz und für jeden ein offenes Ohr.

Genau wie die fünf jungen Frauen, die heute ihre Lädchen in der Valerie Lane haben und die eine enge Freundschaft miteinander verbindet. Jeden Mittwochabend treffen sich Laurie, Keira, Ruby, Susan und Orchid traditionell auf einen Tee in *Laurie's Tea Corner*, in der Laurie mit großer Leidenschaft Teesorten aus aller Welt verkauft, der bei allen Kunden beliebt ist – genau wie Laurie. Nur das mit der Liebe wollte bisher noch nicht so richtig klappen, obwohl Laurie seit Monaten von Barry, ihrem attraktiven, aber sehr schüchternen Teelieferanten, träumt. Das muss sich schleunigst ändern, finden Lauries beste Freundinnen …

Autorin

Manuela Inusa wusste schon als Kind, dass sie einmal Autorin werden wollte. Die gelernte Fremdsprachenkorrespondentin arbeitete sich durch verschiedene Jobs, wollte aber eigentlich immer nur eins: Schreiben. Kurz vor ihrem 30. Geburtstag sagte sie sich: Jetzt oder nie! Inzwischen hat sie im Selfpublishing mehr als dreißig Romane veröffentlicht, die viele Leserinnen erreichten. Die Autorin lebt mit ihrem Ehemann und ihren beiden Kindern in ihrer Heimatstadt Hamburg. In ihrer Freizeit liest und reist sie gern, außerdem liebt sie Musik, Serien, Tee und Schokolade.

Von Manuela Inusa bereits erschienen:
Jane Austen bleibt zum Frühstück
Auch donnerstags geschehen Wunder

MANUELA INUSA

Der kleine Teeladen zum Glück

Roman

blanvalet

Sollte diese Publikation Links auf Webseiten Dritter enthalten, so übernehmen wir für deren Inhalte keine Haftung, da wir uns diese nicht zu eigen machen, sondern lediglich auf deren Stand zum Zeitpunkt der Erstveröffentlichung verweisen.

Dieses Buch ist auch als E-Book erhältlich.

MIX
Papier aus verantwortungsvollen Quellen
FSC® C014496
FSC www.fsc.org

Verlagsgruppe Random House FSC® N001967

3. Auflage

Neumarkterstr. 28, 81673 München
Redaktion: Angela Kuepper
Umschlaggestaltung und -motiv: © Johannes Wiebel | punchdesign,
unter Verwendung von Motiven von Shutterstock.com
(© Mark Wolters; © Nickolay Khoroshkov; © Semiletava Hanna;
© kneiane; © Paul Rookes)
JF · Herstellung: sam
Satz: KompetenzCenter, Mönchengladbach
Druck und Bindung: GGP Media GmbH, Pößneck
Printed in Germany
ISBN 978-3-7341-0500-5

www.blanvalet.de

Für Kimmy – den größten Schatz auf der Welt

PROLOG

Vor mehr als einhundert Jahren lebte in Oxford, England, eine Frau mit dem Namen Valerie Bonham, bei allen nur bekannt als »die gute Valerie«. Nicht ohne Grund nannte man sie so, war sie doch einer der gütigsten und großherzigsten Menschen, die unsere Welt je gesehen hatte.

Valerie war verheiratet, hatte aber nicht das Glück gehabt, mit Kindern gesegnet zu sein, und so verhätschelte und umsorgte sie stattdessen die Menschen um sie herum.

Sie betrieb einen Gemischtwarenladen in einer kleinen Seitenstraße im Zentrum der Stadt, in dem man Lebensmittel, Haushaltswaren, Strickzeug und Kohle kaufen konnte. Doch er war mehr als das: Schon bald nach seiner Eröffnung wurde der Laden zu einem Ort der Zuflucht, an dem man nicht nur ein sicheres Plätzchen fand und ein heißes Getränk bekam, sondern immer auch ein offenes Ohr. Denn Valerie schickte keinen weg, der reden wollte, wies niemals einen Menschen ab, der sie um etwas bat, und half stattdessen, wo sie nur konnte. So saß sie Tag für Tag hinter ihrer Ladentheke und strickte warme Sachen für die Bedürftigen der Gegend, während sie einer hoffnungslosen, verzweifelten oder auch fröhlichen Seele dabei zuhörte, wie sie ihr Herz ausschüttete.

Bald wurde es zur Tradition, dass Valerie mittwochabends nach Ladenschluss ihre Türen für die Frauen der Stadt öffnete, die dankbar zu ihr kamen und sich ihr anvertrauten. Zusammen tranken sie Tee und unterhielten sich über Gott und die Welt. Diese wunderbare Tradition wird bis heute fortgeführt von einer Gruppe von Frauen, die sich Valerie Bonham zum Vorbild genommen haben. Fünf Frauen, die gegenwärtig ihre Geschäfte in derselben Straße betreiben, der Straße, die heute *Valerie Lane* heißt.

KAPITEL 1

»Ach, verdammt!«, schimpfte Laurie, als sie die Laufmasche in der Strumpfhose entdeckte, die sie vorhin erst aus der Packung genommen hatte. War ja klar, dass so etwas wieder einmal ihr passieren musste, ausgerechnet heute. In allerspätestens zehn Minuten würde Barry Lohan hier auftauchen, um ihr die neue Teelieferung zu bringen. Er verspätete sich nie!

»Und jetzt?«, fragte Laurie den lilafarbenen Buddha, der in dem Regal mit den Teesorten aus dem fernöstlichen Raum platziert war. Sie legte viel Wert auf die perfekte Deko – mit der richtigen Aufmachung konnte man so gut wie alles verkaufen, da war sie sich sicher.

»Okay, okay, du musst mir ja nicht antworten. Dabei dachte ich, du wärst so weise. Hm. Dann muss ich mir wohl selbst etwas einfallen lassen.«

Ein Blick auf die Uhr. Acht Minuten vor neun an einem Dienstagmorgen im Juli. Die Sonne schien, die Vögel zwitscherten, die Blumen in der Valerie Lane verströmten ihren Duft … und Laurie hatte eine Laufmasche!

Es nützte alles nichts, sie würde raus müssen aus der Seidenstrumpfhose. Eigentlich war es sowieso viel zu warm dafür, und hätten sich bei ihr nicht diese schrecklichen Besenreiser bemerkbar gemacht, hätte sie sicher keine anziehen wollen. Aber sie war nun mal zweiunddreißig und hatte nicht mehr so eine Babypopohaut wie beispielsweise ihre Freundin Ruby, die neun Jahre jünger war und den Antiquitätenladen am Ende der Straße betrieb. Laurie sah man ihr Alter an, was ja auch gut war. Denn man sollte ruhig erkennen können, dass sie mitten im Leben stand und zufrieden mit sich war. Und mehr noch – Laurie war stolz auf ihre Jahre, in denen sie Tag für Tag etwas dazugelernt hatte, und sie war stolz auf das, was sie in ihrem Leben erreicht hatte. Sie war im Einklang mit sich, mochte ihr langes kirschrotes Haar, auch wenn es meist ein wenig widerspenstig war, und fand ihre blauen Augen schön, denn sie strahlten Liebe und Warmherzigkeit aus – das sagte man ihr immer wieder. Anders als viele ihrer Bekannten und Freundinnen mochte sie auch ihre Figur und wählte meist farbenfrohe Röcke oder Kleider, denn darin fühlte sie sich am wohlsten. Eigentlich hatte sie an sich nichts auszusetzen – nur die blöden Besenreiser brauchte keiner zu sehen. Ganz besonders ein gewisser Jemand nicht, und dieser würde schon bald den Laden betreten.

Sechs Minuten vor neun. Es war zu spät, um das »Geschlossen«-Schild an die Tür zu hängen, den Laden kurz abzuschließen und zur nächsten Drogerie zu laufen.

Eines blieb Laurie aber doch. Schnell nahm sie das Telefon zur Hand und wählte die Nummer von Susan, die auf der anderen Straßenseite ihren Strickwarenladen hatte.

»Susan's Wool Paradise, wie kann ich Ihnen helfen?«, meldete die sich auch sofort.

»Hi, Susan, sorry, keine Zeit für lange Begrüßungen. Hast du zufällig irgendwo eine Strumpfhose bei dir herumliegen?«

Stille. Viel zu lange Stille.

»Susan?«

»Es ist Hochsommer«, war alles, was von Susan kam.

»Das ist mir klar, aber … Hast du nun eine oder nicht?«

»Nein, tut mir wirklich leid.«

»Okay, trotzdem danke. Muss auflegen. Melde mich später.« Schon hatte sie das Gespräch beendet und sah erneut auf die Uhr. Vier Minuten vor neun!

Ein Blick zum Fenster ließ sie erstarren. Oh nein, da war er schon! Warum musste dieser Mann auch immer so überpünktlich sein? Okay, eigentlich war es ja eine der Eigenschaften, die sie so an ihm mochte, aber eben nicht unbedingt heute.

Also, was tun? Laurie musste sich ganz schnell entscheiden, was das kleinere Übel war: in einer Strumpfhose mit einer Laufmasche vor ihm zu erscheinen, die stetig länger wurde, oder sich ihm mit nackten Beinen zu zeigen.

Sie kapitulierte, denn Barry hatte bereits die Tür erreicht, und es war zu spät, um jetzt noch nach hinten zu eilen und sich die Strumpfhose auszuziehen. Sie würde einfach so bleiben, wie sie war, und hoffen, dass es Barry überhaupt nicht auffiel.

Die Glocke über der Tür bimmelte, er betrat den

Laden, und Lauries Herz machte einen Hüpfer, so wie jedes Mal, wenn sie ihn sah. Okay, eigentlich war es kein Hüpfer, sondern ein riesengroßer Sprung, mit dem man es gut über den Mount Everest schaffen könnte oder wenigstens über den Mont Blanc.

Durchatmen, alles ist gut, er ist auch nur ein Mensch, sagte sie sich. Auch wenn er für sie so viel mehr war, und das nun schon seit sechs Monaten, nämlich ganz genau seit dem Tag, an dem er zum ersten Mal in den Laden marschiert war und gefragt hatte, ob sie denn schon einen guten Teelieferanten hätte. Zu dem Zeitpunkt hatte sie das Geschäft bereits seit über fünf Jahren geführt und bis dato auf einen Teelieferanten verzichtet, nicht nur um Kosten zu sparen, sondern auch, weil es ihr einfach Freude bereitete, sich selbst um den Einkauf zu kümmern. Doch nur ein Blick in Barrys warme Augen und ein Lächeln von ihm, das allein ihr galt, waren nötig gewesen, um ihre Meinung zu ändern. Nein, hatte sie ihm gesagt, sie habe noch keinen. Er könne ihr gerne seine Kataloge dalassen, sie werde sich bei ihm melden.

Das hatte sie nur zwei Tage später getan, und seitdem war er ihr Teelieferant.

»Guten Tag, Laurie, wie geht es dir heute?«, fragte Barry nun und zeigte ihr dabei sein schönstes Lächeln, das sie so sehr an Jude Law erinnerte. Er stellte die beiden großen Kartons, die er hereingetragen hatte, neben der Tür ab.

»Hallo, Barry. Ich kann nicht klagen.« Sie schenkte ihm ihrerseits ein strahlendes Lächeln.

»Freut mich zu hören.«

Sie konnte nicht anders, als ihn anzustarren. Barry trug heute Shorts und ein dunkelgraues Pink-Floyd-T-Shirt, dazu lässige Nikes. Sein braunes Haar hatte seit letztem Dienstag deutlich an Länge verloren, das fiel ihr sofort auf. Oh, wie er dastand und sie anlächelte – zum Dahinschmelzen. Seine Augen – eins blau und eins grün – strahlten mindestens genauso viel Wärme aus wie sein umwerfendes Lächeln. Hach, er war einfach perfekt. Und das Beste war, dass er es offenbar nicht einmal wusste. Auf Laurie wirkte er sehr bescheiden, zurückhaltend, ja, beinahe schüchtern. Was ihn in ihren Augen nur umso attraktiver machte.

»Und wie geht es dir, Barry?«, fragte sie, als sie sich wieder ein wenig gesammelt hatte. Sie konnte ihn ja schlecht die ganze Zeit lang nur anstarren.

»Sehr gut. Ich habe gerade mein Ticket für die Internationale Teemesse in Hongkong gebucht.«

Laurie machte große Augen. »Hongkong?«

»Ja, die findet im August statt – der Traum jedes Teehändlers. Da will ich schon seit Jahren hin.«

»Na, hoffentlich verliebst du dich nicht in eine Hongkongerin«, meinte sie und fragte sich im nächsten Augenblick nicht nur, ob es das Wort »Hongkongerin« wirklich gab, sondern auch, warum um Himmels willen sie nur so etwas Schwachsinniges gesagt hatte.

Barry sah sie stirnrunzelnd an. »Warum denn nicht?«

»Ähm … na ja, weil …« Oh Shit! »Na, weil du dich dann für den Rest deines Lebens … von asiatischen Instantnudeln ernähren müsstest«, stammelte sie und haute sich gedanklich an die Stirn. Warum, warum,

warum musste sie sich nur immer so absolut bescheuert benehmen, sobald dieser Mann in ihrer Nähe war?

»Nee, ich würde mir schon eine suchen, die gut kochen kann.« Er grinste.

Darauf sagte Laurie lieber nichts. Sie wäre ohnehin am liebsten im Erdboden versunken.

Warum war diese ganze Sache mit den Männern nur so kompliziert? Seit sechs Monaten nahm sie sich schon vor, Barry um ein Date zu bitten, und seit sechs Monaten fragte sie sich nach jedem seiner Besuche, warum sie so ein feiges Huhn war und einfach nicht den Mut aufbrachte, es endlich mal zu tun.

Plötzlich war eine fast unerträgliche Spannung zwischen ihnen, die Barry glücklicherweise sofort aufzulösen wusste.

»Was darf ich dir denn nächste Woche bringen?«, fragte er.

»Das Übliche. Ich habe eine Liste gemacht.« Sie reichte sie ihm mit einem erleichterten Lächeln, wobei sich ihre Hände für eine Millisekunde streiften, was bei Laurie beinahe einen Herzinfarkt auslöste.

Barry überflog die Liste. Natürlich standen neben dem Üblichen wie immer auch noch einige Besonderheiten darauf, denn Laurie verbrachte einen Großteil ihrer Freizeit damit, neue Teesorten zu recherchieren. Sie wollte immer nur das Beste für ihre Kunden, die das zu schätzen wussten. Gerade deshalb kamen sie ja auch zu ihr – eben weil sie wusste, was trendy war. Und auch, was Körper und Seele wohltat.

Genau das hatte Laurie damals gewollt: eine heimelige Ecke, in der man eben mehr fand als nur Kommerz, eine richtige Wohlfühloase, in der man für eine kleine Weile abschalten konnte. In der man die unglaublichsten Gerüche in sich aufnehmen, seinen Gaumen mit den fantastischsten und außergewöhnlichsten Geschmackskombinationen verwöhnen konnte und sich einfach willkommen fühlte. Als sie bei der Suche nach einer passenden Räumlichkeit dann auch noch auf diesen leer stehenden Eckladen gestoßen war, war es für sie sonnenklar gewesen: Sie würde ihren Teeladen Laurie's Tea Corner nennen.

»Ich habe da noch eine Frage«, meinte sie. »Hast du diesen Tee, der gerade so angesagt ist? Ich habe erst am Wochenende in einer Zeitschrift davon gelesen. In dem Artikel stand, dass die ganzen Hollywoodstars ihn trinken, weil er Stress abbaut und für innere Entspannung sorgt.« Ihre Augen strahlten wie immer, wenn sie über neue Teesorten sprach. Richtig aufgeregt war sie.

»Meinst du den Mithi Chai? Der ist superbeliebt in Hollywood. Habe ich gehört.« Barry zwinkerte ihr zu. Er hatte in Sachen Tee noch mehr Ahnung als sie und kannte wohl jede Sorte, wie Laurie schon des Öfteren feststellen durfte. Natürlich, es war sein Beruf, er musste eine Menge über Tee wissen, um seine Kunden fachgerecht beraten zu können, aber da war noch etwas anderes: Man spürte einfach, wie leidenschaftlich er bei der Sache war. Laurie fand es so schön, dass sie diese Liebe zum Tee teilten.

»Nein, der hieß anders.« Seit Jahren arbeitete sie mit Tee, und nun fiel ihr der blöde Name nicht ein. Was machte Barry nur mit ihr? Ihr Hirn fühlte sich an wie Matsch.

»Der Mithi Chai ist eine Mischung aus Fenchel, Anis, Süßholz, Kardamom, Apfel, Zimt, Nelken, Ingwer und schwarzem Pfeffer«, erklärte Barry.

Laurie hätte ihm ewig zuhören können, wie er Zutaten aufzählte.

»Nein, der ist es nicht. Der, den ich meine, ist keine Mischung. Es sind einfach nur Blätter … grüne Blätter. Sie sollen eine ähnliche Wirkung haben wie Ginseng.«

»Aaahhh«, machte Barry. »Jetzt weiß ich, was du meinst. Jiaogulan!«

»Ja! Das ist es!« Okay, dass einem dieses Wort entfallen konnte, war verständlich, vor allem, wenn die Hormone verrücktspielten.

»Eine unglaubliche Pflanze«, meinte er. »Hat so viele wunderbare Eigenschaften: Sie wirkt ausgleichend, herzstärkend, reguliert den Blutdruck, senkt den Cholesterinspiegel, ist stoffwechselfördernd und sogar krebshemmend.«

»Wow, ein Allheilmittel also. Dann sollte ich wohl gleich mal damit anfangen, ihn selbst zu trinken. Vielleicht werde ich dann einhundertzwanzig.«

»Das solltest du unbedingt tun.«

»Wonach schmeckt er denn? Der kann doch gar nicht so lecker sein bei all den Vorzügen.«

»Lakritzartig.«

»Da haben wir's. Ich kann Lakritz nicht ausstehen.«

»Wir haben was gemeinsam«, sagte Barry und grinste wieder.

»Ehrlich? Die meisten Menschen, denen ich sage, dass ich kein Lakritz mag, sehen mich an, als würden sie mir am liebsten eins mit dem Rugbyschläger verpassen. So als hätte ich gesagt, ich mag keine Kätzchen.«

»Echt? Kann ich mir gar nicht vorstellen.«

»Doch, doch, es ist wirklich so. Das Gleiche passiert, wenn ich jemandem erzähle, ich mag keine Tomaten.«

»Du magst keine Tomaten?«, fragte er mit gespielt schockiertem Gesichtsausdruck. »Wo ist der Rugbyschläger?«

Laurie lachte. Das bewirkte Barry jedes Mal bei ihr – dieses Gefühl, als wäre sie wieder siebzehn.

»Darf ich also den Jiaogulan-Tee mit aufschreiben?«

»Ja, bitte. Vier Pfund. Den Chai kannst du mir auch gleich bringen. Der hört sich nämlich für mich persönlich viel besser an. Ingwer und Apfel sind eine perfekte Mischung.«

»Das sage ich auch immer.«

Sie lächelte ihn an. »Ich danke dir, Barry.«

»Wofür denn?«

Für den Besuch. Dafür, dass du mich zum Lachen gebracht hast. Dafür, dass du mein Leben seit sechs Monaten bereicherst. Dafür, dass ich jeden Dienstag etwas habe, worauf ich mich freuen kann.

»Für die Lieferung natürlich«, war alles, was sie hervorbrachte.

»Na, dafür bin ich doch da.«

»Und für das nette Gespräch«, traute sie sich zu sagen.

Als er ihr daraufhin direkt in die Augen sah, wurde ihr Kopf ganz heiß, und ihre Hände wurden schwitzig.

»Ich danke dir ebenfalls.«

Vielleicht zwanzig Sekunden lang sahen sie einander einfach nur an. Dann sagte Barry: »Schöne Sommerdeko übrigens, die du im Schaufenster hast.«

»Oh. Danke.« Sie sah zur Auslage, in der sie einige Teesorten neben hübsch verzierten Teekannen und -tassen inmitten von Seidenblumen platziert hatte, die sie drüben in Orchid's Gift Shop gekauft hatte. Orchid führte nämlich neben allerlei Schnickschnack und Geschenken zu jedem Anlass auch die am echtesten wirkenden Kunstblumen, die Laurie je gesehen hatte. Es war ihr sehr wichtig, dass ihr Laden schon von außen einen guten Eindruck machte und nicht erst, wenn die Kunden ihn betraten. Deshalb sorgte sie alle paar Wochen für eine neue Schaufensterdeko, die stets zur Jahreszeit passte und auch zu den Teesorten, die sie aktuell besonders anpries. Zurzeit waren das fruchtige Sommerteesorten, die Orangen, Lindenblüten und verschiedene Beerenarten beinhalteten. Wie immer freute es sie, dass Barry die neue Dekoration bemerkt hatte.

»Und du hast eine hübsche neue Frisur«, sagte sie deshalb, um ihn wissen zu lassen, dass sie ebenfalls aufmerksam war.

»Das ist dir aufgefallen?«, staunte Barry.

Sie nickte nur und starrte auf ihre Füße, wobei ihr sogleich die Laufmasche ins Auge stach. Schnell sah sie auf, bevor Barry ihrem Blick noch folgte.

»Ich muss leider weiter«, sagte er nun und hörte sich fast ein wenig enttäuscht an.

»Dann bis nächsten Dienstag.« Laurie lächelte und

brachte Barry zur Tür. Dort blieb sie stehen und sah ihm zu, wie er in seinen olivgrünen Lieferwagen stieg, der vor ihrem Laden in der Valerie Lane geparkt war.

Die Valerie Lane war eigentlich eher eine Gasse mit einer Reihe alter zweistöckiger Backsteingebäude, in deren unteren Etagen kleine Geschäfte untergebracht waren. Es gab genau sechs Läden, von denen einer leer stand, nachdem im Frühjahr die Eisdiele geschlossen hatte. Donna, die Besitzerin, war Ende März mit ihrer großen Liebe nach Holland ausgewandert.

Die Fassaden der Häuser waren allesamt mit Holz vertäfelt, das zu Valeries Zeiten in einem so dunklen Grün gestrichen war, dass es beinahe schon schwarz wirkte. Doch nur wenige von ihnen hatten das Grün beibehalten, die meisten hatten ihrem Laden lieber einen neuen, farbenfrohen Anstrich verpasst. Laurie's Tea Corner erstrahlte in einem einladenden hellen Blau, das ganz ihrem Wesen entsprach.

Betrat man die Gasse von der Cornmarket Street aus, kam auf der linken Seite zuallererst Laurie's Tea Corner, dann Keira's Chocolates und ganz am Ende Ruby's Antiques. Auf der anderen Seite befanden sich Susan's Wool Paradise und Orchid's Gift Shop, in der Mitte war der verlassene Laden. Laurie war gespannt, ob und wann ihn jemand Neues mieten und um was für ein Geschäft es sich dann wohl handeln würde. Außerdem hoffte sie, dass der Inhaber ebenfalls eine Frau sein würde, denn ein Mann passte nun einmal nicht in die Valerie Lane. Seit jeher belebten Frauen diese süße kleine Straße, schließlich war sie ja auch nach Valerie Bonham benannt worden und nicht nach irgendeinem Kerl.

Laurie sah Barry noch hinterher, nachdem er längst um die Ecke gebogen war. Ihre Beine fühlten sich ganz wackelig an. Wieder hatte sie es nicht geschafft, den wunderbarsten Mann in ganz England zu bitten, mit ihr essen zu gehen oder sich einen Film im Kino anzusehen. Sie seufzte. Ach, eigentlich war es gar nicht so schlimm, sagte sie sich dann. Heute Nacht in ihren Träumen würde er sie sicher wieder auf Händen in den Sonnenuntergang tragen, mit ihr zusammen im Meer schwimmen oder auf einem Pferd durch die Prärie reiten. Vielleicht würde sie sogar wieder den Traum haben, in dem sie und Barry vor dem Altar standen und sie ihn endlich küssen durfte, vor all ihren Freunden und der Familie, die sie schon seit einer gefühlten Ewigkeit damit nervten, dass sie schon viel zu lange Single sei.

»Bis nächste Woche, mein Liebster«, flüsterte sie ihm nach und hoffte, er würde sie endlich hören.

KAPITEL 2

Am Abend darauf trafen sich die fünf Ladenbesitzerinnen der Valerie Lane wie jeden Mittwoch in Laurie's Tea Corner, um sich auszutauschen, sich den neuesten Klatsch und Tratsch zu erzählen und Tee miteinander zu trinken. Natürlich hielt Laurie die Türen offen für jeden, der sich dazugesellen wollte, genauso wie Valerie Bonham es damals gemacht hatte.

»Schaut mal, was ich euch Leckeres bringe«, sagte Keira, die Besitzerin der Chocolaterie nebenan, als sie als Letzte Lauries Laden betrat. Keira war neunundzwanzig und hatte ihr Geschäft bereits vor fünf Jahren in der Valerie Lane eröffnet. Sie war ein Fels in der Brandung für die anderen und versorgte sie nicht nur mit Schokolade, sondern hatte immer auch ein offenes Ohr und eine große Portion Geduld. Sie setzte sich an den Fenstertisch zu Ruby aus dem Antiquitätenladen, die mal wieder ein Outfit trug, das aus einer anderen Zeit zu stammen schien. Auch Susan aus dem Wollgeschäft und Orchid aus dem Geschenkartikelladen hatten schon einen Platz gefunden. Neben der quirligen Orchid wirkte Susan wie ein graues Mäuschen, so unscheinbar und still saß die Vierunddreißigjährige da in ihrer grauen Jeans und dem schwarzen T-Shirt. Ihr schwarzes Haar, das sie zu einem schlichten Dutt gebunden hatte, und das ungeschminkte Gesicht taten ein Übriges.

»Was ist denn das?«, fragte Laurie und stellte einen Teller bereit, auf dem Keira die kleinen runden Köstlichkeiten aus einer der hübschen Schachteln verteilen konnte, in denen sie ihre selbst hergestellten Pralinen, Trüffeln und sonstigen Süßigkeiten verkaufte. Die weiße Schachtel mit den goldenen Verzierungen war wie sie selbst: von außen schlicht, mit ein paar kleinen, geschmackvollen Schnörkeln, innen drin jedoch steckte ganz viel Liebe.

»Eingelegte Kirschen, umhüllt von köstlicher Schokolade – Vollmilch und weiße. Probiert!«

Das ließen die Frauen sich nicht zweimal sagen. Sie alle waren immer ganz begierig darauf, Keiras neueste Kreationen zu testen.

»Wow, sind die lecker!«, sagte Orchid, die nach Ruby mit ihren fünfundzwanzig Jahren die Zweitjüngste war und auf die anderen mit ihrer fröhlichen Unbeschwertheit oft noch wie ein Teenager wirkte.

»Köstlich«, bestätigte Susan.

Auch Ruby, die nie viel sprach, nickte zustimmend.

»Ich muss sagen, ich mag die mit der weißen Schokolade sogar fast noch ein bisschen lieber«, sagte Laurie und betrachtete dabei Keira. Es kam ihr so vor, als ob ihre Freundin schon wieder ein wenig zugenommen hätte. Aber war das ein Wunder, wenn man den ganzen Tag Schokolade vor der Nase hatte? Egal, Laurie mochte sie genau so, wie sie war, denn sie war einfach wunderbar.

»Im Laden habe ich auch noch welche mit Zartbitterschokolade, aber da ich ja weiß, dass ihr die alle nicht mögt, habe ich davon keine mitgebracht.«

»Und? Verkaufen die sich gut?«, fragte Orchid.

»Unglaublich gut. Ich biete sie erst seit Montag an und habe schon Nachschub machen müssen.«

»Kannst du mir ein paar zurücklegen?«, fragte Laurie. »Ich würde sie gerne am Wochenende zum Tee reichen, als kleines Extra.« Am Wochenende kamen immer ein paar ganz liebe Stammgäste vorbei, ältere Herrschaften, denen Laurie gerne eine besondere Freude machte.

»Natürlich.« Keira nickte begeistert.

Genau so machten die Ladeninhaberinnen der Valerie Lane das. Wo sie nur konnten, unterstützten sie einander, zumal sie doch wussten, wie schwer es war, gegen die großen Geschäfte in der Cornmarket Street anzutreten. Bei Keira kauften sie allerlei Süßkram, und das immer und immer wieder. Zu Susan gingen sie, wenn ihnen nach Häkeln oder Stricken war, vor allem in der kalten Jahreszeit. Bei Orchid besorgten sie alle Arten von Präsenten. Und bei Laurie deckten sie sich mit Tee ein. Nur bei Ruby schauten sie nicht so häufig vorbei, was aber leider an den Preisen der Antiquitäten lag und nicht an ihr selbst.

Laurie sah in die Runde. »Was für einen Tee wollen wir heute trinken? Zu den Kirschen würde ein Früchtetee gut passen oder … wartet! Ich habe diesen neuen wunderbaren schwarzen Tee mit Kirscharoma. Was haltet ihr davon?«

Davon hielten alle sehr viel.

»Ich denke, wir alle vertrauen deinem Urteil, vor allem und besonders, was Tee angeht«, sagte Keira.

»Stimmt«, bestätigte Susan. »Durch dich haben wir schon so viele außergewöhnliche Sorten kennengelernt.«

Orchid knabberte an einer Schokokirsche und nickte. »Oh ja. Wahre Geschmacksexplosionen sozusagen.«

Laurie freute sich über die Komplimente. Sie wusste aber auch, dass ihre Freundinnen nicht nur wegen des Tees an jedem Mittwochabend in die Tea Corner kamen. Vielmehr freuten sie sich darauf, dass sie zusammen lachen und sich manchmal auch ausheulen konnten. Wie das eben so war. Jeder hatte sein Päckchen zu tragen, manchmal war es leicht, und man trug es mit Schwung und Gelassenheit, manchmal war es aber auch verdammt schwer, und man war froh, sich auf so besondere Freundinnen verlassen zu können, die einem beim Tragen halfen, wenn es allein nicht mehr ging.

Und so saßen die fünf auch an diesem Mittwochabend an einem der hübschen metallenen Tische, die in der Tea Corner aufgestellt waren, und tranken Tee. Vier weiße Tische gab es, und Laurie hätte gerne dazu passende Metallstühle gehabt. Aber viele ihrer Kunden waren schon ein wenig älter, und da Komfort vor Optik ging, hatte sie sich für dunkle Stühle aus Kirschholz und hübsche weiße Sitzkissen entschieden, als sie vor sechs Jahren beschlossen hatte, in dem Laden, der wohl bemerkt ein Geschäft und kein Café war, dennoch einen Ausschank anzubieten.

»Was gibt es Neues?«, fragte Laurie jetzt.

»Das Kleid ist da!«, platzte Orchid heraus und strich sich das blonde Haar zurück.

Jeder wusste sofort, von welchem Kleid die Rede war, denn Orchid sprach seit Wochen von nichts anderem als von der Hochzeit ihrer Schwester, auf der sie die Brautjungfer spielen sollte. Obwohl sie der Neuzugang unter ihnen war – sie hatte ihren Laden erst vor gut einem Jahr eröffnet –, hatte es manchmal den Anschein, als wüssten sie alle von Orchid weit mehr als von jeder anderen. Sie erzählte so oft und so viel von sich selbst, was jedoch keinesfalls bedeutete, dass Orchid selbstverliebt war und glaubte, sie wäre der Mittelpunkt der Welt. Nein, sie war einfach eine richtige Plappertasche, und genau deshalb hatten die anderen sie ja auch so lieb gewonnen. Einen derart offenen, fröhlichen Menschen musste man einfach ins Herz schließen.

»Und?«

Orchid verzog das Gesicht.

»Okay, das sagt alles«, meinte Laurie.

»Gefällt es dir nicht?«, fragte Susan.

»Ich habe ja schon bei der Anprobe gesehen, dass es knallpink ist und einen Rüschenbesatz hat, aber da sind jetzt auf einmal so unglaublich viele Rüschen dran, dass ich aussehe wie … wie … Ihr habt doch diese kleinen rosa Schwäne gesehen, die ich im Laden verkaufe, oder?«

»Die du letzten Monat im Schaufenster stehen hattest?«, wollte Keira wissen.

»Ja, genau die.«

»Du willst sagen, du siehst in dem Kleid aus wie ein rosa Schwan?«, fragte Laurie.

»Nein, ich will sagen, ich sehe darin aus, als hätte ich zehn dieser Schwäne zum Frühstück verdrückt.«

»So schlimm kann es gar nicht sein. Außerdem siehst du in allem umwerfend aus, egal, was du trägst«, sagte Ruby.

»Bist du lieb. Aber ich sag's euch, es *ist* so schlimm. Eigentlich noch viel schlimmer. Kennt eine von euch vielleicht jemanden, der gegen Bezahlung bei mir einbricht und das Kleid stielt?«

Alle lachten. Es gab kaum einen Mittwochabend, an dem nicht ausgiebig gelacht wurde, dachte Laurie. Sie teilten alle denselben verrückten Humor, und nicht selten flossen dabei sogar Tränen vor lauter Lachen.

Laurie schüttelte vergnügt den Kopf. »Du spinnst, Süße. Ich wette mit dir, dass dir am Samstag das Kleid so was von egal sein wird, wenn du erst mal neben deiner Schwester stehst, die ihrem Liebsten das Jawort gibt.« Unwillkürlich musste sie wieder an den Traum denken, wo sie selbst mit Barry vor dem Traualtar stand.

»Ja, die Trauung wird bestimmt total schön werden. Und die Fotos, auf denen ich zu sehen bin, muss ich dann irgendwie vernichten.«

»Nein, die wollen wir doch sehen!«, sagte Keira und griff nach einer weiteren schokolierten Kirsche.

»Was wird es denn für Musik geben?«, fragte Susan. Sie liebte Hochzeiten, auch wenn sie immer wieder beteuerte, dass sie den Männern bereits abgeschworen hätte. Ihr Hund Terry war das einzige männliche Wesen in ihrem Leben, und so sollte es auch bleiben.

»Oh mein Gott, das ist ja überhaupt das Allercoolste! Phoebe hat einen Gospelchor engagiert.«

»Gospelmusik? Ich hätte nicht gedacht, dass deine Schwester auf Kirchenmusik steht.« Laurie hatte Phoebe ein paarmal in Orchid's Gift Shop gesehen, und sie hatte in ihrer stylischen Löcherjeans und mit dem blauen Nagellack ziemlich lässig gewirkt.

»Tut sie auch nicht, zumindest nicht auf die üblichen Lieder wie *Oh Happy Day* oder *Amazing Grace*. Deswegen lässt sie den Chor auch ihre Lieblingssongs singen, jedenfalls alle, die zu einer Hochzeit passen: Tom Odells *Grow Old with Me*, James Morrisons *Higher Than Here* und Sam Smiths *Stay With Me*. Sie hat dem Chorleiter bereits die Songtexte und die Noten gegeben.« Sie grinste. »Ich glaube nicht, dass die oft so was singen müssen.«

»Ich finde, das ist eine wundervolle Idee«, sagte Ruby und lächelte. »Wenn ich einmal heirate …« Sie verstummte.

Die vier Freundinnen sahen sie an.

»Dann?«, wollte Keira wissen.

»Ach, nichts.«

Sie alle wussten, dass Ruby sich seit dem Tod ihrer Mutter um ihren zunehmend verwirrten Vater kümmern musste, mit dem sie zusammenwohnte. Sie glaubte wohl nicht daran, dass sie jemals einen Mann finden würde, der damit klarkam.

Schnell wechselte Susan das Thema, denn sie mochte keinerlei Spannungen. »Terry hat Flöhe.«

Orchid lachte. »Na, das ist ja mal ein Themenwechsel!«

»Wie hat er sich die denn eingefangen?«, fragte Keira und wich ein Stück von Susan ab.

Susan ließ Terry meist bei sich im Laden, wenn sie mittwochabends rüberkam. Der Hund blieb dann ganz brav in seiner Ecke sitzen. Manchmal brachte sie ihn aber auch mit in die Tea Corner.

»Na, wie Hunde sich Flöhe halt einfangen. Keine Sorge, ich habe ein Flohhalsband besorgt, und bei mir habe ich noch keine Bisse entdeckt.«

»Gehst du mit Patrick zusammen zur Hochzeit?«, fragte Laurie, die in Gedanken noch immer beim Thema Hochzeit war.

»Na klar, mit wem denn sonst?«

Patrick war seit zwei Jahren Orchids fester Freund. Auf die Frauen wirkte er ein bisschen mysteriös, weil er kaum etwas von sich preisgab.

»Hat Patrick eigentlich auch Geschwister?«, erkundigte sich Laurie neugierig.

Orchid schüttelte den Kopf. »Nein, er hat niemanden.«

»Ehrlich? Niemanden? Wie traurig«, sagte Ruby.

»Seine Eltern sind bei einem Verkehrsunfall gestorben, und Geschwister hat er auch keine.«

»Aber irgendwelche Verwandten wird er doch in den Staaten noch haben?« Patrick kam aus West Virginia, wenigstens das hatte Laurie einmal aus ihm herausquetschen können.

Wieder schüttelte Orchid den Kopf. »Er hat wirklich niemanden.«

»Er hat dich«, sagte Ruby.

Orchid strahlte. »Ja, das hat er. Mich in einem pinken Tüllkleid.«

Keira lachte. »Was schenkst du deiner Schwester zur Hochzeit?«, wollte sie dann wissen.

»Ich habe den beiden Musicalkarten besorgt.«

»Wie schön. Da werden sie sich sicher freuen. Wie wäre es mit Schokolade in Herzform dazu?« Schnell fügte sie hinzu: »Tut mir leid, ich wollte nicht die Verkaufstour abziehen. Ich habe nur gerade solche Schokoherzen in einer unglaublich süßen Schachtel reinbekommen.«

»Ich komme gerne morgen mal vorbei und sehe sie mir an.« Orchid lächelte und nahm noch einen Schluck Tee.

Da klopfte es an der Tür, und alle drehten sich zum Eingang um.

KAPITEL 3

Draußen stand eine ältere Dame, die sie alle gut kannten: Mrs. Witherspoon, eine zierliche Frau um die achtzig mit schlohweißen Haaren. Sie wohnte in einem winzigen Haus ganz in der Nähe und kam des Öfteren vorbei, weil sie kaum noch jemanden hatte, mit dem sie sich unterhalten konnte.

Laurie winkte sie herein.

»Hallo, Mrs. Witherspoon, wie geht es Ihnen?«, fragte sie und bot der Frau gleich ihren Platz an. Für sich selbst zog sie einen Stuhl vom Nebentisch heran.

»Guten Abend, ihr Lieben. Ach, nicht so gut, mein Mantel ist kaputt«, sagte Mrs. Witherspoon und wirkte ganz bekümmert.

»Was ist denn damit?«, fragte Laurie sogleich und begutachtete das Stück: ein leichter Sommermantel, der ganz sicher schon bessere Tage erlebt hatte.

Mrs. Witherspoon zeigte ihnen die Seitennaht, die aufgerissen war. Dabei konnte man auch deutlich die kaputte Tasche erkennen, die nur noch an einigen Fäden hing. Mehrere Knöpfe fehlten ebenfalls.

Laurie verspürte wie so oft ein unglaubliches Mitleid mit der alten Dame. Am liebsten hätte sie ihr einen Hunderter in die Hand gedrückt und ihr gesagt, sie solle sich einen neuen Mantel kaufen. Doch sie wusste, dass Mrs. Witherspoon das nicht recht gewesen wäre, denn sie war stolz und mochte kaum den Tee annehmen, den Laurie ihr nun einschenkte.

»Lassen Sie mal sehen«, sagte Susan und half Mrs. Witherspoon aus dem Mantel.

»Möchten Sie Zucker oder Milch in Ihren Tee?«, fragte Laurie.

»Was ist das denn für ein Tee?«, fragte Mrs. Witherspoon.

»Schwarzer Tee mit Kirsche.« Laurie hielt inne. »Ach, Sie vertragen ja gar kein Koffein, richtig? Wie dumm von mir. Ich mache Ihnen sofort einen anderen. Welchen hätten Sie denn gerne?«

»Kamillentee, wenn du welchen da hast, Herzchen.«

Laurie lächelte. Natürlich hatte sie Kamillentee.

»Kommt sofort«, sagte sie und ging nach hinten, um Wasser aufzukochen.

»Besuchen Sie mich morgen in meinem Laden«, hörte sie Susan zu Mrs. Witherspoon sagen. »Ich bin mir sicher, ich bekomme das wieder hin.«

»Ja, wirklich?«, fragte die alte Dame hoffnungsvoll, und Laurie konnte sie strahlen sehen, als sie um die Ecke blickte.

»Aber natürlich. Das ist ein Klacks. Übrigens fällt mir da etwas ein … Ich habe eine Wolljacke gestrickt, die der Frau, der ich sie schenken wollte, viel zu klein ist. Hätten Sie vielleicht Interesse an einer warmen Strickjacke? Sie ist weinrot, die Farbe würde Ihnen sicher ganz fabelhaft stehen.«

Laurie ging das Herz auf. Sie hätte Susan abknutschen können. Natürlich war das, was sie behauptet hatte, völliger Unsinn. Ziemlich sicher hatte sie die Wolljacke extra für Mrs. Witherspoon gestrickt. Damit sie es warm hatte, wenn der Sommer eine Pause einlegte.

Susan war ein herzensguter Mensch. Den lieben langen Tag saß sie in ihrem Laden, den Englischen Cockerspaniel zu ihren Füßen, und strickte, was das Zeug hielt: Wollpullover, Schals, Mützen, Handschuhe. Die fertigen Sachen gab sie den Obdachlosen auf der Straße oder Menschen wie Mrs. Witherspoon. Wenn die sie nicht annehmen wollten, wusste Susan nur zu gut, wie sie sie doch dazu bewegen konnte.

»Du bist ein Schatz, Susan«, sagte Mrs. Witherspoon gerührt, als Laurie ihr den Tee brachte.

»Kein Problem. Das mache ich doch gerne.«

»Probieren Sie mal die Kirschen mit Schokolade, die Keira mitgebracht hat«, meinte Laurie und hielt der alten Dame den Teller hin, auf dem nur noch wenige Kirschen übrig waren.

»Selbst gemacht«, sagte Keira stolz.

»Die sehen köstlich aus, da sage ich nicht Nein.« Mrs. Witherspoon steckte sich eine in den Mund, der sich auf der Stelle zu einem breiten Lächeln verzog. »Und so schmecken sie auch.«

»Danke schön«, erwiderte Keira strahlend. Sie freute sich immer sehr über Komplimente.

»Lasst euch bitte nicht von euren Gesprächen abhalten«, sagte Mrs. Witherspoon entschuldigend. »Verzeiht, dass ich hier so einfach hereinplatze und störe.«

Laurie schüttelte den Kopf. »So ein Unsinn! Sie sind bei uns jederzeit willkommen. Ich möchte, dass Sie das wissen.«

»Ihr seid wirklich einmalig, alle miteinander. Die gute Valerie wäre stolz auf euch.«

»Wäre sie das?«, fragte die immer bescheidene Ruby, die mehr über Valerie Bonham wusste als die anderen. Sie schien ihre gesamte Freizeit damit zu verbringen, Daten und Fakten zur guten Valerie und zur Geschichte Oxfords zu sammeln. Ruby fuhr total auf Historisches ab, schaute sich gerne *Downton Abbey* an und wirkte manchmal selbst wie eine Figur aus einer anderen Epoche.

»Oh ja. Ganz sicher. Worüber habt ihr denn gerade gesprochen?«

»Darüber, was wir am Wochenende vorhaben. Orchid spielt die Brautjungfer für ihre Schwester, in einem wunderhübschen pinkfarbenen Kleid«, erzählte Keira.

»Ach ja? Das würde ich gerne sehen.«

»Wenn Sie unbedingt blind werden wollen«, murmelte Orchid.

»Wie bitte?«

»Ich werde Ihnen ein Foto zeigen, okay?«

Mrs. Witherspoon lächelte zustimmend.

»Und ihr anderen? Was habt ihr so vor?«, fragte Laurie. »Ruby?«

»Ich werde auf einige Flohmärkte gehen und mich nach hübschen Raritäten umsehen«, erzählte Ruby, die die meiste Zeit über sehr still gewesen war.

»Vielleicht könntest du auch nach einem Mann für

Laurie Ausschau halten? Er kann ruhig etwas verstaubt sein«, sagte Orchid lachend.

Laurie starrte sie ungläubig an, während Keira, Susan und vor allem Mrs. Witherspoon in Orchids Gelächter einstimmten.

»Hey, was soll das? Wenn du so weitermachst, werde ich das Foto von dir als pinkes Etwas ins Internet stellen!«, warnte Laurie Orchid halb scherzhaft. Ein wenig verletzt war sie nämlich schon.

»Na, stimmt doch. Du hattest seit ... lass mich überlegen ... seit ich dich kenne, noch kein Date, oder?«

Warum musste Orchid nur immer so direkt sein? Das war ja fast so, als hätte sie ihre Mutter vor sich. Die war genauso nervtötend.

»Nett, dass du mich dran erinnerst.«

»Sorry, falls ich da einen Nerv getroffen habe«, entschuldigte sich Orchid. »Ich finde einfach, dass du viel zu hübsch und zu nett bist, um allein zu sein.«

Und warum sagte Orchid *ihr* das? Susan und Ruby waren doch ebenfalls Single. Und bei der verwitweten Mrs. Witherspoon wusste sie es zwar nicht genau, nahm aber nicht an, dass sie in ihrem Alter noch eine heiße Affäre hatte.

Trotzdem konnte sie Orchid nicht wirklich böse sein, vor allem wenn sie ihr so schmeichelhafte Dinge sagte.

»Vielleicht gibt es da ja jemanden«, meinte sie, weil sie fand, dass es an der Zeit war, die anderen an ihren Gefühlen teilhaben zu lassen – und weil Barry schon den ganzen Abend in ihrem Kopf herumschwirrte.

»Wen denn?«, fragte Orchid neugierig und spitzte die Ohren.

»Ich weiß, wen!«, rief Keira und hob die Hand, als wären sie in der Schule.

»Was weißt du, was wir nicht wissen?«, fragte Susan.

Keira grinste Laurie an. Ihre Miene sprach Bände: Sie war total begierig darauf, ihre Geschichte loszuwerden.

»Nur zu. Irgendwann erfahren sie es ja doch, zum Beispiel, wenn ich das nächste Mal in seiner Nähe in Ohnmacht falle«, sagte Laurie schicksalsergeben. Sie und Keira kannten sich von allen am längsten und waren seit gut fünf Jahren befreundet. Nur Susan hatte damals auch schon ihren Laden in der Valerie Lane gehabt, doch die hatten sie erst viel später wahrgenommen, da sie mehr für sich geblieben war und sich ihnen erst mit der Zeit genähert hatte. Ruby war gerade mal achtzehn gewesen, und ihre Mutter hatte noch den Antiquitätenladen geführt. Kurze Zeit später war Ruby nach London gegangen, um zu studieren. Sie war erst nach dem plötzlichen Tod ihrer Mum zurückgekehrt, um das Geschäft zu übernehmen.

Keiras Grinsen wurde nur noch breiter, als sie jetzt dazu ansetzte, von dem peinlichen Tag zu erzählen, an den sich Laurie nur zu gut erinnerte.

»Nun rück schon raus mit der Sprache!«, forderte Orchid.

Alle, auch Mrs. Witherspoon, nein, besonders Mrs. Witherspoon, sahen Keira neugierig an.

Oje, Laurie wurde schon rot, bevor Keira überhaupt begonnen hatte.

»Ihr kennt Barry?«, wollte diese jetzt wissen.

»Wen?«, fragte Ruby, die nie irgendwen kannte.

»Der Teelieferant«, informierte sie Susan, die das genaue Gegenteil von Ruby war und immer alles um sich herum mitbekam. Für sie war das Leben ein einziger Liebesfilm, den sie mit Spannung verfolgte.

»Genau. Der Teelieferant.« Keira nickte.

»Braunes Haar, ziemlich groß, immer in irgendeinem Band-T-Shirt? Sieht ein bisschen aus wie Jude Law? Den habe ich schon ein paarmal vor deinem Laden parken sehen. Der ist echt nicht übel«, meinte Orchid.

Lauries Herz klopfte wie verrückt. Also lag sie doch richtig: Barry hatte tatsächlich Ähnlichkeit mit ihrem Lieblingsschauspieler. Wenn das sogar Orchid sagte …

»Und was ist nun mit diesem Barry? Bist du etwa verknallt in den?«, fragte die nun grinsend.

»Sozusagen«, entgegnete Laurie mit roten Wangen.

Und Keira fügte hinzu: »Ich sage nur so viel: Unsere liebe Laurie ist in Gegenwart dieses Mannes nicht ganz sie selbst.«

»Wie meinst du das?«, hakte Susan sogleich nach.

Mrs. Witherspoon rieb sich die Hände und lauschte. Wahrscheinlich war das hier für sie besser als jedes Fernsehprogramm.

»Oookay … Vor ungefähr sechs Monaten, als Barry ihr die erste Teelieferung brachte, war ich zufällig gerade bei ihr im Laden, um sie meine neu kreierten Zimtpralinen probieren zu lassen …«

»*Das* hast du dir gemerkt?«, fragte Laurie erstaunt.

»Pssst!«, machte Orchid. »Lass sie weitererzählen.«

»Ich merke mir alles, was mit Schokolade zu tun hat«, stellte Keira klar und fuhr fort. »Also, Barry betrat den Laden, und da errötete unsere gute Laurie auch schon. Als er ihr dann die Rechnung in die Hand drückte, dachte ich, sie würde gleich umkippen. Am liebsten hätte ich ihr mit einem der Fächer aus der Schaufensterdeko Luft zugewedelt.«

»War es so warm an dem Tag?«

»Es war ein kalter Januartag.«

»Du merkst dir aber auch echt alles.« Laurie starrte ein wenig verlegen auf ihre Beine. Heute hatte sie keine Laufmasche.

»Es war also Liebe auf den ersten Blick?«, fragte Ruby und fasste sich ans Herz.

»Wie in einer dieser Liebeskomödien«, bestätigte Keira sogleich. Sie strich sich die braune Strähne, die aus ihrem Pferdeschwanz gerutscht war, hinters Ohr und erzählte weiter. »Laurie stellte mir Bartholomew Lohan vor und …«

»Bartholomew? Haha!« Orchid prustete los. »Jetzt weiß ich auch, was du mit Komödie meintest.«

Keira grinste wieder. »Ja, genau. So heißt der Gute nämlich eigentlich. Und als er uns sagte, wir könnten ihn aber gerne Barry nennen, ließ Laurie ihn wissen: ›Ich führe eine große Auswahl an *Sweet Barry*.‹ Versteht ihr? Laurie hat aus Sweet-Berry-Tee gleich mal Sweet *Barry* gemacht.« Sie lachte. »Unsere liebe Laurie lief rot an wie eine reife Tomate, weil sie solch einen Quatsch erzählte. Barry fand es aber anscheinend lustig, denn er hat gelacht. Ob aus Höflichkeit oder weil er Lauries nervöses Geschwafel witzig fand, weiß ich allerdings nicht.«

Orchid prustete laut los. »Ich mach mir gleich in die Hose«, rief sie und schlug ein Bein übers andere.

»Freut mich, dass ich euch so belustigen kann.« Laurie versteckte ihr knallrotes Gesicht hinter einer vorgehaltenen Hand.

»Kindchen, das ist doch alles nicht so schlimm. Ganz im Gegenteil. Auch wenn ich den guten Mann nicht kenne, so sehe ich doch, wie gern du ihn hast. Du musst ihm unbedingt sagen, was du fühlst«, warf Mrs. Witherspoon ein.

Ach, wenn das doch nur so einfach wäre, dachte Laurie und griff nach der letzten Kirsche.

»Und wie mache ich das?«, wandte sie sich an die Erfahrenste von ihnen allen. Wenn ihr jemand einen Rat geben konnte, dann wohl Mrs. Witherspoon. Wenn schon die gute Valerie nicht da war …

»Nur keine Schüchternheit. Männer mögen selbstbewusste Frauen«, erklärte die alte Dame.

Oh. Hm, okay. Guter Tipp. Nur leider besaß Laurie kein bisschen von besagtem Selbstbewusstsein, das sie Barry näherbringen könnte.

»Ich bekomme jedes Mal Schnappatmung, wenn ich vor ihm stehe«, gestand sie. »Ich bringe in seiner Gegenwart kaum ein normales Wort hervor – wie soll ich ihm denn da meine Gefühle gestehen?«

»Mrs. Witherspoon hat recht. Einfach raus damit! Und wenn du dir vorher ein wenig Mut antrinken musst«, schlug Orchid vor.

»Barry taucht bei mir immer dienstags um neun Uhr morgens auf. Und da soll ich vorher schon was Starkes zu mir nehmen? Einen Scotch zum Frühstück, oder wie?«, gab Laurie zurück.

»Hmhm«, machte Orchid. »Dann müssen wir dir wohl helfen. Mission Barry! Wer hat eine Idee?«

Laurie wurde warm ums Herz. Ihre Freundinnen waren einfach fantastisch. Sie betrachtete eine nach der anderen, wie sie darüber nachgrübelten, wie man sie und Barry zusammenbringen konnte. Und auch wenn ihr ein wenig mulmig war, musste sie gestehen, sie war ganz froh darüber, dass es jetzt raus war und sie Hilfe bekam. Sonst würde das Ganze noch sechs Monate so weitergehen – oder sechs Jahre!

»Wie wäre es, wenn wir ihn mal mittwochabends in unsere Runde einladen?«, schlug Susan vor.

»Keine gute Idee. Als Hahn im Korb könnte er sich unwohl fühlen«, entgegnete Orchid.

»Ich habe doch diese tolle Herzschokolade. Wenn du ihm davon eine Schachtel schenkst, sagt das alles, finde ich. Da brauchst du gar keine Worte«, kam es von Keira.

»Schon besser. Aber zu offensichtlich. Falls Barry nicht dasselbe fühlt, könnte das peinlich werden.« Orchid schien sich in Liebesangelegenheiten besser auszukennen als sie alle zusammen.

»Hast *du* keine Idee?«, fragte Keira sie.

Orchid fasste sich ans Kinn und rieb ein bisschen daran herum. »Glaubst du denn, Barry empfindet auch etwas für dich?«, fragte sie Laurie.

»Ich bin mir total unsicher. Manchmal sieht er mich so an … und wir unterhalten uns wirklich immer nett.«

»Nett? Oh Mann, das hört sich ja aufregend an … Okay, lasst mich nur machen. Ich kümmere mich schon um das schüchterne Pärchen. Ich bin gut darin, Leute zu verkuppeln«, sagte sie zu den anderen.

Oje. Was Orchid wohl vorhatte? Ganz so genau wollte Laurie da gar nicht drüber nachdenken, oder ihr würde nur wieder schwindlig werden. Vor allem, weil sie Orchid nur zu gut kannte.

»Nun guck nicht so ängstlich«, sagte Keira. »Orchid wird schon wissen, was sie tut. Wir wollen doch alle nur dein Bestes.« Sie nahm Lauries Hand und drückte sie.

»Na gut, dann lege ich mein Schicksal in eure Hände«, erwiderte Laurie und hoffte nur, dass das Ganze nicht mächtig in die Hose ging.

KAPITEL 4

Laurie trat aus dem Haus und lächelte. Heute war wirklich ein wunderschöner Tag. Erst kurz nach acht, aber die Sonne strahlte bereits und versprach Wärme, Sommer und Glück.

»Guten Morgen, Mr. Rutherford!«, rief sie ihrem Nachbarn zu, der gerade im Morgenmantel die Zeitung reinholte und freundlich zurückgrüßte.

Ihr kirschroter Pferdeschwanz wippte hin und her, während sie ein Lied summte. Sie war richtig froh, dass ihre Freundinnen jetzt Bescheid wussten, was Barry anging. Sechs Monate waren eine lange Zeit gewesen, in der sie ihre Gefühle für sich behalten hatte. Warum sie das getan hatte, wusste sie selbst nicht so genau, wahrscheinlich hatte sie darauf gewartet, dass es etwas Spannenderes zu erzählen gäbe, statt einfach nur über Barrys Existenz zu berichten. Aber da hätte sie wohl ewig warten können. Sie musste immer wieder darüber nachdenken, was Orchid gesagt hatte, und auch an deren verschwörerisches Grinsen beim Abschied. Sie hoffte, dass die »Mission Barry« sie ein Stückchen weiterbringen würde, wenn auch nur ein ganz kleines.

Sie stieg in ihren himmelblauen Beetle und fuhr zur Arbeit. In der Innenstadt waren Autos eigentlich strikt verboten. Der ganze Shoppingbereich war eine einzige Fußgängerzone, lediglich Lieferfahrzeuge durften ihn zwischen sechs Uhr abends und zehn Uhr morgens durchqueren. Da Laurie einige Kartons mit Verpackungsutensilien transportieren musste, nahm sie an diesem Morgen ausnahmsweise das Auto, um zu ihrem Laden zu kommen.

Die Valerie Lane war eine winzig kleine Straße mit Kopfsteinpflaster. Dazu war sie eine Sackgasse, denn hinter Rubys Laden kam nichts mehr außer ein paar Bäumen, darunter auch ein alter Kirschbaum, von dem es hieß, dass er noch älter als Valerie Bonham sei. Sie habe angeblich sogar Marmelade aus den Kirschen gekocht, erzählte man. Aber ob diese Geschichte wahr oder doch wieder nur eines der vielen Gerüchte war, wusste Laurie nicht.

Die Valerie Lane war eine dieser netten kleinen Straßen, die einen sofort in die gute alte Zeit versetzten, wenn man in sie einbog. So standen dort sogar noch die alten Straßenlaternen, die die Valerie Lane vor vielen, vielen Jahren erleuchtet hatten und die Laurie jedes Mal ein nostalgisches Gefühl vermittelten. Valeries lieber Mann Samuel war damals an jedem Abend herumgegangen und hatte die sechs Gaslaternen noch per Hand angezündet. Und obwohl sie heute nur noch Dekoration und längst durch richtige Straßenlampen ersetzt worden waren, hatte Laurie den Eindruck, genau zu wissen, wie es hier zur Zeit ihrer Urgroßeltern ausgesehen hatte.

Sie und ihre Freundinnen gaben ihr Bestes, um die

Valerie Lane in Gedenken an Valerie Bonham erstrahlen zu lassen. Zu Halloween dekorierten sie alles mit Kürbissen und Herbstblumen, zu Weihnachten hängten sie Lichterketten auf, und jetzt im Sommer hatten sie die schweren Blumenkübel aus hellem Stein, die hier und da standen, mit leuchtenden Sommerblumen bepflanzt, um das Bild der efeuumrankten Häuserfassaden und der Blumenampeln, die über den einzelnen Läden hingen, noch abzurunden. Die lila Hortensien und orangefarbenen Lilien verströmten einen fabelhaften Duft. Laurie bemerkte, dass die Lilien schon halb verblüht waren, und machte sich eine gedankliche Notiz, dass sie Ruby bitten wollte, sie demnächst mit ihr umzupflanzen und durch andere Blumen zu ersetzen, Chrysanthemen vielleicht. Ja, im Spätsommer wollte sie alles so schön haben wie im letzten Jahr.

Spätsommer ... das war noch eine ganze Weile hin. Vorher würde Barry erst mal nach Hongkong fliegen. Laurie hoffte, er würde dort nicht wirklich eine Frau kennenlernen. Oder irgendwo sonst. Allein der Gedanke daran machte sie ganz verrückt. Eigentlich wusste sie ja nicht einmal, ob Barry überhaupt Single war. Er trug jedoch keinen Ehering und hatte auch noch nie eine Frau oder Freundin erwähnt. Dass er womöglich gebunden war, wollte ihr Herz gar nicht in Betracht ziehen.

Wie konnte sie es nur hinbekommen, ihn noch vor Hongkong um eine Verabredung zu bitten?

»Huhu, Laurie!«, hörte sie jemanden rufen und drehte sich um. Es war Susan. Sie war die Einzige von ihnen, die in der Valerie Lane wohnte – direkt über ihrem Laden.

»Guten Morgen.« Laurie lächelte.

»Alles in Ordnung?«

»Ja, alles gut. Wieso?«

»Na, weil du dastehst und so verträumt vor dich hin starrst. Ich dachte, es wäre vielleicht irgendetwas … Ach, du meine Güte! Was ist denn mit deinem Auto geschehen?« Susan zeigte auf die tiefe Delle, die den Beetle zierte.

»Ach, das ist keine große Sache«, winkte Laurie ab.

Die Delle … ja, so etwas passierte, wenn man nach Feierabend nach Hause fuhr und in Gedanken ganz bei einem gewissen Mann war, weshalb man nicht richtig auf die Straße achtete und einen Müllcontainer umfuhr. Wie am vergangenen Abend. Weder die Fahrerin noch der Müllcontainer hatten sich einen ernsthaften Schaden zugezogen, einzig das arme Auto war ein wenig demoliert.

»Na, wenn du meinst.«

»Sag mal, war Mrs. Witherspoon gestern bei dir wegen ihres Mantels?«

»Ja, das war sie. Er ist so gut wie neu, und ich habe ihr die Strickjacke mitgegeben. Passt ihr wie angegossen.«

»Welch ein Zufall.« Laurie kniff ein Auge zu.

»Ja, oder?« Susan zwinkerte zurück.

»Ich habe Mrs. Witherspoon doch am Mittwochabend nach Hause gebracht. Stell dir vor, die Frau lebt ganz allein in diesem winzigen alten Haus, sie tut mir so leid.«

»Ja, ich weiß«, sagte Susan. »Terry und ich haben sie selbst schon ein paarmal nach Hause begleitet. Mir tut sie auch leid. Ich wünschte, wir könnten irgendetwas für sie tun. Wenn ich nur wüsste, was.«

»Du tust doch schon so viel für sie. Ich glaube, das bedeutet ihr eine Menge.«

»Ja, mag sein. Trotzdem, ich würde ihr gerne mal so eine richtige Freude machen. Wollen wir vielleicht mal mit ihr essen gehen?«, fragte Susan.

»Eine schöne Idee. Schlag das doch am nächsten Mittwoch mal den anderen vor. Ich bin mir sicher, die sind mit von der Partie.«

»Werde ich machen. Ich muss dann mal meinen Laden öffnen, es ist fast neun.«

»Oh, schon?« Laurie sah auf ihre Armbanduhr. Einige Minuten blieben ihr noch, aber sie musste ja auch noch den Wagen wegfahren, da das Parken in der Valerie Lane wie in den umliegenden Straßen verboten war. Sie wünschte Susan einen schönen Tag und schloss die Tea Corner auf, stellte schnell die Kartons hinein und brachte Jude weg. Jude war der Beetle, und weshalb Laurie ihren fahrbaren Untersatz so genannt hatte, konnte sich jeder denken, der Laurie kannte und wusste, dass sie sich *Liebe braucht keine Ferien* mindestens einhundert Mal angesehen hatte.

Der Tag verlief wie jeder andere. Kunden kamen und gingen. Die vier Tische waren die meiste Zeit des Tages besetzt. Laurie kochte Tee und servierte dazu Gebäck, bereitete neue Teemischungen zu und dekorierte ein wenig um. Ach, sie liebte ihren kleinen Laden einfach. Sie liebte das große, einladende Schaufenster, die Regalreihe voller Teedosen und -tütchen, welche die ganze linke Seite des Raumes einnahm, den alten Ladentisch aus dunklem Holz, die hübsche Kommode, die gleich neben dem Fenster stand und ihre besten und exklusivsten Teesorten besonders gut zur Geltung brachte, und den alten Lagerraum, in dem es so wundervoll duftete, dass man die Gerüche einfach nur einsaugen und für immer in seiner Nase behalten wollte.

Eigentlich gab es in Lauries Leben nicht sehr viel mehr als den Teeladen. Sie stand an sieben Tagen in der Woche hinterm Tresen, eine Aushilfe hätte sie sich zwar eventuell leisten können, aber sie wollte überhaupt niemand anders im Laden stehen haben. Denn er war ihr Baby, ihr Ein und Alles.

Als sie ihren Eltern nach dem Studium und einigen Jahren Arbeit in einer bekannten PR-Agentur gesagt hatte, sie wolle ein Teegeschäft eröffnen, hatten die sie angesehen, als hätte sie den Verstand verloren. Bis heute begriffen sie nicht, wie viel ihr die Selbstständigkeit bedeutete, wie sehr sie es liebte, ihr eigenes Ding aufzuziehen, Entscheidungen allein zu treffen, ihr eigener Boss zu sein. Ganz zu schweigen von der Tatsache, dass das, womit sie ihren Lebensunterhalt verdiente, Tee war.

Ohne die Hilfe ihrer Eltern hätte sie es dennoch nicht geschafft. Wenn ihr Dad ihr nicht zum Studienabschluss die Doppelhaushälfte gekauft hätte und sie auf diese Weise eine Menge Grundkosten sparen würde, hätte sie es weitaus schwerer. Denn die Miete für den Laden in der beliebtesten Einkaufsgegend Oxfords hätte sie sich ansonsten sicher nicht leisten können – oder sie hätte auf so gut wie alles verzichten und ständig sparen müssen.

Heute hatte sie sich selbst eine Kanne Ingwer-Zitrone-Minze-Tee zubereitet und füllte sich gerade zum zweiten Mal nach. Ihre dunkelblaue Lieblingstasse hatte leider einen Sprung, aber das machte nichts, solange sie noch nicht auseinanderbrach. Eines Tages würde sie trotzdem Ausschau nach einer neuen halten müssen. Die Gäste bekamen natürlich das gute Geschirr, das mit dem Goldrand, aus dem der Tee immer noch ein bisschen erlesener schmeckte.

Mr. Monroe, ein Mann von Mitte fünfzig mit Ziegenbart, der schon eine ganze Weile an einem der Fenstertische saß und das gemütliche Treiben in der Valerie Lane beobachtete, lobte sie für den Granatapfeltee, den Barry ihr am Dienstag gebracht hatte. Er war frisch aus Marokko eingetroffen und versprühte einen unwiderstehlichen fruchtigen Duft. Laurie freute sich jedes Mal, wenn sie Komplimente bezüglich ihrer guten Auswahl bekam, und gab ihrem Gast deshalb noch ein paar extra Kekse, und zwar mit einem herzlichen Lächeln. Sie mochte Mr. Monroe. Er lebte in der Wohnung über Orchid's Gift Shop und war aus der Valerie Lane überhaupt nicht mehr wegzudenken. Genauso wie ihre Freundinnen, die alten Gaslaternen oder das hübsche metallene Schild mit der Aufschrift »Laurie's Tea Corner«, das an einem geschwungenen eisernen Bogen über ihrer Ladentür hing und heute so still stand, als wäre es in der Luft festgeklebt.

Unentschlossen stand Laurie eine Stunde später vor der alten, weiß gestrichenen Holzkommode, die ihr als Auslage diente. Die Schubladen standen offen und beinhalteten die Gewürztees; die Oberfläche war ein guter Platz, um neue Sorten zu präsentieren. Doch die alte Deko gefiel ihr auf einmal nicht mehr. Sie bestand lediglich aus einem hölzernen Elefanten und ein paar falschen Seerosenblüten. Laurie wollte etwas Neues. Ihr kam die Idee, eine Schatztruhe aufzustellen, in der sie die neuen Sorten platzieren konnte. Sie dekorierte gerne passend zu ihren neuesten Errungenschaften, um diese besonders in Szene zu setzen. Zu den indischen Gewürztees und den marokkanischen Früchtetees würden vielleicht ein Fernrohr, Goldmünzen oder eine Schatzkarte passen. Irgendetwas, das den Kunden zeigte, wie besonders, ja, wie wertvoll diese Tees waren.

Gleich nach Ladenschluss ging Laurie rüber zu Ruby und strich dem alten gusseisernen Charles Dickens, der auf der Bank vor Ruby's Antiques saß, über den Kopf. Sie warf einen Blick durch die gläserne Tür, auf der in weißen Buchstaben die Öffnungszeiten standen. Zum Glück war Ruby noch da. Sie saß hinter dem Ladentisch und las in einem Buch. Es sah so aus, als hätte sie nicht einmal bemerkt, dass es bereits sechs Uhr war.

Als Laurie klopfte, sah Ruby auf, lächelte und winkte sie herein. Sie trug eines ihrer Zwanzigerjahre-Kleider; es war beige und eher formlos, hatte diese typischen Fransen und ging bis knapp übers Knie. Dazu hatte sie einen silbernen Reif im Haar.

»Du hast noch geöffnet?«

»Wieso auch nicht? Ist es etwa schon …« Sie sah auf die alte Kuckucksuhr, die an der Wand hing. »Oje, ich habe wohl schon wieder den halben Nachmittag verlesen.«

Laurie wunderte sich. War es denn so still im Laden gewesen, dass das hatte passieren können? Wenn sie genauer darüber nachdachte, fiel ihr auf, dass sie in letzter Zeit nur selten einen Kunden bei Ruby gesehen hatte. Auch wenn es ihr unangenehm war, musste sie ihre Freundin unbedingt bald mal darauf ansprechen. Sie hoffte sehr, dass Ruby nicht pleiteging. Der Antiquitätenladen war bereits seit Generationen in ihrer Familie, außerdem waren dies die Räume von Valerie Bonhams Gemischtwarenladen – nicht auszudenken, was mit ihnen passieren würde, wenn Ruby gehen müsste. Am Ende eröffnete hier noch ein Tattooladen, oder schlimmer noch, womöglich würde man alles restaurieren, und der Laden würde seinen ganzen Charme verlieren. Den Geruch, der an vergangene Zeiten erinnerte. Die alten Dielen, die so schön knarrten, wenn man auf sie trat … Laurie liebte diesen Ort, er schenkte ihr Geborgenheit, und er brachte ihnen allen die gute Valerie ein wenig näher.

»Ich wollte dich etwas fragen«, sagte Laurie und sah Ruby dabei zu, wie sie ihr Buch zur Seite legte, aufstand und die Tür abschloss. Dann drehte sie das »Geöffnet«-Schild um und wandte sich wieder ihr zu.

»Was gibt's?«

»Du sagtest doch, dass du am Wochenende vorhast, auf einige Flohmärkte zu gehen, oder?«

Ruby nickte.

»Würdest du mich mitnehmen?«

Ruby schien zu überlegen. »Ja klar«, sagte sie dann. »Wir müssen aber schon früh los.«

Das war Laurie bewusst. Natürlich mussten sie um Punkt neun ihre Läden öffnen, zumindest am Samstag. Sonntags machten sie erst um elf auf. Aber der frühe Vogel bekam die fettesten Würmer, oder wie hieß es noch gleich? Zumindest dachte sich Laurie, dass sie, je früher sie die Märkte aufsuchten, umso bessere Schnäppchen ergattern könnten.

»Das ist kein Problem. Nenn mir einfach eine Uhrzeit.«

»Sonntag um sieben?«

»Okay.«

»Ich würde mal sagen, der Flohmarkt in Cowley ist eher nichts für dich, da gibt es hauptsächlich Antikes, Sammlerzeugs, Briefmarken und so. Der wäre auch am Samstag. Am Sonntag aber findet ein richtig toller in Park Town statt, den mag ich sehr. Da bekommt man echt alles. Wonach suchst du denn eigentlich?«

»Das weiß ich selbst noch nicht so genau. Auf jeden Fall etwas zum Dekorieren für den Laden.«

»Hm, na gut. Soll ich dich am Sonntag um Viertel vor sieben abholen?«

»Abgemacht!«

Laurie freute sich richtig darauf. Hoffentlich würde sie finden, was ihr vorschwebte. Und vielleicht ergab sich dann ja auch die Gelegenheit, Ruby auf die fehlende Kundschaft anzusprechen …

KAPITEL 5

Zwei Tage später stand Ruby morgens um Punkt Viertel vor sieben vor Lauries Doppelhaushälfte. Laurie nahm noch schnell die beiden Porzellanbecher mit Deckel zur Hand – und blieb vor der Beifahrertür stehen. Aufmachen ging nicht.

Ruby lächelte und stieß ihr die Tür auf. »Was bringst du denn da an? Warte, es ist Tee, oder? Was für eine dumme Frage aber auch.« Sie nahm den Becher entgegen, den Laurie ihr reichte.

»Ja. Chai Latte, ich hoffe, darauf hast du Lust?«

»Ich habe zu Hause nur schnell einen Rest alte Cola getrunken, Chai Latte klingt also wundervoll.« Ruby nahm einen Schluck und machte »Mmmm«.

Laurie lächelte zufrieden, und sie fuhren los.

Sie verbrachten gut zwei Stunden auf dem Flohmarkt in Park Town, der bei den Einheimischen äußerst beliebt war. Er fand auf dem Gelände einer alten Fabrik statt und war teilweise überdacht, was ihm bei Regen oder im Winter einen Pluspunkt verschaffte. Es wimmelte selbst zu so früher Stunde schon von Müttern mit Kindern, die nach Secondhandkleidung und gebrauchten Spielsachen suchten, von älteren Damen, die Ausschau nach Porzellanfigürchen für ihre Sammlungen hielten, und Jugendlichen, die hofften, hier einen weit weniger hohen Preis für irgendein Videospiel zahlen zu müssen. Laurie war gleich im Geschehen, hielt die Augen weit offen und begutachtete das Treiben.

Es war ewig her, dass sie auf einem Flohmarkt gewesen war. Als Kind hatte sie diese Märkte überhaupt nicht gekannt, nie und nimmer hätten ihre Eltern sie in ein Kleidungsstück gesteckt, das jemand anders vor ihr getragen hatte, und nur über die Leiche ihrer Mutter hätte diese ihr Bauklötze, ein Fahrrad oder gar eine Puppe an solch einem Ort gekauft. Deshalb hatte Laurie erst mit zwanzig ihren ersten Flohmarkt besucht, zusammen mit einer Studienfreundin, die nicht von ihren Eltern unterstützt wurde wie sie und die sogar mit Tellern und Besteck und einer – noch unbenutzten – Toilettenbürste wieder nach Hause gegangen war. Und zwar überglücklich, so tolle Schnäppchen ergattert zu haben, daran konnte Laurie sich noch gut erinnern.

Sie lief an Rubys Seite die Gänge einen nach dem anderen entlang. Während ihre Freundin alles Mögliche fand, von dem sie behauptete, es sei antik, das sie total begeisterte und das sie aufpolieren und dann im Laden verkaufen wollte – Bücher, Vasen, einen Spiegel, einen Globus und einen Stuhl –, fand Laurie überhaupt nichts. Nicht dass es nicht viel Auswahl gegeben hätte, aber halt nichts, bei dem es »klick« gemacht hätte.

Nachdem sie zum dritten Mal zum Wagen gegangen waren, um Rubys Sachen zu verstauen, hatte Laurie endlich Glück.

Schon von Weitem stach sie ihr ins Auge: eine alte

Kiste, die gut als Schatztruhe durchgehen konnte. Laurie lief freudig darauf zu und betrachtete sie. Sie war vielleicht fünfzig mal dreißig Zentimeter groß, dunkelbraun und noch sehr gut instand. Außerdem waren die Seiten mit Messing verziert, und der Deckel hatte einen von diesen Lederverschlüssen – sie war wirklich perfekt.

»Wie viel wollen Sie dafür denn haben?«, fragte Laurie ganz aufgeregt den Mann, der hinter seinem Tapeziertisch auf einem alten Campingstuhl hockte.

Der Typ glotzte sie an und kaute dabei auf seinem Kaugummi herum. »Fünfzig!«, sagte er.

Gerade als Laurie »Okay« sagen wollte, zog Ruby sie zur Seite.

»Was machst du denn da? Hast du denn gar nichts von mir gelernt in den letzten paar Stunden?«

Laurie wusste absolut nicht, was Ruby meinte.

»Du darfst dir nicht ansehen lassen, wie sehr du etwas haben willst. Musst ganz locker bleiben und unbeeindruckt tun. Nur so bekommst du die Sachen zu einem guten Preis.«

»Okay, okay. Mache ich.«

»Jetzt ist es zu spät, der Typ hat doch schon gesehen, wie scharf du auf das Teil bist.« Ruby sah sie regelrecht enttäuscht an.

Egal, Laurie wollte die Schatztruhe unbedingt haben und war auch bereit, die verlangten fünfzig Pfund dafür hinzublättern, was immer Ruby sagte. Die aber ließ es gar nicht so weit kommen.

»Wir geben Ihnen zwanzig«, hörte Laurie sie zu dem Kaugummitypen sagen, der nun lachte und den Kopf schüttelte. »Na, dann nicht. Viel Erfolg noch«, wünschte sie, hakte sich bei Laurie ein und zog sie mit sich.

»Was sollte denn das? Ich brauche diese Kiste!«

»Du wirst sie auch bekommen, immer mit der Ruhe.«

»Aber was ist, wenn sie mir jemand wegschnappt?«

»Das wird schon nicht passieren«, sagte Ruby. Sie drehten noch eine Runde und kauften ein paar andere Sachen, bevor sie zurück zu dem Stand gingen.

Laurie fragte sich, wie Ruby nur so gelassen bleiben konnte. Sie selbst platzte innerlich fast vor Ungeduld und auch vor Angst, dass das gute Stück bei ihrer Rückkehr weg sein würde.

Doch es war noch da.

»Na, sind Sie das alte Ding nicht losgeworden?«, fragte Ruby.

Erstaunt beobachtete Laurie ihre Freundin bei dem, was sie tat. Sonst war Ruby die Schüchternheit in Person, aber das hier war wirklich ihr Ding. »Also, wir wollen jetzt nach Hause fahren. Das ist Ihre letzte Chance.«

»Wie viel wollen Sie mir denn zahlen?«, fragte der Kaugummityp.

»Hab ich doch schon gesagt: zwanzig.«

»Nee, das kann ich nicht machen. Da verdiene ich ja gar nichts daran.«

»Okay, dann zweiundzwanzig.«

»Dreißig.«

Laurie konnte ihren Ohren kaum trauen. Vor nicht einmal zehn Minuten hatte der Mann noch fünfzig Pfund verlangt!

»Dreiundzwanzig.«

»Achtundzwanzig.«

»Vierundzwanzig, mein letztes Wort.«

»Kommen Sie, sechsundzwanzig, einverstanden?«

Ruby holte fünfundzwanzig Pfund aus der Tasche und reichte sie ihm. »Ja oder nein?«

Der Typ seufzte und nahm das Geld entgegen.

»Nimm dir deine Truhe«, sagte Ruby.

Laurie griff überglücklich danach und klemmte sich die Truhe unter den Arm. Sobald sie ein Stück weiter waren, jubelte sie und umarmte Ruby umständlich. »Du bist unglaublich! Ich danke dir.«

»Nichts zu danken. Beim nächsten Mal versuchst du es selbst.«

Jetzt war Laurie voll in Fahrt. Und auf einmal entdeckte sie überall etwas, das sie brauchen konnte. Tatsächlich ersteigerte sie in der nächsten halben Stunde ein Fernrohr, einige sehr alt aussehende Bücher und zwei wunderschöne Teekannen – alles zum Schnäppchenpreis. Sie konnte ihr Glück kaum fassen und nahm sich vor, ganz bald wieder mit Ruby auf den Flohmarkt zu gehen.

Und da sie jetzt so guten Mutes war, wagte sie es endlich auch, Ruby auf das heikle Thema anzusprechen.

»Du, Ruby, darf ich dich etwas fragen?«, begann sie, als sie im Wagen saßen und sich auf den Rückweg machten.

»Na klar.«

»Ist alles okay bei dir? Im Laden, meine ich.«

»Alles bestens. Wie kommst du darauf, dass etwas nicht in Ordnung ist?« Ruby starrte auf die Straße und sah nicht sehr überzeugend aus.

»Na ja, jedes Mal, wenn ich bei dir vorbeischaue, ist der Laden leer.«

»Das ist nur, weil … Die Leute haben kein Geld für teure Antiquitäten. So ist das leider. Jeder sucht nach Ramsch und Schnäppchen.«

»Und wenn du dir mal überlegst, etwas anderes zu verkaufen als nur Antiquitäten?«

Ruby seufzte. »Was soll ich denn sonst verkaufen? Der Laden ist ein Antiquitätengeschäft seit Valeries Tod. Meine Urgroßmutter hat ihn damals von Samuel gekauft, das weißt du ja. Und meine Grandma und meine Mum haben ihn weitergeführt.«

»Das weiß ich, Süße. Und ich weiß auch, wie viel dir das alles bedeutet. Aber wenn du dadurch pleitegehst, bringt das niemandem etwas.«

»Ich gehe doch nicht pleite! So schlimm ist es auch nicht um den Laden bestellt.«

Laurie wusste nicht, ob Ruby sie oder sich selbst zu überzeugen versuchte.

»Na, dann ist es ja gut«, sagte sie beschwichtigend. »Trotzdem könnte es vielleicht nicht schaden, wenn wir ein paar Flyer verteilen würden. Um auf Ruby's Antiques aufmerksam zu machen«, schlug sie vor. Sie wollte ihrer Freundin unbedingt helfen. Denn das war es schließlich, was sie taten. Füreinander da sein.

»Das ist echt nicht nötig. Meine Mum hatte auch keine Flyer.«

»Heute ist das aber unumgänglich. Ich habe auch erst so viel Kundschaft, seit ich eine eigene Website habe und ab und zu eine Anzeige im Wochenblatt schalte.«

»Für die Tea Corner ist das vielleicht angemessen, Laurie, aber zu meinem Laden passt einfach keine Website ... Und so eine Anzeige ist doch sicher nicht billig«, fügte sie hinzu.

Darum ging es also. Hm ... Laurie würde sich etwas überlegen. So einfach würde sie die Sache nicht auf sich beruhen lassen.

»Da hast du recht. Schon okay, ich sag ja gar nichts mehr. Wie geht es deinem Dad?«

»Ganz gut. Er hat gerade seine Instantnudelphase. Die will er tagtäglich essen.«

Sie alle kannten inzwischen die Macken von Rubys Vater Hugh. In der vorigen Woche waren es Spiegeleier gewesen, davor Fischstäbchen. Wenn er erst mal ein neues Lieblingsgericht hatte, blieb er eine Weile dabei, und Ruby musste es ihm jeden Tag aufs Neue kochen, bis er auf etwas anderes kam. Ruby tat Laurie schon ein wenig leid. Andererseits liebte sie ihren Dad über alles, und seit dem Tod ihrer Mutter hatten die beiden nur noch einander. Es war also irgendwie auch schön, dass Ruby sich so liebevoll um ihn sorgte.

Manchmal wünschte Laurie sich, es gäbe in ihrem Leben auch jemanden, der sie brauchte. Mit ihren Eltern sah es aber leider ganz anders aus. Ihre Mutter, zu der sie noch nie ein liebevolles Verhältnis gehabt hatte, brauchte sie höchstens, wenn sie mal wieder an jemandem herumkritisieren wollte. Denn ihre Mutter war eine pathologische Nörglerin, die schlimmste Meckerziege, die man sich nur vorstellen konnte. Sie hatte an allem und jedem etwas auszusetzen, besonders aber an ihrer Tochter. In ihren zweiunddreißig Jahren hatte Laurie sich daran gewöhnt, denn es war nie anders gewesen. Wie jedoch ihr Vater, der eigentlich eher fröhlicher Natur war, es so lange mit ihrer Mutter aushalten konnte, war ihr ein Rätsel. Na, vielleicht war er auch nur froh, dass er überhaupt jemanden an seiner Seite hatte. Es war doch schön, nicht allein zu sein. Und vielleicht erinnerte er sich auch einfach gerne an die guten alten Tage mit ihr zurück, daran, wie sie früher einmal gewesen war, bevor sie reich, oberflächlich und unzufrieden geworden war.

Als Ruby Laurie mit ihren Sachen zu Hause absetzte, bedankte diese sich noch einmal herzlich bei ihr, sie mitgenommen zu haben. Und so wie Orchid eine »Mission Barry« hatte, beschloss Laurie, sich nun der »Mission Ruby« anzunehmen. Es musste doch möglich sein, den Laden zu retten. Schließlich hatte er einmal Valerie gehört. Und deshalb bat Laurie diese nun auch um ein wenig Hilfe und hoffte, sie würde ihre Worte hören, wo immer sie auch war.

KAPITEL 6

Zufrieden betrachtete Laurie die neue Auslage. Ruby hatte ihr ein paar Tipps gegeben, wie sie das Holz der Truhe zum Glänzen brachte, und jetzt machte die Schatzkiste wirklich was her. Sie stand offen und war gefüllt mit Lauries derzeitiger Lieblingssorte: Ingwer-Orange mit rotem Pfeffer. Dieser Tee passte perfekt in die Sommerzeit, ein wenig Schärfe war gut bei diesen Temperaturen.

Um die Schatztruhe herum hatte sie das blitzblank polierte Fernrohr, die alten Bücher vom Flohmarkt und einige in Goldpapier gewickelte Schokoladenmünzen arrangiert, die sie nebenan bei Keira bekommen hatte. Ja, das hatte sie wirklich gut hinbekommen.

Sie hörte die Türglocke und drehte sich um. Sie war so konzentriert gewesen, dass sie überhaupt niemanden am Schaufenster hatte vorbeigehen sehen. Als sie ihren Besucher erblickte, machte sich ein fröhliches Lächeln auf ihrem Gesicht breit.

Sie ging auf den großen Mann zu, der mit seinem grauen Haar noch immer fabelhaft aussah – genau wie George Clooney war auch ihr Vater mit den Jahren immer attraktiver geworden.

»Dad!«, rief sie freudig. »Was machst du denn hier?«

Er hatte nicht erwähnt, dass er vorbeikommen würde, und Laurie war mehr als überrascht. Ihr Vater schaute nicht allzu häufig im Laden vorbei; wenn sie genauer darüber nachdachte, war er schon seit Monaten nicht mehr hier gewesen. Was nicht bedeuten sollte, dass sie sich nicht oft gesehen oder kein gutes Verhältnis gehabt hätten. Im Gegensatz zu ihrer Mutter verstand Laurie sich mit ihrem Vater nämlich ganz wunderbar. Leider arbeitete er aber so viel, dass sie sich immer nur mal auf ein kurzes Frühstück oder einen Drink nach der Arbeit sahen. Meistens fanden diese Treffen in den Restaurants der Wellnesscenter statt, die ihr Vater besaß. Dr. William Harper war einmal ein angesehener Unfallchirurg gewesen, doch nach vielen Jahren Arbeit in einer Klinik hatte er sich dazu entschlossen, sein eigenes Schönheitscenter aufzumachen – eine Wellnessoase, in der sich seine Gäste entspannen und auch gleich ein wenig liften lassen konnten. Ein kleiner Eingriff hier, ein wenig aufspritzen da und anderswo ein bisschen absaugen. Und am Ende ihres Aufenthalts verließen die Leute die Harper's Oasis wie neugeboren.

Vielleicht hatte Laurie den Drang, ihr eigener Boss zu sein, ja von ihrem Vater.

»Ich war in der Gegend und dachte, ich schaue mal rein.« William lächelte zurück und umarmte sie liebevoll.

»Ich freue mich. Darf ich dir einen Tee anbieten?«

»Gerne.«

»Schwarzer mit Milch und Zitrone?«

»Wie immer.« Er setzte sich an einen der Tische. Es

war später Nachmittag, und die Leute waren auf dem Heimweg, um das Abendessen zuzubereiten, Hausaufgaben mit den Kindern zu machen oder einfach nach einem langen Arbeitstag die Füße hochzulegen. Nach siebzehn Uhr waren die Tische in der Tea Corner selten noch besetzt.

»Darf ich fragen, was dich in meine Gegend verschlagen hat?« Sicher handelte es sich um etwas Berufliches. Ihr Vater hätte zwar längst in den wohlverdienten Ruhestand gehen und sich gemütlich zurücklehnen können, konnte das Arbeiten aber einfach nicht sein lassen und war für seine Patienten da, wann immer sie ihn brauchten. Und dabei war es egal, ob es um eine geplante OP, einen Notfall oder einfach nur um ein Gespräch und ein paar gute Ratschläge ging.

»Ein Silikonimplantat war verrutscht«, sagte er, als wäre es das natürlichste Gesprächsthema der Welt.

»Oh. Und? Konntest du es wieder richten?«

»Ja, das konnte ich. Und die Kundin wollte sich auch gleich erkenntlich zeigen.« Er lächelte ein wenig verschmitzt.

»Dad!« Schockiert sah Laurie ihn an.

»Ich habe ihr meinen Ehering gezeigt. Du hättest doch nicht wirklich geglaubt, dass ich darauf eingegangen wäre, oder?«

Nun ja, bei der Kälte, die ihn zu Hause empfing, wäre es irgendwie verständlich gewesen. Aber ihr Vater liebte ihre Mutter. Das hatte er schon immer getan, seit sie sich vor sechsunddreißig Jahren in einem Fast-Food-Restaurant kennengelernt hatten. Natürlich ging keiner von ihnen heute noch in einen Schnellimbiss. Die beiden hielten viel von teuren Restaurants, Hummer, Kaviar und Austern. Alles Dinge, die Laurie seit ihrer Kindheit verabscheute. Sie zog ein schmackhaftes Sandwich jeder Delikatesse vor. Allerdings hatten ihre Eltern das nie verstanden. So, wie sie auch nicht verstanden hatten, dass ihre Tochter ausgerechnet ein Teegeschäft hatte eröffnen müssen. Eine eigene PR-Agentur wäre akzeptabel gewesen. Ein Juweliergeschäft auch noch. Aber Tee!? Nein, das war ihnen unbegreiflich. Und auch wenn ihr Vater sich mit der Zeit damit angefreundet hatte, war ihre Mutter nie über diese Enttäuschung hinweggekommen.

»Magst du ein paar Kekse zum Tee?«, fragte Laurie und holte mit der Zange eine halbe Zitronenscheibe aus dem Glas.

»Nein, danke. Deine Mutter und ich sind heute Abend noch zu einem Dinner eingeladen.«

»Ja? Wo denn?«

Laurie stellte ihrem Vater den Tee auf den Tisch, den diese Woche ein kleiner bunter Sommerblumenstrauß in einer runden Glasvase zierte.

»Bei den Smiths. Schreckliche Leute.«

»Warum habt ihr dann mit denen zu tun?«, fragte sie. Sie hatte noch nie verstanden, warum man sich mit Menschen abgab, die man nicht ausstehen konnte. Es war ja nicht so, als ob man nicht selbst entscheiden konnte, wen man traf. Laurie zum Beispiel hatte sich ihre Freunde nach bestimmten Kriterien ausgesucht, und sie hatte nicht vor, ihre wertvolle Freizeit mit irgendwem zu verbringen, der ihr Magenschmerzen bereitete. Ihre Mutter bildete da eine Ausnahme, aber da war nun mal nichts zu machen – sie war eben ihre Mum.

»Judith ist im selben Komitee wie Ella Smith. Irgendeine Organisation für Tiere, Bedürftige, Kinderkrebshilfe oder sonst was. Ich habe da schon lange den Überblick verloren.«

Ja, das hatte Laurie auch. Sie fand es seltsam, dass ihre Mutter sich dermaßen für wohltätige Zwecke einsetzte. Sie konnte Obdachlose nicht leiden, genauso wenig hatte sie für Tiere übrig, außer in Form von Pastete auf ihrem Teller. Kranke Kinder waren ihr ebenso ein Graus. Wenn Laurie als Kind krank gewesen war, hatte sich stets die Haushälterin um sie gekümmert. Ihre Mutter hatte sie dann oft tagelang nicht gesehen, bis ihr gestattet wurde, ihr Zimmer wieder zu verlassen. Sie vermutete, dass die wohltätige Ader allein daher rührte, dass Judith Harper einen guten Eindruck in der hohen Gesellschaft von Oxford hinterlassen wollte. Sie bemühte sich, gut dazustehen, wollte mithalten, und dafür hätte sie beinahe alles getan. Kaum vorstellbar, dass sie selbst in ärmlichen Verhältnissen aufgewachsen war. Umso schwerer war es verständlich, dass sie kein Mitgefühl für mittellose Menschen hatte. Ihrer Meinung nach trug man selbst die Schuld daran, wenn man arm war. Sollte man doch einen reichen Mann heiraten, so wie sie es getan hatte. Jeder war schließlich seines eigenen Glückes Schmied.

»Wie geht es Mum?«, erkundigte Laurie sich, wie sie es immer tat. Sie hätte sie auch anrufen und persönlich fragen können, vermied es aber, so gut sie konnte. Denn mit ihrer Mutter konnte man nicht belanglos plaudern. Ein Gespräch mit ihr endete immer damit, dass Laurie sich fühlte wie der nichtsnutzigste Mensch auf Erden.

»Es geht ihr gut. Der Tee ist übrigens köstlich.«

»Ich danke dir. Ich würde dir gerne mal eine meiner anderen Sorten andrehen, aber du bestehst ja auf deinem schwarzen Tee.«

»Ich trinke ihn schon seit meiner Kindheit mit Milch und Zitrone. Deine Grandma hat ihn mir immer so zubereitet.«

Ja, das wusste sie. Grandma Patty. Laurie vermisste sie sehr. Vor gut zehn Jahren war sie an Altersschwäche gestorben. Mrs. Witherspoon erinnerte sie oft an sie, wenn diese mit leicht zitternder Hand ihre Teetasse hielt oder mit glänzenden Augen von der guten alten Zeit erzählte.

»Ich werde wohl bald mal wieder zum Friedhof fahren und ein paar Blumen aufs Grab legen«, ließ sie ihren Vater wissen.

»Legst du für mich welche mit hin?«

Laurie nickte. Klar, ihr Vater hatte für so etwas keine Zeit, das verstand sie schon.

Die Türglocke bimmelte wieder. Keira betrat den Laden.

»Oh. Du hast noch Kundschaft?«

Laurie warf einen Blick auf ihre Uhr und bemerkte, dass es bereits kurz nach sechs war.

»Nein, nur meinen Dad. Ihr kennt euch? Dad, das ist Keira, ihr gehört der Pralinenladen gleich nebenan. Keira, das ist mein Vater, William Harper«, stellte sie die beiden einander vor, nachdem sie sich einfach nicht mehr daran erinnern konnte, ob sie sich jemals zuvor begegnet waren.

»Mr. Harper, es freut mich, Sie zu sehen.« Keira trat einen Schritt auf ihn zu und hielt ihm ihre Hand hin, die er sogleich ergriff, nachdem er sich, ganz Gentleman, erhoben hatte. Und jetzt erinnerte Laurie sich auch wieder, dass die beiden sich sehr wohl schon einmal begegnet waren, nämlich, als ihr Dad an ihrem letzten Geburtstag ein Geschenk vorbeigebracht hatte.

»Es ist mir eine Freude, Keira. Nennen Sie mich doch William.«

»Gerne.« Keira zeigte Lauries Vater ihr schönstes Lächeln. Der lächelte mindestens ebenso breit.

Oh Gott, sah Laurie da etwa kleine Funken sprühen zwischen den beiden? Nein, das musste sie sich einbilden!

»Was kann ich für dich tun, Keira?«, fragte sie ihre Freundin schnell.

»Ich hätte gerne Tee. Irgendwas Sommerliches.«

»Wie wäre es mit dem leckeren Granatapfeltee? Er steht direkt neben der Schatztruhe.« Sie deutete zur Kommode.

»Oh, ist das die Truhe, die du gestern auf dem Flohmarkt ersteigert hast?«

»Jap.«

»Sieht toll aus.« Keira war ganz begeistert.

»Darf ich kurz stören?«, meldete Lauries Vater sich zu Wort. »Ich muss mich leider verabschieden. Das Dinner.« Er verzog das Gesicht.

»Ach, stimmt. Dann komm gut hin, Dad. Und danke

für deinen Besuch. Grüß Mum von mir«, fügte sie noch hinzu.

»Werde ich machen. Es hat mich sehr gefreut, Keira.« Nun war er es, der Keira seine Hand hinhielt. Sie nahm sie, und er hielt sie einen Moment zu lange fest.

»Ganz meinerseits, Mr. … William. Ich hoffe, ich sehe Sie mal wieder?«

»Das hoffe ich auch. Auf Wiedersehen, Laurie.« Er umarmte sie kurz und wandte sich dann zum Gehen.

Keira sah ihm nach.

»Sag mal, hast du da gerade mit meinem Dad geflirtet?«, entfuhr es Laurie. Sie wusste nicht, ob sie schockiert oder amüsiert sein sollte.

»Ich? Oh Gott, nein! Ich fand ihn nur sehr … nett.«

»Ja, das hab ich gemerkt.«

»Ach, hör schon auf, Laurie. Ich flirte doch nicht mit den Vätern meiner Freundinnen. Ich bin in einer glücklichen Beziehung, hast du das vergessen?«

Na, so glücklich war die Beziehung eigentlich nicht, das wussten sie beide.

»Wie läuft es denn so mit Jordan?«, erkundigte sich Laurie.

»Ach, frag nicht«, antwortete Keira und ließ sich auf den Stuhl fallen, auf dem eben noch William gesessen hatte.

»So mies?« Laurie nahm ihr gegenüber Platz.

»Ist doch in jeder Beziehung so, oder?«

In dem Moment sahen sie Patrick die Straße entlanglaufen, auf Orchids Laden zugehen und diese wenig später in die Arme schließen. Er hob sie hoch und drehte sich mit ihr um hundertachtzig Grad, bevor er sie wieder herunterließ.

Als Laurie sich Keira zuwandte, erkannte sie, dass diese Tränen in den Augen hatte.

»Hey, alles okay?« Sie legte ihr fürsorglich eine Hand auf den Unterarm.

»Du hast mich gefragt, wie es läuft. Und die Wahrheit ist: Es läuft ganz und gar nicht. Jordan ist … er ist … Verdammt, er kann so gemein sein.«

»Was hat er jetzt wieder gesagt?« Keira hatte sich schon des Öfteren bei ihr ausgeweint.

»Dass mein Hintern fett ist und dass meine Hosen aussehen, als würden sie gleich platzen.«

Das Schlimme war, dass Jordan so etwas nicht nur aus Spaß sagte. Er meinte jedes seiner Worte ernst. Und Laurie verstand gut, dass es Keira verletzte. Okay, er hatte sie ein wenig anders kennengelernt. Früher einmal hatte Keira nämlich andere Maße gehabt, war fast so schlank gewesen wie Orchid. Aber mit den Jahren – und mit jeder Praline – war Keira ein wenig kurviger geworden, was ihr in Lauries Augen super stand, denn sie war keinesfalls dick, sondern hatte Rundungen an genau den richtigen Stellen bekommen. Jordan, mit dem Keira inzwischen seit siebeneinhalb Jahren zusammen war, schien ihre Meinung leider nicht zu teilen.

»Er ist ein Idiot! Ich finde, du siehst großartig aus.«

»Ich sehe fett aus.«

»Das tust du nicht. Und wenn Jordan das so sieht, dann muss er blind sein. Du bist nicht fett, du bist weiblich. Und das ist auch gut so.«

»Was aber, wenn er sich eine andere sucht? Eine, die hübscher ist als ich? Schlanker?«

»Dann hat er dich gar nicht verdient.« Laurie mochte ihrer Freundin nicht eingestehen, dass ihr Jordan schon immer unsympathisch gewesen war. Er war nicht nur arrogant und hielt sich als Zahnarzt anscheinend für etwas Besseres, er war auch unfreundlich. Einmal hatte sie ihm einen Tee ausgegeben, und er hatte nicht mal Danke gesagt. Manchmal erinnerte er Laurie an Peter, ihren Exmann, eine ganz dunkle Episode ihres Lebens. Der war genau so ein Egoist gewesen. Immer nur die eigenen Bedürfnisse im Kopf – die Gefühle der anderen waren Typen wie ihm nie wichtig genug. Keira tat ihr leid. Sie selbst hatte den Absprung schon vor einer ganzen Weile geschafft, während ihre Freundin noch immer festhing.

»Ja, vielleicht hast du recht. Na, ich will dann mal nach Hause gehen«, sagte Keira niedergeschlagen.

»Nimm es nicht so schwer. Am Ende fügt sich alles so, wie es sein soll.« Und in Keiras Fall hoffte sie von Herzen, dass Jordan endlich erkannte, was er an ihr hatte – oder dass Keira aufwachte und ihn verließ.

»Ich versuche es.«

»Wolltest du nicht noch Tee haben?«

»Ach ja. Dann gib mir bitte eine Packung von dem Granatapfeltee mit. Ist der lecker?«

»Der ist unglaublich!« Laurie hätte gleich wieder davon schwärmen können, doch es war nicht der richtige Moment dafür.

Sie gab Keira eine Packung und nahm die sechs Pfund dafür entgegen.

»Ich hoffe, er schmeckt dir.«

»Wird er sicher. Danke für dein offenes Ohr. Und einen schönen Feierabend.«

Laurie drückte sie noch einmal fest, bevor sie Keira gehen ließ. »Jederzeit. Lass dich nicht unterkriegen.«

Keira nickte und trat mit hängenden Schultern auf die Straße.

Ja, es war so einfach gesagt … Manchmal war eine feste Beziehung wohl doch nicht die beste aller Entscheidungen. Obwohl Laurie sich solch ein Verhalten bei Barry nicht vorstellen konnte. Nein, ganz sicher nicht. Dafür war er viel zu lieb.

Sie legte das Geld in die Kasse und packte ihre Sachen zusammen. Schüttete die Reste Tee aus den Kannen in die Spüle und gab die Zitronenscheiben in den Müll. Dann fühlte sie ein Kribbeln im Bauch, denn es war nicht mehr lange, bis Barry wieder vor ihr stünde. Nur noch einmal schlafen, und es war wieder Dienstag. Der schönste Tag der Woche.

KAPITEL 7

Am nächsten Morgen stand Laurie in ihrem weinroten Wohlfühlrock und einem weiß-rot gestreiften Tanktop im Laden und atmete tief durch. Lächelnd sah sie in Richtung Fenster. Barry müsste jeden Augenblick da sein, und sie hatte sich fest vorgenommen, heute ein Stück weiterzukommen.

Sie sah den Lieferwagen vorfahren, vor dem Laden halten und Barry aussteigen. Er holte einen großen Karton heraus und ging auf die Tür zu. Laurie beobachtete, wie er Anstalten machte, die Ladentür zu öffnen, und … da sah sie Orchid über die Straße eilen.

Sie musste lächeln. Orchid hielt, was sie versprach. Gleichzeitig machte sich ein nervöses Kribbeln in ihr breit.

»Guten Morgen, Laurie«, begrüßte Barry sie fröhlich.

»Guten Morgen«, erwiderte Laurie und konnte sich gar nicht auf ihn konzentrieren, weil sie so aufgeregt war und sich fragte, was Orchid wohl vorhatte. Keine zwei Atemzüge später bimmelte die Türglocke erneut, und Orchid war da – voll da, denn wenn Orchid einen Raum betrat, füllte sie diesen ganz aus.

»Hi«, sagte sie mit einem breiten Lächeln.

»Hallo, Orchid. Schon so früh am Morgen? Wie

komme ich denn zu der Ehre?« Oh Mann, da hätte sogar ein Schwerhöriger vernommen, dass sie alles andere als überrascht über den Besuch war. Laurie musste sich zwingen, ruhig weiterzuatmen. Orchid zwinkerte ihr zu.

Barry blickte zu Orchid. Er betrachtete sie so, wie alle Männer sie betrachteten. Sie war ja auch eine Augenweide. Groß und schlank mit unendlich langen Beinen, die heute in einer superengen Hollister-Jeans steckten. Ihr langes blondes Haar fiel federleicht auf ihre Schultern, ihre Augen funkelten magisch, und ihre megaweißen Zähne machten ihr Lächeln unwiderstehlich. Laurie war sich sicher, dass sie jede Zahnpasta der Welt hätten verkaufen können.

In ihr machte sich ein Gefühl breit, das sie nicht richtig einordnen konnte. War es Eifersucht, weil Barry Orchid so anstarrte? War es Neid, weil sie nicht annähernd so hübsch war wie Orchid? Waren es Zweifel, weil Orchid ihr doch eigentlich helfen wollte, sie und Barry einander näherzubringen, und nicht dafür sorgen sollte, dass Barry sich am Ende noch in sie verliebte?

»Was gibt's denn, Orchid?«, fragte sie mit quietschiger Stimme, die gar nicht ihre zu sein schien.

»Wollte nur mal Guten Morgen sagen.« Orchid grinste breit. »Willst du uns denn nicht vorstellen?« Ihre Freundin sah sie erwartungsvoll an und schielte dann zu Barry.

»Ach so, na klar. Also, das ist Barry, mein Teelieferant. Barry, das ist Orchid, sie betreibt den Geschenkeladen auf der anderen Straßenseite.«

Barry schüttelte Orchid die Hand. »Freut mich sehr.«

»Und mich erst«, sagte Orchid. »Du bist also der berühmte Teelieferant.« Sie zwinkerte Laurie schon wieder zu. Na, das war ja gar nicht auffällig!

Barry lachte. »Ich bin berühmt?«

Bitte, bitte, bitte mach mich jetzt nicht lächerlich, übertreib es bloß nicht, dachte Laurie und fixierte Orchid mit ihren Augen.

»Na klar. Hab schon viel von dir gehört.«

Überrascht wanderte Barrys Blick zu Laurie. »Ich hoffe, nur Gutes?«

Laurie spürte, wie sie knallrot anlief.

»Aber sicher.« Orchid steckte lässig die Daumen in die Hosentaschen. »Cooles T-Shirt, übrigens.«

Alle drei starrten auf sein T-Shirt. Heute war es mal kein Band-T-Shirt, sondern eins mit einer Teetasse und der Aufschrift *I love my Tea-Shirt*.

Barry schmunzelte. »Danke.«

»Und, Barry? Bist du eigentlich schon vergeben?«, fragte Orchid frei heraus.

Laurie wollte im Erdboden versinken. In ihrem Inneren brodelte eine heiße Quelle, wie sie sie am Abend zuvor in einer Fernsehdokumentation über den Yellowstone-Nationalpark gesehen hatte.

»Orchid!«

»Was ist denn?«

Was los war? Abgesehen davon, dass Barry Orchids Fragen als Interesse interpretieren könnte?

»Kein Problem«, entgegnete Barry und sah Laurie in die Augen. Dann antwortete er Orchid: »Zurzeit bin ich Single.«

»Orchid ist vergeben«, platzte es aus Laurie heraus.

Oh Gott, oh nein, wie peinlich!

Barry nickte nur und lachte.

»Weißt du, Laurie ist auch noch Single«, informierte Orchid Barry.

Laurie starrte ihre Freundin mit weit aufgerissenen Augen an. Ja, nun hatte Orchid es geschafft: Der ganze verdammte Yellowstone-Park brodelte in ihr, es drohte jeden Moment eine Eruption.

In dem Moment betrat der erste Kunde des Tages den Laden. Laurie war noch nie so froh gewesen, sich ihrer Kundschaft zuwenden zu können. Während sie die Dame, die nach Grünteesorten fragte, beriet, sah sie Barry und Orchid aus dem Augenwinkel miteinander lachen.

Die Kundin entschied sich für einen grünen Tee mit Honig und wollte sich noch ein wenig umsehen. Laurie hatte die Ablenkung gutgetan. Auch wenn sie noch immer kochte, war sie nun ein klein wenig lockerer.

»Willst du nicht deinen Laden öffnen gehen? Es ist schon fünf nach neun«, erinnerte sie ihre Freundin. Ihr gefiel Orchids Plan nämlich plötzlich gar nicht mehr. Viel länger würden ihre Nerven das bestimmt auch nicht mitmachen.

»Ja, das sollte ich wohl.« Orchid schielte aus dem Fenster zum Gift Shop hinüber und entdeckte zwei wartende Kunden vor der verschlossenen Tür. »Ich muss dann mal los. War wirklich nett, dich kennenzulernen«, sagte sie und strahlte Barry noch einmal an. »Unterhaltet euch doch noch ein bisschen. Vielleicht geht ihr sogar mal zusammen aus … Ihr habt doch so viele gemeinsame Interessen. Bye.« Und weg war sie.

Herrje …

Die Kundin bezahlte und verschwand ebenfalls, aber Barry machte keine Anstalten zu gehen, sondern bewunderte die neue Schatztruhe. Laurie trat zögernd neben ihn.

»Deine Freundin ist ja wirklich eine Nummer für sich«, sagte er.

»Oh ja, das ist sie. Bitte nimm sie nicht allzu ernst.«

»Tue ich nicht.«

»Dann ist es ja gut.« Sie sah Barry an, und er erwiderte ihren Blick.

Fast hätte man den Moment als magisch bezeichnen können. Alles in ihr kribbelte. Ob er wohl dasselbe spürte? Und ob er auf Orchids Vorschlag eingehen würde?

Barry hielt ihrem Blick stand, und Laurie wurde unglaublich verlegen. Sie wollte sich mit der Hand auf der Kommode abstützen, um festen Halt zu bekommen. Dummerweise sah sie noch immer zu Barry statt zur Kommode, verfehlte diese um einige Zentimeter, rutschte ab und geriet völlig aus dem Gleichgewicht. Im nächsten Augenblick fiel sie nach hinten und schrammte sich das Bein an der Ecke der untersten Schublade auf, die offen stand.

Sofort war Barry an ihrer Seite. »Alles okay?«

»Ja, alles gut. Danke.«

So etwas musste natürlich wieder ihr passieren! Zögerlich griff sie nach Barrys Hand und ließ sich aufhelfen. Seine Hand zu halten fühlte sich einfach unglaublich an.

Verlegen strich sie sich die Haare hinters Ohr, die sich aus ihrer Hochsteckfrisur gelöst hatten.

Zum Glück ist gerade kein Kunde im Laden, dachte sie nur.

»Du meine Güte, du blutest ja«, sagte Barry und zeigte auf ihr Bein.

Ach ehrlich? Das hatte sie noch gar nicht mitbekommen. Sie sah hinunter und erschrak. Die Strumpfhose wies ein Loch in der Größe einer Pflaume auf, Blut rann den ganzen Unterschenkel hinunter. Plötzlich fühlte sie auch, wie es schmerzte, und gleichzeitig wurde ihr beim Anblick des Blutes schwindlig.

»Komm, setz dich«, sagte Barry und brachte sie zu einem der Stühle.

»So ein Mist!«, entfuhr es ihr.

Wie dumm, wie dumm, wie dumm. Jetzt darfst du nur nicht als Weichei erscheinen, das würde die Sache noch schlimmer machen.

»Tut es sehr weh?«, erkundigte sich Barry und ging vor ihr in die Hocke.

Oh nein, was hatte er denn jetzt vor?

»Fast gar nicht«, log sie und beobachtete Barry dabei, wie er ihre Wunde betrachtete.

Bei näherem Hinsehen wurde ihr klar, was er außer der Wunde außerdem erblicken musste: ihre unrasierten Beine, die man sogar durch die Strumpfhose sehen konnte! Seit bestimmt drei Wochen hatte sie sich nicht rasiert, dabei hatte sie sich doch nach der Sache mit der

Laufmasche letzte Woche vorgenommen, das schnellstens zu tun. Sie hatte es schlicht vergessen. *Warum, warum, warum?*

Na, woher hätte sie denn auch wissen sollen, dass Barry heute vor ihr knien und ihr Bein in seinen Händen halten würde?

Sie konnte es gar nicht richtig genießen, und das ärgerte sie am meisten. Mehr noch als die Tatsache, dass sie überhaupt so tollpatschig gewesen und hingefallen war.

»Barry, das ist wirklich nicht nötig.«

»Ich muss mir das mal genauer ansehen. Vielleicht solltest du zum Arzt und das nähen lassen.«

So weit kam es noch!

»Nein, nein, ist wirklich nicht so schlimm. Ich klebe einfach ein Pflaster drauf.«

Es *war* schlimm. Es tat unglaublich weh. Aber sie biss die Zähne zusammen.

Barry holte ein Taschentuch aus der Hosentasche und gab es ihr. »Hier, drück das vorsichtig auf die Wunde, damit die Blutung gestoppt wird.«

Sie betrachtete das hellblaue Stofftaschentuch eingehend.

»Es ist noch nicht benutzt, keine Sorge.«

»Nein, das habe ich auch nicht gedacht«, sagte sie schnell.

Sie wunderte sich, wer heutzutage überhaupt noch Stofftaschentücher mit sich herumtrug. Am liebsten hätte sie es sich an die Nase gehalten und daran geschnuppert. Stattdessen drückte sie es auf die blutende Stelle und sah dabei zu, wie es rot wurde.

»Hast du Verbandszeug da?«, fragte Barry.

»Irgendwo hinten im Bad. Da ist so ein kleiner Schrank mit einem Notfallköfferchen.« Sie zeigte in die Richtung.

Schon war Barry unterwegs und kam kurz darauf mit dem Verbandszeug wieder.

»Vielleicht ziehst du besser die Strumpfhose aus.«

Na toll. Genau das hatte sie doch vermeiden wollen. Nun würde Barry nicht nur ihre behaarten Affenbeine zu sehen bekommen, sondern auch die Besenreiser. Sie hätte heulen können. Aber was blieb ihr übrig? Es blutete ununterbrochen.

Sie streifte sich die Ballerinas ab und zog vorsichtig die Strumpfhose aus, dann kniff sie die Augen zusammen und wünschte sich, es wäre alles nur ein böser Traum, und sie würde gleich aufwachen, allein in ihrem Bett liegen, und alles wäre in Ordnung.

Natürlich wurde ihr der Wunsch nicht erfüllt. Sie saß noch immer auf dem Stuhl in der Tea Corner, ihr haariger Unterschenkel abgelegt auf Barrys Bein, seine starken, warmen Hände auf ihrer Haut. Er desinfizierte die Wunde und wickelte dann einen Verband darum. Zum Schluss klebte er noch zwei Pflaster darauf, damit der Verband auch hielt, und betrachtete sein Werk.

»Ich denke, das hält eine Weile. Wenn die Blutung nicht von allein nachlässt, solltest du aber doch noch einen Arzt aufsuchen.«

»Okay.«

»Bist du wirklich in Ordnung?«

»Ja, bin ich. Mach dir keine Sorgen.«

»Leider muss ich langsam weiter.«

»Ist doch klar. Ich danke dir vielmals.«

»Das Taschentuch kannst du behalten. Schmeiß es einfach weg.«

Wegschmeißen? Niemals!

»Danke. Du warst wirklich meine Rettung.«

Hätte er sie allerdings nicht auf diese Weise angesehen, dann wäre sie nicht so verlegen gewesen, und es wäre ja gar nicht erst so weit gekommen. Nichts von alledem wäre passiert.

Barry lächelte sie an. »Was ich dir vorhin schon sagen wollte …«

Bitte nichts in der Art wie: Du solltest dir öfter mal die Beine rasieren.

»… die neue Deko ist absolut gelungen. Die Schatztruhe ist toll.«

Na, wenigstens das hatte sich gelohnt.

»Danke! Ich werde dann gleich mal die neuen Waren auspacken. Ist der leckere Lakritztee auch dabei?« Sie verzog das Gesicht.

»Ja, natürlich. Die Blätter müssen mindestens fünf Minuten ziehen.«

»Alles klar.«

»Ich muss dann mal … Hab noch einen schönen Tag. Ich hoffe, deinem Bein geht es bald besser.«

Ihrem haarigen Orang-Utan-Bein? Na, sicher.

»Danke. Dir auch einen schönen Tag.«

Barry lächelte noch einmal, ging dann zur Tür und verließ den Laden. Von draußen winkte er durchs Fenster. Laurie winkte zurück.

Sobald er weggefahren war, legte sie die Arme auf den Tisch und verbarg ihren Kopf darin. Das war ja wohl so ziemlich der schlimmste Dienstagmorgen aller Zeiten gewesen. Und alles, was sie gewollt hatte, war, Barry einen Schritt näherzukommen. Na, das hatte sie geschafft. Ganz so nah wäre dann aber doch nicht nötig gewesen.

Die Türglocke bimmelte, und sie hob den Kopf. Einer ihrer Stammkunden war hereingekommen.

»Oh. Geht es Ihnen gut, Miss Harper?«

»Guten Tag, Mr. Jenkins. Ja, alles in Ordnung, danke. Ich habe mich nur verletzt, es geht aber schon wieder.«

Sie stand auf und schlüpfte wieder in die Schuhe. Dann hob sie das Taschentuch vom Boden auf, steckte es in ihre Rocktasche, desinfizierte ihre Hände mit dem Mittel aus dem Verbandskasten und humpelte zum Ladentisch. Jeder Schritt schmerzte.

»Womit kann ich heute dienen?«, hatte sie gerade gefragt, als das Telefon klingelte.

»Entschuldigen Sie bitte«, sagte sie zu Mr. Jenkins und nahm den Hörer des altmodischen Telefons ab. »Laurie's Tea Corner, guten Morgen.«

»Woohoo!«, hörte sie Orchid am anderen Ende. »Dein Barry ist aber lange geblieben. Du kannst mir später für meine Hilfe danken, jetzt will ich erst mal Näheres in allen Details hören.«

»Ich ruf dich später zurück, ja? Ich hab gerade Kundschaft.«

»Ich will nur eins wissen: Habt ihr ein Date?«

»Nein. Ich bin wohl nicht geeignet als Verkupplungsobjekt«, sagte Laurie und legte auf.

Mr. Jenkins sah sie fragend an.

Laurie seufzte tief und bot dem Mann einen frisch aufgebrühten Erdbeer-Vanille-Tee an.

KAPITEL 8

Noch ein wenig von den Lindenblüten, dazu Brombeerblätter und Zitronengras. Ein Hauch von grüner Minze durfte nicht fehlen. Perfekt!

Laurie steckte ihr Gesicht tief in die metallene Schüssel, in der sie die Mischung hergestellt hatte, und sog den Duft ein. Er war einfach herrlich!

Sie konnte sich nicht erinnern, wann genau sie ihre Liebe zum Tee entdeckt hatte – mit einem Mal war sie da gewesen, und sie wuchs stetig. Vor gut sechs Jahren, nach der kurzen Episode in der PR-Agentur, hatte sie plötzlich das Bedürfnis gehabt, ein eigenes Geschäft zu eröffnen. Und sie hatte sofort gewusst, was sie verkaufen wollte: Tee! Kaffee hatte sie längst abgeschworen, es zählten plötzlich nur noch Früchtetees und schwarze Tees, grüne Tees und Kräutertees, saisonal auch mal etwas mit Kürbis oder mit weihnachtlichen Gewürzen. Vor allem aber war sie dem frischen Ingwertee verfallen, der heute groß auf der Tafel stand, die sie vor dem Laden aufgestellt hatte.

Frischer Ingwertee mit Minze und Zitrone, 1 Glas 3,20 £

Dazu reichte sie die vorzüglichen runden Ingwerplätzchen, die sie bei Keira erstanden hatte. In die hätte sie sich ebenfalls reinsetzen können. Damals den leeren Laden an der Ecke der Valerie Lane zu finden war wohl das Beste gewesen, was ihr je passiert war. Es musste Schicksal gewesen sein, dass es sie hierher verschlagen hatte, zu Susan, Orchid, Ruby und Keira. Sie hatte die vier so lieb gewonnen und war dankbar, sie als Freundinnen zu haben.

Ihr fiel wieder Ruby ein, der sie doch unbedingt helfen wollte. Aber um sie finanziell zu unterstützen, fehlte ihr leider das nötige »Kleingeld«. Auch eine Schatztruhe, ein Fernrohr oder ähnlich passende Dinge für ihre Abenteuerdeko hätte sie sicher bei Ruby's Antiques gefunden, doch wären die Teile dort fünfmal so teuer gewesen. Natürlich plagte Laurie ein schlechtes Gewissen, vor allem weil sie auch noch mit Ruby losgezogen war, um woanders einzukaufen. Sie hatte aber schon eine Idee, wie sie es mit der nächsten Deko wiedergutmachen konnte. Sie würde Ruby einfach fragen, was sie davon hielt, ihr einige Gegenstände aus ihrem Laden leihweise zur Verfügung zu stellen. Sie könnte ein kleines Schild daneben aufstellen und so ein wenig für Ruby werben.

Laurie machte sich immer mehr Sorgen um ihre Freundin. Der Laden am Ende der Straße wirkte so gut wie ausgestorben. Früher, als Rubys Mutter ihn geführt hatte, war oft Kundschaft dorthin gekommen, das wusste sie, weil die Leute ja an ihrem Laden vorbeimussten und sie sie durchs Fenster gesehen hatte. Meryl war eine wundervolle Frau gewesen, Laurie hatte sie sehr geschätzt. Leider hatte das Schicksal sie schwer getroffen.

Bauchspeicheldrüsenkrebs. Sie war innerhalb weniger Monate gestorben. Das war vor zwei Jahren gewesen, da war Ruby aus London zurückgekehrt und hatte den Laden weitergeführt. Nur sah es so aus, als ob ihr das nicht ganz so gut gelänge. Und deshalb hatte Laurie bereits mit ihren anderen Freundinnen in der Valerie Lane gesprochen, und sie alle hatten eingewilligt, ihr zu helfen, indem sie zusammenlegten, um eine viertelseitige Anzeige im Wochenblatt zu schalten. Das würde Ruby hoffentlich neue Kunden bringen.

Als Laurie gerade überlegte, was sie noch tun könnte, um ihr zu helfen, sah sie Orchid auf den Laden zukommen.

»Hey, Laurie«, sagte sie, als sie eintrat. »Was machst du da?«

»Ich wiege Tee ab«, antwortete sie, wog genau einhundert Gramm von der Mischung ab und füllte sie in ein kleines Papiertütchen. Dieses verschloss sie mit einem goldenen Clip und klebte einen Aufkleber drauf, der einen »Lindenblütentraum« versprach.

»Bist du irgendwie sauer auf mich?«

»Wie kommst du darauf?«

»Na, du hast nicht zurückgerufen, bist auch nicht bei mir im Laden vorbeigekommen ...«

»Ach, das ist nur, weil ich nicht über das Dilemma reden will, das ich mir mal wieder eingebrockt habe. Im Übrigen bin ich nicht sauer auf dich, sondern eher auf mich selbst.«

»Erzähl!« Orchid sah sie besorgt an und hüpfte auf die Theke, von der Laurie sie schnell wieder verscheuchte.

»Da gibt es nicht viel zu erzählen. Es war ein Reinfall. Schlimmer hätte es nicht laufen können. Das Ganze war eh eine bescheuerte Idee. Du hast mich irgendwie total nervös gemacht.«

»Hm. Wird nicht wieder vorkommen, okay? Ich lasse euch einfach weitermachen wie bisher. Vielleicht schafft ihr es ja in zehn Jahren oder so selbst, euch zu verabreden.«

»So war das doch auch nicht gemeint.« Laurie seufzte.

Eigentlich war ja nicht alles schlimm gewesen gestern. Dass Orchid Barry nach seinem Beziehungsstatus gefragt hatte, war schon mal ein Fortschritt und hatte Laurie endlich die Frage beantwortet, die sie ihm so oft selbst gern gestellt hätte. Barry war Single. Das war gut. Das war super. Besser könnte es gar nicht sein. Auch der kleine Unfall hatte nicht nur Schlimmes mit sich gebracht. Immerhin war sie Barry dadurch ein ganzes Stück nähergekommen, näher, als sie ihm je gewesen war.

»Weißt du, eigentlich bin ich nur enttäuscht von mir selbst«, sagte sie jetzt zu Orchid. »Und zwar, weil du so locker-leicht aus dem Ärmel schüttelst, was ich in sechs Monaten nicht geschafft habe. Wie du mit Männern redest, so ungeniert. Als wäre es das Normalste der Welt, jemanden zu fragen, ob er eine Freundin hat.«

»Na, das ist bei mir doch auch etwas völlig anderes. Du bist verknallt in den Typen, da geht das nicht so einfach.«

»Du hättest es doch sicher sogar dann hinbekommen, oder?«

»Mag sein. Keine Ahnung. Laurie, wir sind zwei völlig unterschiedliche Charaktere, und das ist gut so. Wäre doch langweilig, wenn wir alle gleich wären.«

»Ja, da hast du wohl recht.«

»Erzählst du mir jetzt, was gestern noch passiert ist, nachdem ich wieder rüber bin?«

»Oh. Lass mich überlegen. Ich war ganz verlegen, habe Halt gesucht, bin beim Versuch, mich auf der Kommode abzustützen, abgerutscht und habe mir den Unterschenkel aufgeschrammt.«

»Oh nein. Shit, das wollte ich nicht.«

»War nicht deine Schuld. Waren nur mal wieder ich und meine Unsicherheit.«

»Jetzt sehe ich es erst: Du trägst heute gar keinen Rock.« Laurie hatte das verbundene Bein unter einer weiten Hose versteckt. »Ist es sehr schlimm?«

»Ich werd's überleben.« Sie sah auf und grinste. »Barry hat mein Bein verarztet.«

»Ooooooh. Na, das nenne ich mal süß.«

»Ja, das war wirklich nett. Ich muss mich unbedingt noch angemessen bei ihm bedanken.«

»Wie wäre es mit einer Essenseinladung? So als Dankeschön.« Orchid zwinkerte.

»Ich weiß nicht, ob ich das hinbekomme. Na, mal sehen. Du hältst dich da aber bitte raus, okay?«

»Schon klar. Ich mische mich ganz bestimmt nicht mehr ein, nicht dass du dir auch noch das andere Bein aufratschst.«

»Du darfst dich gerne weiter einmischen, wenn du versprichst, dass du beim nächsten Mal nicht ganz so forsch bist«, sagte Laurie. »Allein schaffe ich das nämlich niemals und werde noch als alte Jungfer enden.«

»Okay. Wir setzen uns mal nach Ladenschluss zusammen und hecken was aus, ja?«

Laurie nickte, dann verzog sie den Mund. »Da ist noch was. Was richtig Peinliches.«

»Raus damit!« Orchid sah sie gespannt an.

»Ich hatte meine Beine nicht rasiert.«

»Ja und?« Orchid schien nicht zu verstehen, worauf Laurie hinauswollte, dann aber machte es klick. »Du meinst, als Barry dein Bein in seinen starken Händen hielt, war es nicht … oh Gott … oh Laurie!« Sie musste lachen.

»Ich bin so tief im Erdboden versunken, dass ich mich wundere, überhaupt noch sichtbar zu sein«, gestand sie.

Orchid schüttelte belustigt den Kopf. »Und was haben wir daraus gelernt?«

»Gehe nie wieder mit unrasierten Beinen aus dem Haus, besonders nicht an einem Dienstag«, erwiderte Laurie einsichtig.

»Sehr gut.«

»Du, ich glaube, du hast Kundschaft«, erkannte Laurie bei einem Blick durchs Fenster.

Orchid drehte sich um. »Oh, dann muss ich wohl rüber. Wir sehen uns heute Abend?«

»Aber klar.«

»Ich bringe irgendwas Leckeres mit, als Aufmunterung, ja?«

Laurie nickte und sah Orchid dabei zu, wie sie über

die Straße lief. Dabei verpackte sie weiter ihren Tee und lächelte glücklich. Schön, dass alles wieder im Lot war. Sie mochte es gar nicht, wenn Spannungen in der Luft lagen. Schon immer war sie ein sehr harmoniebedürftiger Mensch gewesen, und jeder, der in ihren Laden kam, sollte diese Harmonie verspüren, sonst nichts.

KAPITEL 9

Kurz vor Ladenschluss kam Gary in die Tea Corner. Er war ein Obdachloser, der seinen Platz an der Ecke Valerie Lane/Cornmarket Street hatte, genau gegenüber von Laurie und neben Susan's Wool Paradise. Seit Jahren schon wusste er, wo er hingehen musste, wenn er eine gute Tasse Tee wollte.

»Wie geht es dir, Gary?«, fragte Laurie lächelnd.

»Gut, danke.«

Gary sprach nicht viel. Er hatte noch nicht mehr von sich preisgegeben als seinen Vornamen und dass er gebürtig in Manchester war. Laurie reichte das als Information. Im Gegensatz zu Orchid musste sie nicht alles über eine Person in Erfahrung bringen. Jeder durfte so viel von sich mitteilen, wie er wollte.

»Endlich kühlt es ein bisschen ab, die Hitze war ja kaum zu ertragen, oder?«

Gary nickte.

»Darf ich dir einen Tee machen? Wie wär's mit frischem Ingwertee? Den hab ich heute im Angebot.«

»Habe ich gelesen«, sagte Gary, und Laurie kam sich plötzlich dumm vor. Natürlich hatte er es gelesen, es stand ja groß draußen auf der Tafel. Und natürlich war Gary kein Analphabet oder so, nur weil er auf der Straße lebte. Zum ersten Mal wünschte Laurie sich, doch ein wenig mehr von ihm zu erfahren. Wer er eigentlich war. Wer er einmal gewesen war. Ob er eine Familie hatte, einen Beruf erlernt hatte. Er war so unglaublich mysteriös, beinahe unsichtbar, dass sie sich manchmal fragte, ob er nur in ihrer Fantasie existierte. Sie hatte aber einmal gesehen, wie Keira ihm zwei Packungen Kekse in die Hand gedrückt hatte. Also konnte er keine Einbildung sein. Wie alt er wohl sein mochte? Ende zwanzig, Anfang dreißig?

Sie fragte ihn nicht, sah ihn nur erwartungsvoll an.

»Sehr gerne«, sagte er nun, und sie stellte die Herdplatte an, tat einen Teelöffel in dünne Scheiben geschnittenen frischen Ingwer, einige Blätter frische Minze und zwei halbierte Zitronenscheiben in ein Teeglas und wartete, bis der Kessel pfiff. Dann füllte sie dampfendes Wasser hinzu, stellte Gary das Glas hin und lächelte erneut.

»Lass es dir schmecken.«

Etwas unsicher nahm Gary den Tee entgegen. Dann fiel Laurie ein, weshalb er so verwirrt war. Normalerweise bereitete sie ihm seinen Tee in einem Pappbecher zu, den er mit nach draußen nehmen konnte, bei frischem Ingwer hatte sie daran aber nicht gedacht. Und nun wusste Gary nicht, was er tun sollte. Mit rausnehmen konnte er das Glas ja schlecht. Oder?

»Setz dich doch an den Tisch und trink in Ruhe. Ich mache hier solange klar Schiff.«

»Aber schließt du denn nicht um sechs?«

Es war eine Minute vor sechs.

»Doch, eigentlich schon. Aber heute ist doch Mittwoch und ...«

»Und da triffst du dich mit den anderen Ladenbesitzerinnen, oder?«

»Stimmt.«

»Störe ich auch nicht?«

»Quatsch, nein. Hier ist jeder herzlich willkommen, ganz besonders mittwochs.«

Gary nahm das Glas und setzte sich damit an den Tisch. Er tat viel Zucker in den Tee und rührte.

»Warum ausgerechnet mittwochs?«

»Weil es Tradition ist. Schon vor über hundert Jahren hat Valerie Bonham mittwochabends ihre Türen für jedermann geöffnet, der einen warmen Platz suchte oder etwas auf der Seele hatte, das er loswerden wollte.«

»Ah, die Namensgeberin unserer Straße. Ich habe schon viele Geschichten über sie gehört.«

»Ja, Valerie war eine einzigartige Frau, eine richtige Wohltäterin, die ihresgleichen sucht. Wir alle hier sind große Fans und versuchen, so zu sein wie sie, wenigstens ein kleines bisschen.« Sie lächelte Gary warm an. »Gibt es in Manchester eigentlich auch solche Geschichten? Legenden über besondere Frauen?«

Gary nickte. »Klar, einige.« Mehr wollte er nicht verraten.

»Wieso bist du eigentlich weg aus Manchester?«, fragte sie, nun doch ein wenig neugierig.

Gary wurde still, starrte in sein Teeglas. Ohne aufzublicken sagte er so leise, dass sie es kaum verstehen konnte: »Das ist alles lange her.«

Laurie nickte. Sie verstand. Er wollte nicht darüber reden. »Entschuldige, es geht mich ja auch überhaupt nichts an.«

Gary nahm einen Schluck Tee, und in dem Moment öffnete sich die Ladentür. Keira kam herein. Sofort wirkte er wieder ganz unsicher.

»Keira, hallo, wie war dein Tag?«, begrüßte Laurie sie.

»Gut, danke. Ich habe extra nichts mitgebracht, weil Orchid mich vorhin angerufen und gesagt hat, dass sie das heute übernähme.«

»Na, da bin ich gespannt.«

In diesem Augenblick entdeckte Keira Gary. »Hallo, wie geht es dir?«

Gary nickte nur und schenkte ihr ein winziges Lächeln.

»Schau gerne mal bei mir vorbei. Ich habe so viel Keksbruch, den ich nicht verkaufen kann. Wenn du also Lust auf Kekskrümel hast …« Sie lachte.

Keine von ihnen mochte Gary so deutlich sagen, dass sie ihm Almosen geben wollten. Der Arme sollte sich nicht auch noch für seine Situation schämen.

»Mache ich, danke«, sagte er leise, während die Tür schon wieder aufging.

Diesmal war es Susan.

»Hallo!«, begrüßten sie sich gegenseitig und umarmten einander.

Als Laurie wieder zum Tisch sah, war Gary nicht mehr da. Still und leise hatte er sich aus dem Staub gemacht, sein Teeglas war noch halb voll.

Da kam auch schon Orchid und hielt eine Pappschachtel in den Händen. Als sie sie abstellte und öffnete, kamen Eclairs zum Vorschein.

»Oh mein Gott, eins davon hat sicher tausend Kalorien!«, sagte Susan.

»Die sehen aber lecker aus«, meinte Keira.

Laurie lächelte nur. Ja, damit konnte Orchid sie auf jeden Fall ein wenig aufheitern.

»Kommt Ruby heute nicht?«, erkundigte sich Susan.

»Doch, eigentlich wollte sie kommen. Sicher verspätet sie sich nur. Lasst uns doch schon mal den Tee aufsetzen. Auf was habt ihr heute Lust? Ich habe frischen Ingwertee.«

Orchid verzog das Gesicht. »Den trinke ich nur bei Erkältung.«

»Ingwer ist für mich ein Weihnachtsgewürz«, sagte Susan.

»Okay, okay. Dann halt was anderes.« Schade, dass die anderen ihrem geliebten Ingwer nichts abgewinnen konnten. Aber sie war ja auf Harmonie bedacht. »Was würde denn gut zu den Eclairs passen?«, überlegte sie laut und rieb sich das Kinn. »Ah, ich hab's! Schokoladentee!«

»Schokoladentee?« Orchid rümpfte die Nase.

»Ja, der ist unglaublich lecker. Ich mache uns den jetzt einfach mal, ja? Ich bin mir sicher, ihr werdet ihn alle mögen.«

»Einverstanden.«

Als sie bereits zehn Minuten zusammensaßen, Orchids Erzählungen über die Hochzeit ihrer Schwester lauschten und sich kaum noch zurückhalten konnten, was die

Eclairs betraf, kam endlich Ruby herein. Sie trug ein altmodisches dunkelgrünes Kleid und hatte sich eine passende grüne Schmetterlingsspange ins Haar gesteckt.

»Entschuldigt bitte, ich hatte einen kleinen Notfall mit meinem Dad.«

»Ist was passiert?«

Ruby seufzte. »Nein, nein. Nichts Schlimmes jedenfalls.«

Laurie konnte es sich denken. Die »Notfälle« von Rubys Dad drehten sich meist lediglich um Dinge wie verloren gegangene Socken, eine leere Schachtel Cornflakes oder einen Kamm, der sich im ganzen Haus nicht wiederfinden ließ. Dann rief er nach Ruby, und sie eilte zu ihm, so schnell sie konnte, weshalb sie ihren Laden oft mitten am Tag für eine Stunde schließen musste. Aber ihr Dad ging immer vor, er war ihr Ein und Alles.

Laurie sah Ruby mitleidig an. Armes Mädchen. Sie hatte wohl recht, es war beinahe ein Ding der Unmöglichkeit, einen Mann zu finden, der diese Verrücktheiten mitmachte. Solche »Notfälle« konnten ja jederzeit eintreffen: wenn man im Kino war oder beim romantischen Dinner oder, schlimmer noch, wenn … Aber das wollte sie sich lieber nicht vorstellen.

Ach, was machte sie sich eigentlich Gedanken um Rubys Liebesleben? Um ihr eigenes war es doch keinen Deut besser bestellt.

»Magst du auch eine Tasse Schokoladentee?«, fragte sie Ruby, die dankend annahm. Der Tee kam übrigens bei allen gut an, was Laurie freute.

»Hier. Ich habe Terry einen hübschen Fressnapf mitgebracht. Vom Flohmarkt«, sagte Ruby, holte ihn aus ihrer Tasche hervor und übergab ihn Susan.

»Oh, wie aufmerksam von dir. Und so hübsch, Blau ist Terrys Lieblingsfarbe.«

»Sind Hunde nicht farbenblind?«, fragte Orchid verwirrt.

»So ein Unsinn.« Susan schüttelte voller Überzeugung den Kopf. Wenn sie sagte, Blau sei Terrys Lieblingsfarbe, dann war das auch so.

Laurie warf einen Blick zu Ruby, die sich gerade setzte. Sie war wirklich ein toller Mensch und dachte bei jedem Gang über den Flohmarkt auch noch an ihre Freundinnen.

»Oooh, Eclairs? Genau das, was ich jetzt brauche«, ließ Ruby die anderen wissen.

»Die hat Orchid mitgebracht. Wir haben extra auf dich gewartet.«

»Wie lieb von euch. Ach, Orchid, wie war eigentlich die Hochzeit?«

Orchid hatte bereits von dem Horrorkleid und dem Hochzeitstag mit all seinen Katastrophen berichtet. Sie war gerade dabei gewesen zu erzählen, wie ihr Vater sich verspätet und ihre Schwester gedacht hatte, sie müsse allein zum Altar schreiten, als Ruby reingekommen war. Nun fasste sie die Story für sie noch einmal kurz zusammen und endete dann mit: »Er hatte den Bus verpasst. Typisch mein Dad. Aber am Ende ist er doch noch gekommen, gerade rechtzeitig. Man konnte förmlich sehen, wie Phoebe ein Stein vom Herzen fiel.«

»Und? Wie sah sie aus? Wunderschön bestimmt.«

Keira hatte Herzchen in den Augen. Sie war die totale Romantikerin.

»Wartet, ich hab Fotos.«

»Na, her damit«, sagte Susan.

Orchid legte ihr Eclair auf den Teller, holte einen Umschlag aus ihrer übergroßen Handtasche und breitete die Bilder auf dem Tisch aus, die eine strahlende Phoebe in einem umwerfenden weißen Brautkleid zeigten, einen ebenfalls strahlenden dunkelhäutigen Mann neben sich.

»Oh, dieser Lance ...«, sagte Keira und biss dabei in ihr Eclair. Ein wenig Füllung blieb ihr an der Oberlippe hängen. »Der ist doch wirklich eine Sahneschnitte, oder?«

»Er ist nur leider schon vergeben.« Orchid lachte und zeigte auf Keiras Lippe. »Du hast da übrigens Sahne hängen.«

Keira wischte sich über den Mund. »Darf ich nicht trotzdem von ihm träumen? Er sieht aus wie ein junger Denzel Washington.«

»Kommt ganz darauf an, wovon du so träumst«, sagte Laurie. »Wenn es zu versaut ist, könnte Phoebe was dagegen haben.«

Sie alle lachten, und Keira wurde ein wenig rot.

»Er hat aber wirklich ein bisschen was von ihm, da muss ich dir recht geben«, sagte Orchid nun. »Mannomann, Lance sieht aus wie Denzel Washington, Lauries Tee-Typ ähnelt Jude Law, und mein Patrick könnte der Zwillingsbruder von Paul Walker sein.«

»Haha!«, prustete Susan los, und ihr schwarzes Haar

fiel ihr ins Gesicht. »Na, Einbildung ist auch 'ne Bildung.«

»Hey, er sieht wirklich so aus.«

»Ja, natürlich«, sagte Ruby und verdrehte die Augen.

»Ihr seid gemein. Wenigstens hab ich einen Freund, von dem ich mir einbilden kann, er sähe aus wie Paul Walker.«

»*Das* war jetzt gemein«, sagte Susan.

»Tut mir leid«, entschuldigte sich Orchid sofort.

»Was soll das überhaupt heißen, *mein* Tee-Typ?«, meldete sich nun Laurie zu Wort. »Also, erstens hat er einen Namen, und der lautet Barry, und zweitens ist er nicht *mein* Tee-Typ. Das weißt du ganz genau.« Laurie sah sie mit einem Blick an, der Orchid die Erinnerung an besagten peinlichen Vorfall ins Gedächtnis rufen sollte. An dem sie nicht ganz unschuldig gewesen war.

»Seid ihr jetzt alle gegen mich?«

»Keiner ist gegen dich, Süße«, sagte Susan.

Orchid machte ein beleidigtes Gesicht und verschränkte die Arme. »Dann zeige ich euch halt nicht das Video.«

»Du hast ein Video?« Keira machte große Augen und rutschte näher heran. »Bitte zeig es uns. Ich liebe Hochzeitsvideos.«

»Na gut, weil ihr es seid.« Orchid holte ihr Smartphone hervor.

Das Video zeigte, wie Phoebe und Lance am Altar standen und sich das Ja-Wort gaben. Einen Moment später erklang eine unglaubliche Version von *Stay With Me*. Laurie konnte einen zehnköpfigen Gospelchor erkennen, der aus vollem Herzen sang. Die beiden Frischvermählten küssten sich und schritten Hand in Hand den Mittelgang der Kirche entlang, der über und über mit weißen Rosen geschmückt war.

»Das ist einfach traumhaft«, sagte Keira mit Tränen in den Augen.

»Es war wirklich eine perfekte Hochzeit. Ich hoffe trotzdem, ihr habt nicht zu sehr auf mich und mein hässliches Kleid geachtet.«

»Süße, tut mir leid, dir das sagen zu müssen«, meldete Susan sich zu Wort, »aber bei der umwerfenden Braut gehst du trotz deines pinkfarbenen Kleids mit den Riesenrüschen unter. Bitte richte Phoebe von mir aus, dass sie eine der schönsten Bräute war, die ich je zu Gesicht bekommen habe.«

»Das mache ich.«

Laurie aß den Rest ihres Eclairs auf, doch irgendwie schien es ihr im Hals festzustecken. Dieses Lied von Sam Smith … Sie hörte allzu gern seine Songs, nur leider passte in ihr Leben keiner von denen, die man auf einer Hochzeit spielen würde. Der Song, den sie zurzeit in Dauerschleife hörte, hieß *Not In That Way* und handelte von einer unglücklichen Liebe. Von einer Person, die eine andere so sehr liebte, doch genau wusste, dass diese nicht dasselbe fühlte.

Ja, das war ihr Leben, und so würde es wohl auch bleiben. Eine Hochzeit mit Gospelsängern und weißen Rosen würde sie niemals haben, wahrscheinlich würde sie nicht einmal den Mut finden, ihrer großen Liebe jemals zu sagen, wie sie fühlte. Einfach um auf der sicheren Seite zu bleiben. Denn noch schlimmer als dieses erbärmliche, unerwiderte Anschmachten wäre die absolute Gewissheit, dass es wirklich einseitig war.

KAPITEL 10

Freitagmorgen. Der Wecker klingelte. Laurie erwachte aus einem tiefen Schlaf, in dem sie von Barry träumte. Wütend haute sie auf den Wecker.

»Warum missgönnst du mir jeden Morgen mein Liebesglück?«, fragte sie das alte Ding, das noch nie ihr Freund gewesen war.

Grummelig stand sie auf. Gerade noch hatte sie mit Barry auf lila Wolken getanzt – Tango, nebenbei bemerkt –, und nun war sie wieder in ihrem stillen Zimmer, in das jedoch bereits die Julisonne hereinschien und einen wunderbaren Tag versprach.

»Okay, wollen wir mal nicht meckern. Es ist Sommer. Die Sonne scheint. Das Leben ist schön«, sagte sie zu sich selbst und versuchte, dabei überzeugend zu klingen.

Eine Tasse Tee und eine Scheibe Rosinenbrot mit Butter später sah die Welt wirklich schon besser aus. Laurie war nun mal ein positiver Mensch, und auch wenn ihr Leben sicher nicht in allen Bereichen rosig aussah, wusste sie doch, dass andere es tausendmal schwerer hatten als sie.

Sie war bei bester Gesundheit, hatte ihren eigenen Laden, durfte den ganzen Tag Tee anpreisen, ausschenken und verkosten. Und sie hatte vier unglaublich liebe Freundinnen, die sie nicht mehr missen wollte. Einzig ein männlicher Part fehlte ihr in ihrem Leben. Aber es konnte eben nicht alles perfekt sein. Das Leben war schließlich kein Märchen. Es war das, was es war: eine Aneinanderreihung von guten und schlechten und manchmal auch ganz schrecklichen Tagen, an denen man mit Affenbeinen zur Arbeit erschien und diese sich nach einem kleinen Unfall plötzlich in den Händen des Angebeteten befanden.

Das würde ihr ganz sicher nie wieder passieren!

Von nun an würde sie besonders pingelig auf glatte Beine achten. Am Dienstag hatte sie sich gleich am Abend noch rasiert, und jetzt fing es schon wieder an zu sprießen. Schnell sprang Laurie unter die Dusche, holte den Rasierer hervor und schrie auf, als das heiße Wasser ihr Bein berührte. Die Wunde tat noch immer schrecklich weh. Vielleicht hätte sie doch zum Arzt gehen sollen. Aber es war ja nur eine Schramme, die längst aufgehört hatte zu bluten. Dennoch trocknete sie sie nach dem Duschen sorgfältig ab, betupfte sie mit Wundsalbe und klebte ein großes Pflaster darauf.

Am Mittwochabend hatte Orchid sie vor allen anderen gefragt, wie es ihrem Bein gehe, und so hatte sie den anderen von ihrem Missgeschick in Gegenwart von Barry erzählen müssen.

Barry … Was er nun wohl von ihr dachte? Wegen ihrer Ungeschicklichkeit. Wegen der unrasierten Beine. Wegen der Sehnsucht in ihren Augen, die er doch eigentlich nach sechs Monaten mal entdeckt haben müsste.

Ein bisschen war sie auch sauer auf ihn. Sie derart zappeln zu lassen war wirklich nicht nett – das war sogar gemein! So blind konnte er doch nicht sein. Inzwischen wäre es seinerseits wirklich mal angebracht, ihr ein Zeichen zu geben, wo sie standen. Mochte er sie auch, nur ein kleines bisschen? Andernfalls sollte er sie gefälligst nicht immer mit diesen strahlenden Augen und dem Jude-Law-Lächeln ansehen, das ihr Herz fast zum Stillstand brachte.

Frisch in Schale geworfen, verließ Laurie in einem luftigen, langen weißen Baumwollrock und einem hellgrünen Tanktop das Haus. Sogar um diese Stunde war es schon so heiß, dass man denken konnte, man sei nicht in England, sondern in der mexikanischen Wüste oder der afrikanischen Savanne. Es hätte sie nicht gewundert, wenn im nächsten Moment eine Giraffe um die Ecke gebogen wäre.

Heute parkte sie gleich abseits und spazierte die Cornmarket Street entlang. Sie kaufte sich bei Boots zwei abgepackte Käsesandwiches für später und bog um die Ecke. Erschrocken blieb sie stehen. Vor ihrem Laden stand ein bekannter olivgrüner Lieferwagen. Es war doch gar nicht Dienstag!

Barry stand an sein Fahrzeug gelehnt da, ein Bein über das andere geschlagen. Eine Haarsträhne fiel ihm ins Gesicht. Er trug khakifarbene Shorts und ein schwarzes T-Shirt, auf dem der Name einer Rockband stand, die sie nicht kannte.

»Hallo«, sagte er und lächelte breit.

»Hallo, Barry. Was machst du denn hier?«

»Ich wollte mal schauen, wie es dir und deinem Bein geht.«

»Mir und meinem Affenbein? Uns geht es gut.« Oje. Diese blöde Unsicherheit, die sie immer Unsinn reden ließ, machte sich schon wieder bemerkbar.

»Wie bitte?« Barry lachte.

»Na, dir kann doch nicht entgangen sein, dass ich vergessen hatte, meine Beine zu rasieren.« Sie verzog das Gesicht. »So sehen sie nicht immer aus, das musst du mir glauben.«

Barry schmunzelte. »Ist mir zwar gar nicht aufgefallen, aber okay, ich glaube dir.«

»Mir ist das alles so peinlich, was am Dienstag passiert ist.«

»Das muss es nicht. Wirklich nicht.«

Sie sah ihn an und hätte ihm am liebsten die Arme um den Hals geworfen. Doch natürlich blieb sie ganz cool und tat gar nichts – wie immer.

»Also, ich bin beruhigt, dass es dir wieder besser geht. Du humpelst auch kaum noch.«

Ach, man sah ihr das Humpeln an?

»Laurie, ich wollte dich schon lange mal was fragen …«

»Ah ja? Was denn?«

Poch, poch. Poch, poch.

»Willst du vielleicht mal mit mir zu Mittag essen?«

Poch, poch, poch, poch, peng!

Ihr Herz hatte so heftig gepocht, dass es ihr aus der Brust gesprungen war. Als sie aber an sich heruntersah, waren da keine Anzeichen einer Explosion zu erkennen.

»Laurie?«

»Ich … ich würde sehr gerne mit dir zu Mittag essen«, sagte sie und wagte es aufzublicken.

Barry strahlte. »Super, das freut mich. Gleich heute?«

Die langweiligen Käsesandwiches waren sofort vergessen. Sie nickte. »Sehr gerne.«

»Kannst du deinen Laden für eine halbe Stunde schließen, oder sollen wir in der Tea Corner essen?«

Eigentlich machte sie ihr Geschäft gar nicht gerne mitten am Tag zu, da sie nicht wollte, dass ihre Kunden vor verschlossenen Türen standen. Aber das war ja wohl heute ein Notfall, und zwar ein richtiger.

»Klar, das kann ich ruhig mal machen.«

»Sehr schön. Dann hole ich dich um halb eins ab?«

Laurie nickte und lächelte schüchtern. Sie konnte es nicht glauben: Sie hatte tatsächlich ein Date mit Barry! Zum Mittagessen. Das war gut, weil es ganz unverbindlich war. Besser als ein romantisches Candle-Light-Dinner, wo weit mehr schiefgehen konnte. Was sollte beim Mittagessen schon passieren?

Sie könnte sich an einer Fischgräte verschlucken, Wasser auf seine Hose verschütten, ihm unbeabsichtigt von der Zeit mit Peter erzählen, die sie schon vor Jahren aus ihrem Lebenslauf gestrichen hatte. Sie könnte Besteck fallen lassen, Blähungen von Zwiebeln oder sonstigen Feinden bekommen, oder sie könnte in Ohnmacht fallen, weil der Mann, in den sie seit einer gefühlten Ewigkeit verliebt war, sie endlich auf ein Date eingeladen hatte.

Sobald Barry weggefahren war, rief sie Orchid an.

Vielleicht hätte sie sich besser an Keira oder Ruby wenden sollen, die wären sicher behutsamer gewesen, aber die beiden waren in Liebesdingen ebensolche Verlierer wie sie, und sie brauchte jetzt ganz dringend jemanden, der sich auskannte.

»Ich habe ein Date«, platzte es aus ihr heraus, sobald Orchid sich gemeldet hatte.

»Du hast ein Date?«

»Ich habe ein Date.«

»Doch nicht etwa mit …«

»Doch, genau mit dem!«

»Heilige Scheiße!«

»Wieso sagst du das?«

»Na, weil ihr endlich ein Date habt, nach sechs langen Monaten! Und wie cool, dass ihr das nun doch ganz allein hinbekommen habt.«

»Was soll ich tun?«

»Wer hat denn wen um dieses Date gebeten?«, fragte Orchid, ohne überhaupt auf ihre Frage einzugehen.

»Er hat mich gefragt. Hilf mir! Bitte! Was soll ich denn nun machen?«

»Na, ganz du selbst sein, zuerst einmal.«

»Das hat mich aber die letzten Monate nicht sehr weit gebracht.«

»Womöglich seid ihr zwei einfach nur sehr schüchtern. Jetzt bekommst du ja endlich die Gelegenheit, ihm zu zeigen, wie wundervoll du bist.«

Unwillkürlich musste Laurie lächeln. Orchids Worte beruhigten sie ein bisschen. »Das ist lieb von dir. Trotzdem weiß ich beim besten Willen nicht, wie ich mich verhalten soll. Ich hatte doch schon seit Ewigkeiten kein Date mehr.« Außer den paar Verabredungen, die ihre Mutter für sie arrangiert hatte, mit irgendwelchen Schnöseln, die sie schon auf den ersten Blick nicht leiden konnte und vor denen sie am liebsten noch vor dem Händeschütteln geflohen wäre.

»Hm. Was soll ich dir da sagen? Rede nicht zu viel über dich. Zeig Interesse an ihm und seinem Leben. Frag ihn, was seine Hobbys sind, welches seine Lieblingsfußballmannschaft ist, was für Musik er so hört. Erwähne auf keinen Fall die Familie, wenn er nicht von selbst damit anfängt. Kinder und Expartner sind tabu. Und bitte, bitte erwähne keine unangenehmen Angewohnheiten deinerseits und frag ihn nicht nach seinen. Dann kann eigentlich nicht viel schiefgehen.«

»Also Fußball, Hobbys und Musik. Und Tee.«

»Nein! Tee ist geschäftlich, darüber redet ihr doch die ganze Zeit. Dies soll ein Date sein, persönlicher, verstehst du?«

»Okay, alles klar.« Laurie machte sich gedankliche Notizen.

»Wo geht ihr denn hin?«

»Keine Ahnung.«

»Wie, keine Ahnung? Habt ihr denn nichts ausgemacht?«

»Er holt mich um halb eins ab.«

»Um halb eins? Etwa zum Mittagessen? Und da machst du dir solche Gedanken? Das ist doch ganz unverfänglich. Was soll beim Mittagessen schon schiefgehen?«

»Hallo! Wir reden hier von mir! Hast du schon vergessen, was mit meinem Bein passiert ist, als ich einfach nur mit ihm im Laden stand und wir geredet haben? Was könnte da erst passieren, wenn ich Gabel und Messer in der Hand habe?«

Orchid lachte. »Das ist gut, wenigstens deinen Humor hast du noch nicht verloren. Männer mögen Frauen mit Humor.«

»Ach, meinst du wirklich? Ich bezweifle, dass irgendein Mann meine blöden Witze mag.«

»Doch, doch, glaub mir. Und Männer mögen es, wenn Frauen reinhauen. Salat essende Bohnenstangen können die meisten nicht ausstehen, also halte dich nicht zurück. Hm. Lass mich überlegen … Was könnte man denn ohne Messer und Gabel essen?«

»Sandwiches?«

»Sandwiches sind gut.«

»Und was, wenn er mit mir zum Inder gehen will? Ich bekomme doch immer solche Magenprobleme von indischem Essen.«

»Dann sag ihm das. Geh bloß nicht irgendwohin, wo du dich unwohl fühlst, dann ist das … *Date* schon im Eimer, bevor es überhaupt begonnen hat.«

»Warum betonst du das Wort Date so komisch?«

»Na, sorry, weil für mich ein Date ein wenig anders aussieht.«

»Wie denn?«

»Das möchtest du lieber nicht wissen.«

Ooo-kay. Das hieß also, dass für Orchid ein Date nicht nur aus Essen bestand, wenn Laurie das richtig deutete.

»Du hast doch aber deinen Patrick.«

»Ja, *jetzt*. Aber früher war ich ein böses Mädchen.« Sie lachte.

»Können wir wieder zu meinem Problem zurückkommen?«

»Also, ich sehe da überhaupt kein Problem. Ihr geht zusammen essen, unterhaltet euch gut und macht etwas für ein zweites Date aus. Wenn du das geschafft hast, hast du den Kerl schon in der Tasche.«

Laurie wollte ihn aber gar nicht in ihrer Tasche haben, sondern an ihrem Telefon, bevor sie schlafen ging, an ihrem Küchentisch auf einen Tee und vielleicht irgendwann einmal in ihrem Bett. Aber so weit wollte sie noch überhaupt nicht denken, das machte sie nur noch nervöser.

»Du musst deine Nervosität ablegen«, sagte Orchid nun. »Wenn er dich abholt, sag ihm, du möchtest gerne Sandwiches in dem netten Laden in der High Street essen gehen. Das findet er bestimmt gut, dass du was vorschlägst. Sicher ist er genauso nervös wie du.«

»Es wäre wirklich schön, wenn ich nicht die Einzige wäre, die sich fast in die Hosen macht vor Aufregung.«

»Ihr werdet das Ding schon schaukeln. Viel Erfolg wünsche ich, und lass mich später wissen, wie es gelaufen ist.«

»Ja, okay, mache ich.«

Laurie legte auf und wusste auch nicht viel mehr als vor dem Anruf, außer dass sie über Fußball reden sollte. Na, dann würde sie mal versuchen, »das Ding zu schaukeln«, wie Orchid gesagt hatte. Sie hoffte bloß, dabei nicht von der Schaukel zu fallen.

KAPITEL 11

Laurie sah auf die Uhr. Es war halb eins, und Barry war nicht da. Dabei war er doch sonst immer so überpünktlich.

Oh Gott, er hat es sich anders überlegt, dachte sie. Er will doch nicht mit mir essen gehen. Ich werde ihn nie wiedersehen. Ich werde mir einen neuen Teelieferanten suchen müssen.

Doch dann sah sie ihn endlich am Schaufenster entlanggehen.

Lächelnd betrat er den Laden. »Sorry, mir war nicht bewusst, wie schwer es um die Mittagszeit ist, hier einen Parkplatz zu finden. Sonst bin ich immer nur zu den Lieferzeiten in dieser Gegend und darf sogar mit dem Wagen durchfahren, aber jetzt …« Er hob entschuldigend die Arme.

»Schon gut, kein Problem. Ich habe nicht mal gesehen, dass es schon halb eins ist.«

Warum sagte sie denn jetzt nur so was? Hörte sich ja nicht gerade danach an, als hätte sie sich auf die Verabredung gefreut.

Sie bediente die letzte Kundin, drehte das Schild in der Tür um und schloss den Laden ab. Dann bogen sie um die Ecke und gingen nebeneinander die Cornmarket

Street entlang. Das hatten sie noch nie getan. Es fühlte sich unglaublich gut an, an der Seite eines so hübschen Mannes gesehen zu werden.

»Was wollen wir denn essen?«, fragte Barry.

»Sandwiches!«, sagte Laurie entschlossen.

»Oh. Ehrlich? Ist das nicht zu … langweilig? Ich würde dir gerne etwas Besseres bieten als nur Sandwiches. Vielleicht magst du zum Inder gehen oder ins Steakhouse?«

»Nein, lieber nichts mit Messern und Gabeln«, sagte sie, und Barry lachte laut auf.

»Wie bitte?«

»Ach, beachte den Unsinn, den ich von mir gebe, besser überhaupt nicht, Barry.«

»Alles klar. Laurie, ich freue mich wirklich sehr, dass wir das hier endlich geschafft haben«, sagte er.

Den Blick weiter starr auf die Straße gerichtet, musste sie nun doch lächeln. Ihr fiel ein riesiger Stein vom Herzen.

»Ich mich auch«, erwiderte sie, und sie gingen Richtung High Street, um bei Sandy's Sandwiches zu essen.

»Was möchtest du denn für eins? Besetz am besten schon mal einen Tisch, und ich gehe das Essen holen«, meinte Barry, als sie den Laden betreten hatten.

»Käse-Schinken auf Roggen mit Remoulade und eine Sprite, bitte«, sagte sie und hielt Ausschau nach einem Tisch.

In diesem Moment wurde einer am Fenster frei, und sie sprintete los. Dabei vergaß sie ihre Verletzung am Bein und schrie auf.

Als sie sich kurz umdrehte in der Hoffnung, dass Barry es nicht mitbekommen hatte, sah er sie fragend und ein wenig besorgt an.

»Alles in Ordnung«, rief sie ihm entgegen und setzte sich an den Tisch – an dem inzwischen aber eine Mutter mit ihrem quengelnden Kind Platz genommen hatte.

»Oh sorry, ich wollte nicht … Ich suche mir besser einen anderen Tisch«, sagte sie und stand wieder auf.

Das war leider nicht so einfach, es war Mittagszeit, alle wollten jetzt etwas essen. Sie hätten vielleicht doch lieber zum Inder gehen sollen, da fand man immer einen Platz.

Laurie blieb mitten im Restaurant stehen und sah sich um. Nichts. Absolut nichts. Eventuell würden sie ihre Sandwiches mit nach draußen nehmen müssen, wenn sich die Sitzplatzsituation nicht bald änderte.

»Nichts frei?«, hörte sie da auch schon Barry, der mit einem Tablett in den Händen hinter sie getreten war.

»Leider nicht. Wollen wir …«

»Da wird was frei!«, sagte er und deutete auf einen winzigen Tisch mit zwei Stühlen in der hintersten Ecke.

Nicht gerade romantisch, aber besser als draußen auf irgendeiner Treppe oder Parkbank zu sitzen, da lauerten viel zu viele Gefahren. Womöglich würde ihr ein Vogel auf den Kopf kacken.

Sie setzte sich also. Barry stellte ihr das Sandwich und die Sprite hin.

»Hier bitte, Käse-Schinken auf Roggen mit Remoulade. Ohne Tomaten. Ich hoffe, Salatblätter sind okay?« Fragend sah er sie an.

Laurie war den Tränen nahe, so gerührt war sie. »Du hast dir gemerkt, dass ich keine Tomaten mag?«

»Aber natürlich. Und keine Lakritze, keinen Kamillentee und keinen weißen Zucker im Tee. Du magst auch keine Mützen im Winter tragen. Du liebst aber Schals und Röcke und alles mit Ingwer. Deine Lieblingssängerin ist Norah Jones.«

Sie strahlte den Mann an, der sie so gut zu kennen schien. »Woher weißt du das denn alles?«

»Ich kann wohl von mir behaupten, eine gute Beobachtungsgabe zu besitzen.« Er setzte sich nun endlich auch und nahm einen Schluck von seiner Cola. »Es ist wirklich unglaublich heiß heute.«

»Aber …« Sprachlos sah sie ihn an.

Er blickte ihr nun direkt in die Augen. »Einige dieser Dinge hast du zuvor erwähnt, und ich habe sie mir gemerkt. Außerdem trägst du fast immer Röcke und sehr oft einen Schal, wenn nicht gerade solche Temperaturen herrschen, und Norah Jones hast du häufig im Laden laufen.«

Sie nickte völlig fassungslos. Es war einfach unglaublich, was Barry alles von ihr wusste. Warum aber hatte er, wenn er doch so ein guter Beobachter war, in all der Zeit nicht gemerkt, was sie für ihn empfand?

»Na, komm, Laurie. Das kann dich doch nicht allzu sehr überraschen«, sagte er nun. »Wir sehen uns seit sechs Monaten einmal in der Woche. Du weißt bestimmt auch einiges über mich.«

Oh ja, das tat sie. Sie wusste zum Beispiel, dass er ebenfalls keine Lakritze mochte und auch kein Marzipan. Er konnte Hagebutte nicht ausstehen und trank seinen Tee immer ungesüßt, außer schwarzen Tee, da tat er einen Löffel Zucker und Milch hinein. Er trug auch bei kältesten Temperaturen keinen Schal, im Sommer hatte er gerne Shorts an. Er ging etwa alle sechs Wochen zum Friseur. Seit sie sich kannten, war er bereits zweimal in Schottland gewesen – ob er da Freunde oder Verwandte hatte oder das Land einfach nur sehr mochte, wusste sie nicht. Aber sie wusste, dass er eine blaue und eine grüne Iris hatte, weil sie ihm schon so oft in die Augen geblickt hatte, dass sie manchmal glaubte, in ihnen zu versinken. Dann schwamm sie schnell wieder an die Oberfläche, bevor er etwas merkte. Genau wie jetzt.

»Nun ja, wahrscheinlich hast du recht«, sagte sie. »Ich weiß zum Beispiel, dass du auf Blondinen stehst.«

Ach du liebe Güte, was sollte das denn nun wieder? Laurie verfluchte ihr Gehirn, das plötzlich abgeschaltet zu haben schien.

»Wie kommst du denn darauf?« Er grinste sie an und legte sein Sandwich ab, das er schon halb aufgegessen hatte. Sie hatte ihres noch nicht einmal angerührt.

»Es war nicht zu übersehen, wie du Orchid angeschaut hast.«

»Was, die Frau aus dem Geschenkeladen? Nein, die ist doch viel zu jung. Ich mag lieber Frauen in meinem Alter, mit etwas mehr Lebenserfahrung.«

Das war ja wirklich süß, was er da sagte. Sie war sich allerdings ziemlich sicher, dass am Ende jeder Mann eine heiße Blondine einer »erfahrenen«, sprich alten Frau mit Besenreisern, ein wenig Hüftspeck und dem einen oder anderen grauen Haar vorgezogen hätte. Wäre sie ein Mann, wäre sie selbst ganz verrückt nach Orchid, da war sie sich sicher.

»Na klar.«

»Du musst mir nicht glauben«, sagte er und zuckte mit den Schultern. »Hast du denn gar keinen Hunger?« Er deutete auf ihren Teller, auf dem noch immer das unberührte Essen lag.

»Ach so, ja, das Sandwich.« Sie nahm die reichlich belegten Brothälften in die Hände und versuchte, sie so zu halten, dass auf keinen Fall etwas herausfallen konnte. Doch als sie sie hinten schön zusammendrückte, flutschte vorn etwas raus. Ein dicker Klecks Remoulade landete mitten auf dem Teller, und ein Salatblatt fiel daneben.

Laurie wurde knallrot. Wie peinlich! Okay, eigentlich war die Sache nur deshalb so peinlich, weil Barry sie die ganze Zeit eingehend beobachtete. Jetzt schmunzelte er.

Was nun? Sollte sie das Salatblatt zurück ins Sandwich tun? Immerhin lag es auf dem Tisch, der so aussah, als ob er seit den letzten zehn Gästen nicht mehr abgewischt worden wäre. Sie nahm das Blatt und legte es an den Tellerrand. Die Remoulade versuchte sie, mit der Ecke des Brotes wieder aufzutunken, doch das ging so richtig nach hinten los, denn dabei verlor sie nur noch mehr Sauce. Sie legte das Sandwich zurück auf den Teller. Am liebsten hätte sie das blöde Ding, das sich ganz offensichtlich gegen sie verschworen hatte, nie wieder angerührt.

Das war neu, dass ein Sandwich sie beinahe zum Heulen brachte. Was war nur mit ihr los? Es war ja nicht so, als ob sie noch nie ein Date gehabt hätte. Sie war aber noch nie so unbeholfen gewesen. Nun ja, sie hatte allerdings auch noch nie zuvor so empfunden wie jetzt. Sie war absolut und über alle Maßen in Barry verschossen, vielleicht sogar mehr als das. Allein schon an ihn zu denken bescherte ihr zu jeder Tageszeit eine Gefühlsexplosion. Jetzt hier mit ihm zu sitzen und tatsächlich seine volle Aufmerksamkeit zu haben war mehr, als ihr armes, verliebtes Herz ertragen konnte. Es war völlig in Aufruhr! Innerlich verbannte sie ihr Herz zur Ruhe, versprach ihm, dass es später einen Aufstand machen konnte, wenn es jetzt bitte noch ein wenig durchhielt. Sie musste unbedingt lockerer werden!

Also nahm sie das Brot wieder in die Hand und biss ab. Dabei lächelte sie Barry schief an. Barry musste lachen, lehnte sich ein wenig zurück, und schon fiel ihm eine Tomatenscheibe aus seinem Sandwich und direkt auf seinen Schoß.

Nun prustete auch Laurie los. »Du musst wirklich nicht aus Solidarität mitkleckern.«

»War eigentlich auch nicht beabsichtigt«, sagte er und versuchte, den Fleck auf seiner Hose wegzuwischen.

Gott sei Dank ist mir nichts auf den Schoß gekleckert, dachte Laurie. Bei dem weißen Rock wäre das ziemlich blöd gewesen. Immer alles positiv sehen!

Als Barry das Missgeschick so weit beseitigt und den letzten Rest seines Sandwiches verspeist hatte, klopfte er die Hände aneinander und sammelte ein paar Krümel vom Tisch, die er auf den Teller legte. Laurie beobachtete jede seiner Gesten. Allein, wie sich bei jeder einzelnen Bewegung seine Unterarmmuskeln anspannten, brachte sie fast um den Verstand.

»Ich finde, das war gut«, sagte Barry jetzt. »Genau so etwas haben wir gebraucht, um die Stimmung zu lockern. Denn du musst zugeben, die war ziemlich angespannt.«

»Ja, das war sie wohl.« Laurie war erleichtert.

Sie aß ebenfalls auf und nahm einen großen Schluck von der Zitronenbrause.

»Ich fand es trotzdem sehr schön.« Er lächelte sie an.

»Ja, ich auch. Nächstes Mal können wir es ja vielleicht ohne Kleckern versuchen.«

Herrje, hatte sie das gerade tatsächlich gesagt? Sie hatte sich doch vorgenommen, ihn entscheiden zu lassen, ob es ein nächstes Mal geben sollte.

»Ich werde mein Bestes geben.«

Hieß das nun, dass es ein zweites Treffen geben würde? Sie war verwirrt.

In dem Moment nahm sie etwas aus dem Augenwinkel wahr.

Orchid! Sie hatte den Laden betreten und betrachtete die Tafel mit den Angeboten eingehend, als wenn sie hier nicht schon eintausend Mal ihr Mittagessen gekauft hätte. Obwohl Laurie ein wenig Angst hatte, dass es wieder in einer Katastrophe enden würde, war sie irgendwie froh, Orchid zu sehen. Sie lächelte erleichtert.

»Ist das da vorn nicht deine Freundin?«, fragte Barry.

»Sieht so aus.«

Nun sah Orchid zu ihnen und tat ganz überrascht. Sie kam auf ihren Tisch zu. »Hallo, ihr beiden. Was macht ihr denn hier?«

»Essen«, erwiderte Laurie kurz und knapp.

»Und? Schmeckt es?«

»Wir sind schon fertig.« Laurie war die Situation plötzlich doch unangenehm, weil sie sich nämlich daran erinnerte, was sie Barry gegenüber angedeutet hatte. Nämlich, dass sie glaubte, er stehe auf Orchid.

»Wie geht es dir?«, erkundigte Barry sich nun bei dieser.

»Sehr gut, danke. Und dir?«

»Auch gut.« Barry sah Laurie an und konnte anscheinend ihre Gedanken lesen und ihre Unsicherheit spüren, denn als Nächstes sagte er: »Orchid, es tut mir leid, dich enttäuschen zu müssen, aber ich habe leider überhaupt nichts für Blondinen übrig. Viel mehr stehe ich auf rothaarige Frauen.«

Laurie verschluckte sich an ihrer Sprite.

Orchid lachte. »Ich hab ja keine Ahnung, was hier vor sich geht, aber ich habe es zur Kenntnis genommen.«

»Gut. Alles okay, Laurie?«

Sie hustete noch immer und nickte dabei.

»Dann lasse ich euch beide mal allein und gehe mir was zu essen holen. Viel Spaß noch.« Orchid verschwand, und als Laurie ihr hinterhersah, hielt ihre Freundin sich einen unsichtbaren Telefonhörer ans Ohr, was wohl bedeuten sollte, dass sie sie nachher unbedingt anrufen sollte.

»Wollen wir gehen?«, fragte Barry und stand auf.

Laurie folgte ihm nach draußen. Nachdem sie ein paar Schritte gegangen waren, fragte sie: »Warum hast du das getan?«

»Damit du mir glaubst, dass ich meine Aussage ganz ernst meine.«

»Okay. Na, jetzt glaube ich dir wohl.«

»Sehr gut, genau das wollte ich erreichen.«

Er stand also auf Rothaarige, hatte er gesagt. Laurie war rothaarig. Stand er allgemein auf Rothaarige oder etwa …?

»Barry, warum bist du so in Eile? Nicht so schnell!« Sie kam kaum hinterher, so zügig ging er, und sie fragte sich unwillkürlich, ob er sie etwa schnell wieder loswerden wollte.

»Ich dachte nur, du müsstest zurück zum Laden?«

»Den kann ich ruhig noch ein bisschen länger geschlossen halten.« Obwohl sie das sonst *nie* tat.

»Aber was ist mit den armen Kunden, die deinen Tee kaufen wollen? Ich möchte wirklich nicht schuld daran sein, dass sie kehrtmachen und mit leeren Händen nach Hause gehen müssen. Oder dass sie ihren Tee womöglich im nächsten Supermarkt kaufen.«

»Das wäre eine Katastrophe, da hast du recht.«

»Sag ich doch.«

»Dürfte ich dich dann wenigstens noch auf eine Tasse Tee in die Tea Corner einladen?«, traute sie sich zu fragen.

Barry sah zur Seite und lächelte sie an. »Darauf hatte ich, ehrlich gesagt, gehofft.«

Wirklich? Das hatte er? Ihr Herz machte einen Hüpfer.

Sie lächelte zurück und hätte alles dafür gegeben, dass er jetzt ihre Hand genommen und gehalten hätte.

KAPITEL 12

In der Tea Corner angekommen, freute Laurie sich über die Klimaanlage, die ihr kühle Luft entgegenblies.

»Was hättest du denn gerne für einen Tee? Darf ich dir eine Sommermischung mit Zitronengras anbieten oder frischen Ingwertee?«

»Ich könnte sterben für frischen Ingwertee«, sagte Barry, und Laurie hätte sofort seinen Heiratsantrag angenommen, wenn er ihr einen gemacht hätte.

»Mit Minze und Zitrone?«, fragte sie vorsichtshalber nach.

»Nur Zitrone, bitte. Frischen Minztee mag ich zwar auch sehr, aber beides zusammen untergräbt den Geschmack des anderen ein wenig, finde ich. Beide sind ja sehr dominant.«

So hatte sie das noch nie betrachtet, da würde sie später genauer drüber nachdenken müssen. Jetzt musste sie sich aber erst mal um Barry kümmern. »Alles klar. Also nur Ingwer mit Zitrone.«

»Und falls du Honig da hast?«

»Natürlich. Ich habe aber auch Agavensirup, der passt meiner Meinung nach noch besser.«

»Ich lasse mich gerne auf was Neues ein«, erwiderte Barry und grinste sie an.

Sie setzten sich an einen der Tische und tranken den dampfenden, wohlriechenden Tee. Bald schon kamen aber ein paar Kunden, um die Laurie sich kümmern musste.

»Entschuldige bitte«, sagte sie, als sie sich wieder zu Barry setzte.

»Ach, warum denn? Das ist schließlich dein Job.«

»Ja, und ich liebe ihn.«

»Das sieht man.«

Laurie freute sich über das Kompliment und setzte dazu an, Barry zu erzählen, wie sie auf die Idee gekommen war, den Laden zu eröffnen. Dann fiel ihr aber ein, dass Orchid ja gesagt hatte, dass sie das Thema Tee vermeiden sollte, weil es sonst mehr ein geschäftliches Treffen wäre. Und dass sie Barry noch gar nichts über seine Hobbys gefragt hatte.

»Magst du eigentlich Fußball?«, fragte sie ihn deshalb schnell.

»Na klar. Nenn mir einen englischen Mann, der keinen Fußball mag. Ich habe früher selbst gespielt und trainiere sogar eine Kindermannschaft. Acht- bis zehnjährige Jungs.«

Oh. Damit hätte sie nun wirklich nicht gerechnet.

»Das ist ja schön.«

»Ja, es erfüllt mich sehr. Die Jungs sind toll und so motiviert. Magst du Kinder?«

Oh, oh. Das Thema Kinder beim ersten Date? Davon sollte sie doch Abstand halten!

»Äh, ja klar. Welche ist denn deine Lieblingsmannschaft?«

Barry kräuselte die Stirn. »Arsenal London. Und deine?«

Mann, warum brachte er denn immer wieder *sie* ins Spiel?

Sie wollte doch bei *ihm* bleiben.

Laurie starrte in ihr Glas. In der trübgelben Flüssigkeit entdeckte sie einen Zitronenkern. »Tut mir leid, aber ich bin nicht so der Fußballfan.« Sie war Teefan, aber darüber durfte sie ja nicht reden. Ach menno, normalerweise hätte sie jetzt, vielleicht sogar ganz unbeschwert, über ihr Lieblingsthema geredet, hatte aber die ganze Zeit Orchids Worte im Ohr. Sie merkte selbst, es wirkte irgendwie verkrampft, wusste aber gerade keinen Ausweg. Was blieb ihr also übrig, als das Gespräch wieder in Barrys Richtung zu lenken? »Was hörst du denn für Musik?«

»Ich mag Pop und Rockmusik, aber nicht die harten Sachen. In den Neunzigern habe ich Aerosmith rauf und runter gehört, heute mag ich die Kings of Leon und Mando Diao.«

Sehr gut. Fußball und Musik waren abgehakt. Was hatte Orchid noch für Themen genannt?

»Und du?«, fragte Barry jetzt.

Schon wieder waren sie bei ihr. Sie seufzte innerlich.

»Norah Jones, das weißt du doch schon.« Sie trank einen Schluck Tee.

»Und sonst noch?«

Ein Kunde wollte bezahlen und sah sich nach ihr um.

»Sorry, ich muss mal kurz …«

Barry nickte und beobachtete sie bei dem, was sie tat, was sie total nervös machte. Beim Geldrausgeben fielen ihr ein paar Münzen runter, und als der Kunde weg war, verkroch sie sich hinter dem Tresen.

»Was machst du da?«, hörte sie plötzlich Barrys Stimme und sah ihn neben dem Ladentisch stehen. Er blickte sie neugierig an.

»Ich … Mir ist Geld runtergefallen, das suche ich nur zusammen.«

»Dafür brauchst du aber lange. Benötigst du vielleicht Hilfe?« Er ging nun auch in die Hocke und suchte den Boden ab. »Da ist doch gar nichts mehr. Du hast bereits alles gefunden, oder?«

Sie nickte und ließ sich an das Holz des Tresens sacken. Barry tat es ihr nach. Und so saßen sie beide hinter dem Ladentisch und schwiegen.

»Laurie, sag mir bitte, was los ist. Du erzählst mir gar nichts über dich, bist so … abweisend. Habe ich irgendwas falsch gemacht?«

»Nein. Oh Gott, nein. Du warst … perfekt.« Sie wagte es, ihn anzusehen. »Ich habe mich nur so sehr auf dieses Treffen mit dir gefreut und wollte nichts verkehrt machen, nicht zu viel über mich reden, weil Orchid gesagt hat … Ach, ist ja auch egal. Ich hab's wohl total verbockt. Ich bin in hohem Bogen von der Schaukel gefallen.«

»Manchmal sprichst du echt in Rätseln, weißt du das?«

»Tut mir leid.«

»Das muss dir doch nicht leidtun. Genau das ist es doch, was ich an dir mag, diese kleinen Verrücktheiten, deinen Humor.«

Oh, ehrlich? Da hatte Orchid ja doch mal recht gehabt.

»Ich habe nur das Gefühl, als wärst du heute nicht ganz du selbst«, sagte Barry.

»Das Gefühl habe ich auch.«

»Wollen wir dem Ganzen vielleicht eine zweite Chance geben?«

»Du willst wieder mit mir zu Mittag essen?«

»Ich würde gerne mit dir zu Abend essen. Und dich ins Kino ausführen – wenn du Lust hast.«

»Und ob ich Lust habe!« Am liebsten wäre sie ihm um den Hals gefallen.

»Das freut mich sehr. Ich …« Er räusperte sich. »Ich freue mich nämlich auch jedes Mal, dich zu sehen, und würde mich besonders freuen, mal ein wenig mehr Zeit mit dir zu verbringen.« Er sah auf seine Schuhe, und Laurie fragte sich, ob er vielleicht genauso nervös war wie sie. Der Gedanke beruhigte sie ein wenig, mal von dem pochenden Herzen abgesehen. Jetzt blickte Barry aber auf, sah ihr in die Augen und sagte: »Aber ich gehe nur unter einer Bedingung mit dir aus.«

»Und die wäre?« Poch, poch. Hüpf, hüpf.

»Bitte sei ganz du selbst. Vor mir musst du dich nicht verstellen. Ich mag dich nämlich ganz genau so, wie du bist.«

Lauries Herz setzte zum Hochsprung an und erzielte den Rekord. Sie musste es tun – sie lehnte sich zu ihm rüber und gab ihm einen klitzekleinen Kuss auf die Wange.

Barrys Hand berührte die Stelle, an der ihre Lippen seine Wange gestreift hatten. Er sah sie erstaunt an.

Die Ladenglocke läutete. »Hallo? Ist da jemand?«

Laurie und Barry mussten lachen und kamen hinter dem Tresen hervor.

»Hier bin ich«, sagte Laurie zu Agnes, eine ihrer Stammkundinnen, die zusammen mit ihrer Mutter über der Tea Corner wohnte. »Agnes, wie geht es dir?«

»Was machst du denn mit fremden Männern hinter deinem Ladentisch?«, fragte die brünette junge Frau in den engen Jeans-Shorts und dem bauchfreien Top grinsend.

»Kleingeld suchen.«

»Ich verstehe.« Sie zwinkerte ihr zu.

Barry stand verlegen da, die Hände in den Hosentaschen. »Ich werde dann mal gehen, ja? Ich bekomme heute noch eine Großlieferung aus Indien.«

»Es war sehr schön mit dir. Das Mittagessen meine ich«, sagte Laurie mit hochrotem Kopf.

»Finde ich auch. Ich rufe dich an? Wegen des Kinos?«

Laurie nickte und sah dem Wahnsinnsmann nach, wie er ihren Laden verließ und am Fenster vorbeischlenderte. Er blickte noch einmal herein und winkte. Sie winkte zurück.

Juhu! Er wollte mit ihr ins Kino gehen. Und zu Abend essen. Das musste sie sofort ihren Freundinnen erzählen!

»Haben Sie den leckeren Waldbeerentee da? Laurie? Hören Sie mich?«

»Wie bitte?« Laurie schüttelte ihre Gedanken an Barry ab, die die ganze Zeit in ihrem Kopf umherschwirrten. »Ach so, ja. Waldbeerentee. Natürlich. Wie viel hätten Sie denn gern?«

Mrs. Kingston sah sie schmunzelnd an. »Oh weh, da ist aber jemand verliebt.«

»Wie bitte?« Verwirrt sah sie die stattliche Dame mit der mahagonifarbenen Dauerwelle an, die schon seit der Ladeneröffnung Stammkundin bei ihr war. Immer wieder sagte Mrs. Kingston ihr, wie erfreut sie doch darüber sei, dass endlich ein Teegeschäft in unmittelbarer Nähe ihrer Wohnung aufgemacht hatte.

»Na, Sie sind frisch verliebt, mit den Gedanken ganz woanders. Ich bin zwar schon über sechzig, aber so etwas erkenne ich sofort.« Sie nickte mit dem Kopf, sodass ihre riesigen goldenen Ohrringe hin und her schaukelten.

»Ich … ähm …«

»Wer ist denn der Glückliche?«

Ach, was soll's, dachte Laurie.

»Mein Teelieferant. Wir hatten heute unser erstes Date. Na ja, es war ein Mittagessen. Aber er möchte mit mir ins Kino gehen.«

»Oh, wie schön. Da freue ich mich aber für Sie.«

»Danke, das ist lieb.«

»Wenn Sie ins Kino gehen, sehen Sie sich unbedingt einen Actionfilm oder noch besser einen Horrorfilm an.«

»Ah ja? Wieso denn das?« Laurie hätte, wenn sie ehrlich war, lieber einen Liebesfilm gesehen. Da konnte man sich doch am ehesten näherkommen, oder?

»Na, wenn es spannend oder gruselig wird, können Sie sich ängstlich an ihn schmiegen, und ich wette mit Ihnen, er wird seinen Arm um Sie legen. So sind Männer, sie haben diesen Beschützerinstinkt.«

Laurie lachte. »Okay, ich werde es versuchen. Wie viel möchten Sie denn nun von dem Waldbeerentee?«

»Hundert Gramm, bitte. Und noch einmal hundert von dem Holunderblütentee.«

Laurie bediente den ganzen Nachmittag ihre Kunden, doch richtig bei der Sache war sie nicht. Nach Ladenschluss lief sie rüber zu Orchid.

Diese wurde gerade von einer Frau umarmt, die sich dann abwandte, sich die Tränen wegwischte und die Nase schnäuzte. »Ich danke dir, Orchid. Ich danke dir.«

Warmherzig lächelte Orchid sie an. »Immer gerne, Sophie. Ich bin für dich da.«

»Wer war das denn?«, fragte Laurie, als die Frau weg war.

»Das war Sophie.«

»Aha. Und warum hat die arme Sophie geweint?«

»Sie hat zurzeit ein paar persönliche Probleme. Also hat sie sich bei mir ausgeweint, das macht sie öfter mal. Danach geht es ihr besser.«

»Du hast wirklich ein gutes Herz, Orchid. Schenkst den Menschen so viel von deiner Zeit.« Das meinte Laurie zwar ernst, ein bisschen spielte sie damit aber auch auf Orchids plötzliches Auftreten im Sandwichladen an.

»Warum hast du mich nicht angerufen?«, fragte Orchid nun und bedachte Laurie mit einem enttäuschten Blick.

Sie hatte es versucht, jedoch hatte sie es gerade einmal geschafft, mit Keira zu telefonieren und ihr von den heutigen aufregenden Ereignissen zu erzählen. Danach war ständig Kundschaft im Laden gewesen.

»Sorry, bin einfach nicht dazu gekommen. Aber jetzt stehe ich ja vor dir.«

»Dann erzähl schon! Wie war's?«

»Das weißt du doch. Schließlich warst du ja da.«

»Ich wollte doch nur mal sehen, wie es so läuft.« Orchids Mund verzog sich zu einem breiten Lächeln. »Wenn ich es richtig gedeutet habe, lief es aber sehr gut, oder?«

Nun musste auch Laurie lächeln. »Könnte man so sagen, ja.«

Orchid klatschte in die Hände. »Ich freu mich für dich. Du hast es so verdient.«

»Danke. Da verzeihe ich dir fast sogar deine erneute Einmischung.«

Sie grinste. »Tut mir leid, ich kann es einfach nicht lassen.«

»Warum kümmerst du dich nicht um Ruby oder Susan? Die benötigen deine Hilfe sicherlich viel mehr als ich.«

»Werde ich bestimmt mal machen. Aber zuerst müssen wir dein Glück angehen. Also, wie sieht es aus? Wollt ihr euch wieder treffen?«

»Ja, das wollen wir. Barry hat mich gefragt, ob ich mit ihm zu Abend essen und ins Kino gehen möchte.«

»Fantastisch!« Orchid klatschte wieder. Es war richtig süß, wie sie sich mit ihr freute. »Und wann?«

»Das sage ich dir bestimmt nicht. Nicht dass du dann auch noch ganz spontan im Kino auftauchst.«

»Um euch beim Knutschen zu stören? Nein, das würde ich niemals tun. Ich frage nur, weil … ihr habt doch schon was ausgemacht, oder?«

»Er will mich anrufen.«

Orchid verzog das Gesicht.

»Was soll das denn jetzt bedeuten?«, fragte Laurie.

»Na, dass ihr nicht gleich was geplant habt, ist nicht gerade optimal.«

»Das hat nichts zu bedeuten. Ich hatte Kundschaft, und er musste zu einem Termin. Wir werden uns noch verabreden. Ganz sicher.«

»Okay, wenn du da so zuversichtlich bist … Ich will nur nicht, dass ihr wieder Jahre braucht, um mal den nächsten Schritt zu machen.«

»Werden wir nicht.«

»Vielleicht rufst du ihn einfach mal an oder schreibst ihm eine SMS und sagst, dass du dich auf euer nächstes Treffen freust. Dann muss er dich fragen, wann du denn Zeit und Lust dazu hättest.«

Sollte sie das tun? Eventuell.

»Mal sehen. Ich werde jetzt erst mal nach Hause fahren und ein entspannendes Bad nehmen. Hab noch einen schönen Abend!«

»Dann viel Spaß in der Badewanne.« Orchid zwinkerte ihr schelmisch zu.

»Was du wieder denkst!« Laurie war empört.

»Haha. Na, ich denke nur, dass jemand, der seit Monaten nicht flachgelegt wurde, nach einem Tag wie diesem ziemlich scharf sein muss.«

»Du bist unmöglich. Ehrlich. Ich gehe jetzt.«

»Mach's gut.« Orchid lachte verschmitzt, wahrscheinlich wegen der Zweideutigkeit dieser Aussage.

Laurie schüttelte den Kopf, musste aber doch schmunzeln. Wie hatte Barry es noch ausgedrückt? Orchid war eine Nummer für sich. Oh ja, das war sie. Und doch hatte sie ihr heute weitergeholfen, mehr oder weniger.

Schon raus aus dem Laden, ging sie noch mal zurück zur Tür, öffnete diese erneut und steckte den Kopf durch den Spalt. »Ach, Orchid. Danke!«

»Gern geschehen.« Orchid strahlte und winkte ihr nach.

KAPITEL 13

Während des Fußwegs zum Auto und der Fahrt nach Hause hatte Laurie nur einen Gedanken: Warum kann ich nicht ein bisschen so sein wie Orchid?

Orchid war in Gegenwart von Männern witzig und charmant, offen und locker, und sie war wunderschön dazu. Bestimmt hatte sie es sehr viel einfacher im Leben.

Aber egal. Heute brauchte Laurie sich nicht schlecht zu fühlen. Heute hatte sie wirklich einmal etwas erreicht, zumindest wenn man von den sechs vergangenen Monaten ausging, in denen rein gar nichts passiert war.

Sie freute sich richtig auf ihr Bad, als sie das Auto parkte und auf ihre Doppelhaushälfte zuging. Doch dann blieb sie wie angewurzelt stehen.

Auf den Stufen vor ihrem Eingang saß jemand und wartete auf sie. Ein Mann, groß, gut aussehend, mit blonder Surfermähne und einem strahlend weißen Lächeln. Es war Peter – ihr Ex.

Peter war die Episode in ihrer Vergangenheit, über die sie nicht gerne sprach, von der in ihrem heutigen Leben niemand etwas wusste – außer ihren Freundinnen in der Valerie Lane. Peter war der größte Fehler, den sie jemals begangen hatte.

»Hey, Babe«, sagte er und stand auf, als er sie bemerkte. »Kommst du nicht sonst immer gleich nach der Arbeit nach Hause? Es ist bereits …« Er warf einen Blick auf seine Armbanduhr. »… zehn nach sieben.«

»Ich habe noch einen Abstecher zu einer Freundin gemacht«, sagte sie und fragte sich im selben Moment, warum sie ihm eigentlich Rechenschaft ablegte. »Was machst du hier, Peter? Ich dachte, du bist in Kalifornien?«

Peter kam auf sie zu und schlang einen Arm um ihre Hüfte. Er hatte dieses Funkeln in den Augen, und sie wusste sofort, was er wollte.

»Bin seit einer Woche zurück, wohne fürs Erste bei Bob. So geil es in L.A. auch war – ich habe dich schrecklich vermisst.«

Oh nein! Das konnte sie nun gar nicht brauchen. In der Vergangenheit hatte Peter sie nämlich ein paarmal wieder rumgekriegt, wenn auch nur für eine Nacht. Sie war nicht stolz drauf und hatte es danach immer schrecklich bereut. Doch sie hatte sich gesagt, dass sie halt auch nur eine Frau mit Bedürfnissen war, bei der manchmal eben der Verstand aussetzte.

Jetzt gab es da aber Barry …

Ohne ein Wort machte sie sich von Peter los und schloss die Haustür auf, doch noch bevor sie ihm sagen konnte, dass sie es als keine gute Idee erachtete, wenn er mit reinkäme, hatte er sich schon an ihr vorbei und ins Innere gedrängelt.

Seufzend folgte Laurie ihm.

Keine dreißig Sekunden später hatte ihr Ex sich seiner Schuhe entledigt und machte es sich bereits auf dem Wohnzimmersofa bequem. Die langen Beine hatte er auf dem Couchtisch übereinandergeschlagen, sein blondes Haar hing ihm ins Gesicht. Er wischte es sich mit einer selbstsicheren Geste zur Seite.

Laurie ging in die Küche und machte sich einen Tee. Diesmal mit Schuss, denn sie brauchte ganz dringend etwas Starkes, um das hier durchzustehen.

Sie stellte Peter einen Becher auf den Couchtisch, direkt neben seine Füße in den schmutzigen weißen Tennissocken. Ihm hatte sie keinen Schuss gegeben.

Sie setzte sich dazu, den Tee in der Hand, die Beine fest aneinandergedrückt. »Peter …«

»Süße, mach dich doch mal locker.« Er legte einen Arm um ihre Schultern. Nein! *Seinen* Arm wollte sie doch nicht um ihre Schultern haben. Sie wand sich unbehaglich. »Erzähl mir, was es Neues bei dir gibt.«

Das würde sie ganz bestimmt nicht tun.

»Ich habe ein paar neue Teesorten reinbekommen, aber das interessiert dich sicher wenig.«

»Du hast es erfasst. Aber weißt du, was mich interessiert? Du!« Er nahm ihr Kinn in seine Hand und versuchte, sie zu küssen.

Das machte sie so wütend! Dass er immer noch dachte, er brauche nur anzutanzen, seinen verführerischen Blick aufzusetzen, und schon hatte er sie. Das Dumme war natürlich, dass sie in den letzten Jahren auch noch dabei mitgemacht hatte. Peter hatte einfach diesen gewissen Charme. Sie war sich ziemlich sicher, dass er *jede* Frau haben konnte, so ein Typ war er einfach. Unwiderstehlich. Wenn man Brad Pitt vor sich hätte, könnte man ja auch nicht einfach Nein sagen.

Aber heute nicht! Nein, nie mehr! Jetzt hatte sie endlich etwas in Aussicht, das so viel besser war als die Sache mit Peter.

»Nein, lass das! Ich will das nicht mehr.«

»Was ist los? Sonst hat es dir doch auch Spaß gemacht!«

»Jetzt sieht die Situation aber anders aus. Es gibt da jemanden ...«

Peter nahm Abstand und starrte sie an. »Ach, ehrlich? Na, da gratuliere ich aber.«

»Danke.« Sie glaubte sogar, dass er es aufrichtig meinte. Allerdings war Peter niemand, der sich von einem anderen Mann von seinem Vorhaben abhalten ließ.

»Habt ihr eine richtige Beziehung mit allem Drum und Dran?«

»Na ja ... eigentlich ... Nun, es ist noch ganz frisch und ...«

»Wenn es noch nichts Festes ist, dann können wir beiden Hübschen uns doch noch ein letztes Mal miteinander vergnügen, oder?« Er kam wieder näher und küsste sie auf die Wange, wanderte näher zu ihrem Mund hin. »Du hast mir wirklich sehr gefehlt«, hauchte er, kurz bevor seine Lippen die ihren berührten.

Sie stieß ihn von sich, wenn auch sacht. »Peter, nein! Stopp! Ich habe dir gesagt, ich will nicht, okay?« Sie erhob sich nun und ging ans andere Ende des Zimmers. Dort blieb sie stehen und verschränkte die Arme vor der Brust.

»Okay, okay. Dann halt nicht.«

»Du wirst ja wohl kaum Schwierigkeiten haben, heute noch eine andere zu finden.« Die hatte er noch nie gehabt.

»Ich will aber dich.«

»Das hättest du dir vor zehn Jahren überlegen sollen.«

Vor zehn Jahren … Damals war sie zweiundzwanzig gewesen und hatte bereits eine zweijährige Ehe mit Peter hinter sich. Dieser hatte sie ein Ende gesetzt, weil sie seine vielen Seitensprünge nicht mehr hatte ertragen können. Ihre Mutter hatte ihr gleich gesagt, dass er nicht der Richtige sei. Aber für ihre Mutter war sowieso kein Mann gut genug, den Laurie sich selbst aussuchte.

»Ich wollte immer nur dich. *Du* hast doch mit *mir* Schluss gemacht.« So was sagte er immer wieder zu ihr. Eigentlich wollte er sie aber gar nicht. Er wollte seine Freiheit.

»Und du weißt auch, warum, du untreues Etwas.«

»Ich kann nichts dafür. Ich bin sexsüchtig.« Das war schon immer seine Ausrede gewesen.

»Dann solltest du gehen und diese Sucht woanders ausleben, Peter. Ich bin endlich dabei, glücklich zu werden. Zerstör mir das nicht noch mal.«

Er hob die Hände in die Luft und stand ebenfalls auf. »Okay. Ich gehe. Aber wenn du doch mal … Lust auf ein wenig Spaß hast, weißt du, wo du mich findest.«

»Ja, das weiß ich, Peter.«

Peter ging in Richtung Flur. »Dann hoffe ich, dass du glücklich wirst«, rief er noch. »Der Kerl sollte dich gut behandeln, sonst bekommt er's mit mir zu tun!«

Laurie folgte ihm. »Danke, das ist lieb von dir.«

Peter umarmte sie und ließ es sich nicht nehmen, ihr auf den Po zu klatschen.

Sie trat einen Schritt zurück. »Du kannst es einfach nicht lassen, oder?«

»So bin ich eben, Laurie.«

»Ja, ich weiß. Ach, Peter, du hast deinen Tee gar nicht getrunken.«

»Ehrlich gesagt konnte ich Tee noch nie ausstehen.«

»Warum hast du nie etwas gesagt?«, fragte sie erstaunt.

»Na, ich würde alles tun, um du weißt schon was von dir zu bekommen.«

Sie wurde rot. Ja, sie wusste, was er meinte.

»Mach's gut, Peter«, sagte sie und ließ ihn raus. Als sie ihm nachsah, wie er davonging, musste sie wieder daran denken, wie Orchid ihr dasselbe gewünscht hatte.

Sie schloss die Tür und schüttelte fassungslos den Kopf. Peter war zurück. Das musste sie sofort jemandem erzählen. Sie rief Keira an. Doch die nahm nicht ab. Orchid hatte Peter nie kennengelernt, und Ruby war mit ihren dreiundzwanzig Jahren wohl auch nicht die richtige Ansprechpartnerin. Sie versuchte es also bei Susan, bei der aber auch nur die Mailbox ansprang.

Okay, dann musste das eben bis morgen warten. Sie ging ins Badezimmer, um sich endlich das Entspannungsbad einzulassen, auf das sie sich schon den ganzen Tag gefreut hatte. Sie schüttete einen Verschlussdeckel voll Lavendelbadezusatz ins Wasser und stellte ein paar Kerzen auf. Dann machte sie Musik von Sam Smith an und zog sich aus.

Plötzlich hatte sie das tiefe Bedürfnis, Barry zu kontaktieren. Bevor sie es sich anders überlegen konnte, schnappte sie sich also ihr Handy und schrieb ihm eine SMS. Zum Glück hatte sie seine Nummer gespeichert, denn sie hatten sich schon des Öfteren über Teelieferungen ausgetauscht.

Barry, ich fand es sehr schön heute. Ich denke, ich schulde dir noch eine Antwort: Mindestens genauso sehr wie Norah Jones mag ich Adele, und zurzeit höre ich am liebsten Sam Smith.

Laurie war zufrieden mit sich selbst. Sie hatte den nächsten Schritt gewagt: private Kommunikation. Und sie hatte nicht, wie Orchid es ihr geraten hatte, wegen des Dates nachgefragt, sondern es auf ihre Art getan.

Lange stand sie vor dem Spiegel und betrachtete sich. Was würde Barry sagen, wenn er sie so sehen könnte? Würde sie ihm gefallen? Sie war zweiunddreißig Jahre alt, natürlich war nicht mehr alles so straff wie bei einer Zwanzigjährigen. Aber eigentlich konnte sie sich noch sehen lassen. Ihre Hüften waren rund, ihr Po war groß, worauf doch die meisten Männer abfuhren, ihre Taille war schmal, ihr Busen war mittelgroß und noch einigermaßen in Form, lediglich ein paar kleine Rettungsringe störten das Bild. Aber die konnte man übersehen, wenn man jemanden wirklich mochte, oder? Tat Barry das, sie mögen?

Ihr Handy piepte. Aufgeregt nahm sie es in die Hand.

Ich habe unsere Verabredung auch sehr genossen. Sam Smith? Na ja, ist kein Lenny Kravitz, aber schon okay. ;)

Sie musste lachen und tippte rasch eine Antwort.

Na, dann bin ich ja beruhigt.

Was machst du gerade?

Sollte sie ihm die Wahrheit sagen? Ach, warum denn nicht. Dann würde das Baden noch mehr Spaß machen, Kribbeln inklusive.

Ich bade.

WOW!

Sie musste lachen und stieg endlich in die Wanne, darauf bedacht, dass ihre Wunde das Wasser nicht berührte.

Was sollte sie nun schreiben? Immerhin wusste Barry, dass sie gerade nackt war, während sie ihm schrieb. Ein Prickeln machte sich in ihr breit.

Was tust du denn gerade?

Seine Antwort ließ nicht lange auf sich warten.

Soll ich ehrlich sein? Eigentlich gehe ich gerade einen

Teekatalog durch, aber jetzt kann ich nicht anders, als mir vorzustellen, wie du badest.

Laurie stieß einen kleinen Freudenschrei aus, legte das Handy beiseite und tauchte unter, was ziemlich waghalsig war mit dem einen Bein, das aus der Wanne hing.

Was tat sie da nur? Wo sollte das denn hinführen? SMS-Sex etwa?

Laurie? Ich hoffe, ich habe dich nicht verschreckt. Bitte denke nichts Schlechtes von mir.

Tue ich nicht. Ich bitte dich um dasselbe.

Ich könnte niemals schlecht von dir denken. Danke übrigens noch mal für den Kuss.

Gern geschehen.

Wann sehen wir uns wieder?

Oje. Was sollte sie darauf antworten? Sie hatte ja gehofft, er würde etwas vorschlagen. Am liebsten hätte sie gefragt, ob er sie gleich morgen treffen wolle, aber das würde wohl sehr armselig aussehen. So, als hätte sie an einem Samstagabend noch nichts vor, was ja wirklich der Fall war. Aber das musste Barry nicht unbedingt wissen.

Wie wäre es mit nächstem Freitag? Um acht?

Perfekt. Ich hole dich ab. Schick mir einfach noch vorher deine private Adresse.

Alles klar. Ich freue mich drauf.

Ich mich auch. Und nun lass ich dich weiter baden. ;)

Bis bald.

Bis bald.

Laurie legte das Handy endgültig weg und quietschte vergnügt vor sich hin. Sie hatte ein Date! Sie hatte tatsächlich ein weiteres Date mit dem Mann ihrer Träume. Wie froh sie war, dass sie Peter weggeschickt hatte. Denn das war gerade einfach perfekt gewesen, so intim, so hinreißend.

Sie legte den Kopf auf das Handtuch am Wannenrand und schloss die Augen. Ja, sie hätte heute Abend Sex haben können, aber nicht mit dem Mann, den sie wollte, den sie mehr begehrte als jeden anderen. Peter war Vergangenheit – endgültig. Sie hoffte nur, dass er das auch verstanden hatte.

Es gab jetzt für sie nur noch den Einen. Und es machte ihr auch überhaupt nichts aus, sich noch eine ganze Woche bis zu ihrem nächsten Date zu gedulden, denn sie wusste, dass es die Wartezeit auf jeden Fall wert sein würde.

KAPITEL 14

Am Samstag ging Laurie in bester Laune zur Arbeit, brachte den Tag fröhlich hinter sich, summte die ganze Zeit vor sich hin, schenkte ein paar Tassen Gratistee aus und brachte Gary auf dem Nachhauseweg noch einen Becher Pfefferminztee und ein Stück Kuchen vorbei, der im Laden übrig geblieben war. Samstags bot sie nämlich neben den üblichen Plätzchen auch immer eine Auswahl an Kuchen an, weil da einige ältere Stammgäste kamen, die gerne mehr als nur einen Keks zu ihrem Tee genossen. Heiter machte sie sich auf den Heimweg und überlegte schon mal, welche Filme sie sich am Abend noch ansehen wollte. Ihr war so richtig nach Liebesschnulzen zumute. Sie schloss die Tür auf, die Tüte mit den mitgebrachten Fish & Chips in der Hand, und betrat das Haus. Rasch streifte sie ihre Ballerinas ab, legte die Handtasche auf die Kommode im Flur und brachte das Essen in die Küche. Im Vorbeigehen sah sie, dass das Licht des Anrufbeantworters aufblinkte, und drückte den Knopf. Sie hörte die Stimme ihrer Mutter … und ihre gute Laune war verflogen.

»Guten Tag, Laura. Ich bin es, deine Mutter.«

Ach was, das hätte sie niemals erraten.

»Dein Vater und ich veranstalten nächsten Freitag

eine Gartenparty und erwarten, dass du kommst. Da wir wohl nicht damit rechnen können, dass du selbst jemanden mitbringst, werde ich mich darum kümmern.«

Oh nein! Bitte nicht schon wieder irgend so ein schmalziger Immobilienmakler oder ein langweiliger Banker.

»Die Feier beginnt um sechs. Bitte kleide dich angemessen.«

Was sollte denn das jetzt wieder bedeuten?

»Dein Vater lässt grüßen. Auf Wiederhören.«

Das war ihre Mutter. Kurz, knapp und kühl wie die Arktis.

Erst als sie die Nachricht zu Ende abgehört hatte, wurde Laurie die Bedeutung klar. Die Gartenparty war am Freitag!

Freitag, wo sie doch eigentlich ihr Date mit Barry hatte. Und nun?

Sofort wählte sie die Nummer ihrer Eltern.

»Harper am Apparat«, meldete sich ihre Mutter.

»Hallo, Mum, ich bin es.«

»Laura. Wie geht es dir?«, fragte ihre Mutter mit ausdrucksloser Stimme.

»Gut, danke. Ich hoffe, euch auch?«

»Bestens, danke. Du hast also meine Nachricht erhalten?«

»Ja, genau deshalb rufe ich an. Ich habe nämlich leider am Freitag keine Zeit.«

»Papperlapapp.«

»Ich habe wirklich schon was vor.«

»Nun, dann musst du es absagen.«

»Das geht aber nicht so einfach, es ist etwas Wichtiges.«

»Wichtiger als unsere jährliche Gartenparty? Dein Onkel Murray und deine Tante Sheryl reisen extra aus Liverpool an, und du kannst nicht kommen, weil du etwas *Wichtigeres* vorhast?«

Es war eindeutig, dass ihre Mutter ihr nicht glaubte. Sie dachte wohl, sie wolle sich drücken.

»Mutter, könnte es dir nicht in den Sinn kommen, dass ich auch ein Privatleben habe?«

»Dann verschiebe dieses Privatleben auf den Sonnabend. Wir erwarten dich am Freitag um sechs.«

»Das ist noch so eine Sache, Mutter. Ich arbeite bis um sechs. Ich kann nicht einfach den Laden früher schließen, nur weil ich auf eine Gartenparty muss.«

»Das wird sicher einmal zu machen sein.«

»Nein! Was soll ich denn meinen Kunden sagen?« Sie atmete resigniert aus. »Also, okay, wenn es unbedingt sein soll, dann werde ich kommen, aber ich schaffe es nicht vor sieben.«

Sie hörte ihre Mutter seufzen, nur ganz leise. Ihr steifes Kopfschütteln konnte sie förmlich vor sich sehen. »Nun, das ist akzeptabel. Zieh dir bitte etwas Angemessenes an. Etwas Hübsches.«

Oje …

»Ach, und Mutter, du arrangierst bitte nicht wieder irgend so eine schreckliche Verabredung für mich. Ich bringe selbst jemanden mit.«

Stille. Dann: »Tatsächlich?«

»Ja, tatsächlich.«

»Nun gut. Wenn du das sagst. Dann bringe mit, wen immer du möchtest. Wir sehen uns am Freitag.«

»Bye, Mum. Grüß Dad von mir.«

»Auf Wiederhören.«

Das war's. Herrje, in was für ein Dilemma hatte sie sich da nur hineinmanövriert? Jetzt musste sie dem wunderbaren Barry absagen wegen so einer blöden Gartenparty! Vielleicht konnte sie ihn bitten, das Kino-Date auf Samstag zu verschieben? Er würde sicher Verständnis haben, wenn sie ihn richtig einschätzte. Trotzdem musste sie zu der Party, obwohl sie darauf absolut keine Lust hatte. Und warum, um Himmels willen, hatte sie ihrer Mutter gesagt, sie würde jemanden mitbringen? Wen könnte sie schon fragen?

Einen Moment lang stellte sie sich vor, dass Barry sie begleiten würde. Mit ihm an ihrer Seite würde sie das Event sicher überstehen. Und sie könnte ihrer Mutter endlich beweisen, dass sie es auch allein schaffte, sich einen Mann zu suchen, und sie vielleicht ein für alle Mal davon abhalten, sich ständig in ihr Liebesleben einzumischen. Hach. Wäre das schön. Natürlich war das aber nur ein Wunschtraum. Nie und nimmer würde sie Barry wirklich bitten mitzukommen. Nein, sie musste sich etwas anderes überlegen. Eventuell könnte sie sich Patrick für einen Abend ausleihen oder Orchid fragen, ob sie sonst jemanden wusste, der sich auf solch ein Spektakel bei ihren Eltern einlassen würde. Das Essen war immerhin ganz hervorragend, nun ja, wenn man auf Escargots, Kaviar und gefüllte Wachteleier stand.

Sie seufzte. Am Ende würde es wahrscheinlich doch

wieder so enden, dass sie allein dort auftauchte und den Abend an der Seite eines langweiligen Bankers verbringen musste, der pausenlos über irgendwelche Aktienkurse sprach.

Laurie setzte sich an den Küchentisch und wunderte sich wieder einmal darüber, wie ihre Mutter ihre positive Stimmung innerhalb weniger Sekunden zunichtemachen konnte. Darin war sie schon immer gut gewesen, ja, das hatte sie drauf. Und Laurie hatte nie herausgefunden, wie sie sich gegen ihre dominante Art hätte wehren können. Es war fast so, als stünde man vor einer strengen Schuldirektorin, die keine Widerrede duldete. Und ein bisschen kam das ja auch hin. Denn Judith Harper war früher einmal Privatlehrerin gewesen – eine sehr strenge Privatlehrerin. Bei ihr hatte kein Kind vergessen, seine Hausaufgaben zu machen oder unvorbereitet einen Test anzutreten. Judith gestattete es nicht, dass man sich ihr widersetzte, und sie ließ sich niemals in ihre eigenen Ansichten reinreden. Sie war im Recht – immer! Und wer das nicht akzeptieren wollte, hatte schon verloren.

Laurie setzte Teewasser auf und träumte weiter vor sich hin. Was, wenn Barry wirklich mitkäme … Könnte sie ihre Mutter eigentlich auf Barry loslassen? Noch bevor sie überhaupt ein richtiges Date gehabt hatten? Nachher verjagte sie ihn noch ganz, und er würde für immer in Hongkong bleiben, eine hübsche Hongkongerin heiraten, die keine nervtötende Mutter hatte, und viele Kinderchen bekommen, die er alle in Fußball trainieren konnte.

Sie würde sich schon irgendwas anderes einfallen lassen. Jetzt packte sie erst mal ihr inzwischen kaltes Essen auf einen Teller und warf eine DVD in den Player. *Liebe braucht keine Ferien*. Dieser Film hatte noch immer ihre Stimmung gehoben. Aber auch das brachte heute nichts. Während sie sonst mitfieberte, wie Kate Winslet und Jack Black sich einander näherten, kam ihr heute nur ihre nervige Mutter in den Sinn. Und während sie sonst Jude Law anschmachtete und sich vorstellte, Barry und sie wären Jude und Cameron Diaz, die sich in diesem einsamen, romantischen Cottage ineinander verliebten, konnte sie nur an die ekligen Schnecken denken, die ihre Mutter sicher wieder servieren lassen würde. Schnecken! Dabei sollte man denken, eine Gartenparty hätte etwas von einer Grillparty – mit Steaks und Burgern und Würstchen, die ganz köstlich dufteten. Aber nein, auf so etwas konnte man sich bei Judith Harper nicht freuen.

Laurie musste an eine Kindergeburtstagsparty denken, für die sie sich nichts als Hot Dogs gewünscht hatte. Und was hatte ihre Mutter getan? Sie hatte diese winzigen Gurkensandwiches aufgetischt. Und statt des sehnlichst erhofften Wackelpuddings gab es Crème Brûlée zum Dessert. Von dem Moment an hatte sie keinerlei Erwartungen mehr gehabt.

Der Film lief nur so an ihr vorbei, sie konnte sich überhaupt nicht darauf konzentrieren. Am Ende ging sie früh ins Bett, während ihr die kalten Pommes noch lange schwer im Magen lagen.

Laurie konnte nicht schlafen und dachte daran zurück, wie am Morgen, noch bevor sie den Laden geöffnet hatte, Susan und Keira an ihre Tür geklopft hatten. Ganz aufgeregt sahen die beiden aus.

»Was ist passiert?«, fragte Keira gleich, als sie ihnen aufschloss und sie reinließ.

»Was ist denn mit euch los? Was soll denn passiert sein?« Sie lachte.

»Na, du hast uns beide gestern Abend versucht anzurufen«, erinnerte sie Susan.

»Und wir waren nicht für dich da«, fügte Keira entschuldigend hinzu. »Tut mir so leid, aber Jordan und ich hatten mal wieder Krach.«

»Und ich habe Terry entfloht.« Susan grinste schief.

»Ist doch kein Problem. Es war nichts Weltbewegendes. Ich hatte nur das Bedürfnis, mit jemandem zu reden. Weil nämlich … ratet mal, wer gestern vor meiner Tür gestanden hat!«

»Barry?«, riet Susan hoffnungsvoll. Natürlich hatte es bereits die Runde gemacht, dass Laurie mit Barry Mittag essen gewesen war, und ihre Freundinnen freuten sich mit ihr.

»Voll daneben.«

»Doch nicht etwa?« Keira machte große Augen.

»Genau der! Peter!«

»Was hat der denn gewollt? Du bist doch nicht etwa …? Und was ist mit Barry?« Keira war ganz aufgebracht.

»Nein, ich bin nicht schwach geworden. Diesmal nicht. Ich habe jetzt Barry, und das habe ich Peter klar und deutlich gesagt.«

»Du hast jetzt Barry? Ich dachte, ihr hättet nur zusammen gegessen. Habe ich da irgendwas nicht mitbekommen?«, fragte Susan ganz erstaunt.

»Nein, nein. Ihr wisst schon, wie ich es meine. Mein Herz gehört nur ihm, und alles andere auch. Na ja, quasi.«

»Ich verstehe.«

»Nun erzähl!«, forderte Keira ungeduldig. »Wie hat Peter darauf reagiert?«

»Er hat uns viel Glück gewünscht.«

»Ernsthaft?« Susan zog die Brauen zusammen. »Kann ich mir bei Peter gar nicht vorstellen.« Sie hatte ihn ein-, zweimal gesehen, als er wie aus dem Nichts in der Valerie Lane aufgetaucht war. »Der erscheint mir doch sehr besitzergreifend.«

»Peter?« Laurie musste lachen. »Der doch nicht! Da schätzt du ihn aber ganz falsch ein. Peter will immer nur seinen Spaß haben. Und den hat er. Und nicht nur mit mir, das kannst du mir glauben. Ich bedeute Peter rein gar nichts, schon sehr lange nicht mehr. Vielleicht habe ich das nie getan. Auf jeden Fall will er nicht wieder mit mir zusammen sein oder so. Ich hoffe nur, er hat es jetzt kapiert und hält sich von mir fern. Es wäre fatal, wenn er und Barry aufeinandertreffen würden.«

»Wieso?«

»Ich habe Barry noch nicht erzählt, dass ich mal verheiratet war.«

»Na, ihr hattet doch auch erst ein Date«, meinte Keira.

»Danke! Orchid sagt nämlich, es sei überhaupt kein Date gewesen.«

»Na ja …«, begann Susan.

»Sag nichts!«, warnte Laurie sie. »Für mich war es ein Date. Und ganz bald haben wir wieder eins. Ein Kino-Date. Und da kann keiner mehr sagen, es wäre kein richtiges.«

»Hach, ich freu mich für dich«, sagte Keira.

»Danke, Liebes. Ja, ich freu mich auch. Es wird bestimmt perfekt.« Wie könnte es nicht perfekt werden, wenn es doch mit Barry sein würde?

Mit diesen Gedanken schlief sie ein und träumte von dem kleinen Cottage aus dem Film, und diesmal war nicht Jude Law bei ihr, sondern Barry.

KAPITEL 15

Am nächsten Dienstag um kurz vor neun Uhr wartete Laurie mit pochendem Herzen darauf, dass Barry den Laden betrat. Nicht nur war sie wegen der Badewannensache ganz zappelig, sie war auch nervös, weil sie Barry bitten wollte, das Kino-Date zu verschieben.

Sie stand ganz hibbelig da und starrte auf die Tür. Um Punkt neun schloss sie auf und drehte das Ladenschild um. Sie stellte die Tafel raus, auf der heute *Himbeer-Eistee mit Zitrone, nur £ 2,50/Glas* stand.

Da noch kein Kunde in Sicht war, streckte sie sich und atmete die frische Sommerluft ein. Heute war es angenehm, es wehte eine leichte Brise. Der liebliche Duft von Hortensien lag in der Luft. Sie sah Ruby ins Antiquitätengeschäft eilen und winkte ihr zu. Dabei fiel ihr ein, dass sie ihre Freundin immer noch nicht auf die Sache mit den Blumen angesprochen hatte, und sie nahm sich vor, das unbedingt heute noch zu tun, denn die Lilien waren inzwischen nur noch kleine Häufchen Elend.

Barrys Lieferwagen fuhr vor und hielt direkt vor Laurie's Tea Corner. Ihr Herz klopfte wie wild.

»Einen schönen guten Morgen«, begrüßte Barry sie und sprang strahlend aus dem Wagen. Er schob die

Laderaumtür auf und holte zwei Kartons heraus. Einen reichte er ihr, den großen, schweren trug er selbst.

»Guten Morgen, Barry.« Sie musste unwillkürlich an die Badewannenszene denken. Merkwürdigerweise war es ihr aber gar nicht peinlich, ganz im Gegenteil, sie fühlte sich richtig beflügelt.

»Schön, dich zu sehen.« Er lächelte sie an.

Laurie lächelte zurück. »Dito.«

Sie brachten die Lieferung in den Laden und standen ganz nah beieinander.

Barry, der gut anderthalb Köpfe größer war als Laurie, sah zu ihr herunter. »Wo wollen wir denn am Freitag hingehen? Soll ich einen Tisch reservieren?«

Sofort war das wohlige Gefühl verflogen, und ihre Mutter nistete sich wieder in Lauries Kopf ein.

»Barry, es tut mir so leid«, sagte sie mit Bedauern. »Aber ich kann am Freitag nicht. Es ist etwas dazwischengekommen.«

»Oh.« Barry sah enttäuscht aus. Er reichte ihr die Rechnung und den Lieferschein zum Unterschreiben. »Darf ich fragen, was dazwischengekommen ist?«

»Eine Gartenparty bei meinen Eltern, zu der ich keine große Lust habe, das kannst du mir glauben.« Er sollte unbedingt wissen, wie leid es ihr tat und dass sie ihre Zeit viel lieber mit ihm verbringen würde.

»Wie schade. Na ja, wir könnten das Date natürlich verschieben … oder wir belassen es bei Freitag, und ich komme einfach mit auf die Party. Wenn das möglich ist.«

Laurie konnte es kaum glauben. Sie hatte es sich so

gewünscht, und nun schlug Barry es sogar von sich aus vor! »Das wäre schon möglich, aber ich bin mir nicht sicher, ob ich dir das antun will.«

Barry lachte. »Sind die Gartenpartys deiner Eltern so schlimm?«

»Meine Eltern sind so schlimm. Ehrlich.« Na ja, eigentlich nur ihre Mutter. Aber ihren Vater, der zugegebenermaßen auch ein wenig snobistisch war und vor allem ständig von irgendwelchen Brust- oder Poimplantaten erzählte, wollte sie Barry auch nicht unbedingt zumuten.

»Ich denke, ich würde einen Abend mit ihnen überleben.«

»Das willst du wirklich auf dich nehmen? Einen Abend mit meinen Eltern? Du musst das echt nicht tun.«

»Ich würde es aber gerne. Zur Unterstützung. Du siehst nämlich aus, als wenn du einen Trip in die Hölle vor dir hättest.«

»Da triffst du es ziemlich auf den Punkt.«

Barry lachte erneut. »Du bist zum Schießen, wirklich Also, wenn es okay für dich ist, dann komme ich natürlich mit, ja?«

Laurie nickte. »Ich würde mich freuen, das einmal nicht ganz allein durchstehen zu müssen. Aber bitte beschwer dich später nicht bei mir.«

»Worüber denn?«

»Es kann ganz schön heiß werden in der Hölle.«

Barry schmunzelte. »Das nehme ich in Kauf, für einen Abend mit dir.«

Sie war gerührt. »Die Party fängt um sechs an, was ich

nicht schaffen werde. Ich habe meiner Mutter gesagt, dass ich um sieben da bin.«

»Alles klar.«

»Ich habe meiner Mutter auch gesagt, dass ich jemanden mitbringe. Damit sie mir nicht wieder irgend so einen Schnösel als Partner für den Abend sucht. Wie schön, dass ich nun wirklich mit jemandem hingehen werde.«

»Oooh. Du warst also schon siegessicher?«

»Nein, überhaupt nicht. Ich hätte dich niemals gefragt, wenn du es nicht von dir aus vorgeschlagen hättest.«

»Dann bin ich froh, dass ich das getan habe. Hm. Deine Mutter hört sich wunderbar an.« Er zog eine Grimasse. »Gibt es etwas, das ich bedenken muss?«

»Vergiss es. Egal, was du tust oder wie du dich verhältst, du kannst es meiner Mutter sowieso nicht recht machen. Ich weiß das aus eigener Erfahrung.«

»Gut. Dann bin ich ganz ich selbst.«

»Perfekt.« Sie lächelte.

»Ich finde es übrigens auch ganz wunderbar, dass du heute wieder ganz du selbst bist.«

»Ja, entweder, man mag mich so, wie ich bin, oder eben nicht.«

»Da bin ich ganz deiner Meinung!« Er zwinkerte ihr auf diese gewisse verschmitzte Jude-Law-Weise zu und bescherte ihr ein kribbeliges Gefühl im Bauch.

Sie errötete und hatte dabei mal wieder das Gefühl, dass ihre Beine jeden Moment wegsacken könnten.

»Barry …«

Auch er zappelte ein wenig herum und stellte sich von einem Bein aufs andere.

»Ähm. Also, was genau sollen wir deiner Mutter sagen, wer ich bin? Wenn wir ihr sagen, dass ich dein fester Freund bin, lässt sie dich vielleicht zukünftig in Ruhe, was die Männer angeht.«

»Das würdest du für mich tun?«

»Na gerne doch.« Er strahlte sie an. »Ich muss nun leider weiter. Ich wünsche dir einen tollen Tag und viel teebegeisterte Kundschaft.«

»Danke. Dir auch einen schönen Tag. Und es tut mir leid, dass wir nun nicht ins Kino können.«

»Das läuft uns schon nicht davon.« Er nahm den Türgriff in die Hand, drückte ihn herunter, ließ ihn dann aber wieder los und drehte sich noch einmal zu ihr um. »Wie wäre es denn mit Samstag?«

»Ehrlich? Du willst mich an zwei Tagen hintereinander treffen?«

»Wenn du es auch willst.«

Sie nickte glücklich und konnte Barry gerade noch rechtzeitig warnen, bevor er die Tür an den Kopf bekam. Der erste Kunde betrat nämlich soeben die Tea Corner.

»Guten Morgen«, begrüßte sie ihn.

»Guten Morgen, Miss.«

»Kann ich Ihnen helfen, oder möchten Sie sich erst ein wenig umsehen?«

»Ich sehe mich um, danke.«

Laurie trat ans Fenster und blickte Barry und seinem süßen kleinen Hintern nach. Er wollte tatsächlich mit zu ihren Eltern kommen und sich einen Abend in der

Hölle antun – nur für sie. Sie würde ihm bis in alle Zeiten dankbar sein.

»Wird dieser Tee aus Bio-Orangen hergestellt?«, fragte der Kunde und riss Laurie aus ihren Gedanken.

Sie wandte sich ihm lächelnd zu. »Ja, natürlich. Aus kalifornischen Bio-Orangen.« Bei Kalifornien kam ihr kurz Peter in den Sinn, jedoch wirklich nur ganz kurz.

»Dann hätte ich gerne eine Packung.«

»Aber sicher«, sagte sie, nahm ein Tütchen und ging damit zur Kasse. »Darf es sonst noch etwas sein?«

»Nein, das war alles. Danke.«

Sie kassierte ab und musste sich, als der Mann weg war, erst einmal setzen. Sie und Barry würden am Freitag als Pärchen erscheinen. Er würde ihren Freund spielen. Da würde ihre Mutter aber Augen machen!

Nun stand natürlich immer noch die Frage im Raum, was sie zu dem Event anziehen sollte. Neben Barry wollte sie natürlich eine gute Figur abgeben. Mist, sie hatte ganz vergessen, ihm zu sagen, dass er in Anzug und Krawatte zu erscheinen hatte. Das würde sie natürlich nachholen müssen, erst mal war aber ihr eigenes Outfit an der Reihe. Am besten würde sie die anderen Frauen um Rat fragen. Morgen war ihr nächstes Treffen, und endlich hatte sie auch mal etwas Aufregendes zu berichten. Sie freute sich schon so darauf.

KAPITEL 16

Kurz nach sechs am Mittwochabend kam Orchid ganz aufgeregt in die Tea Corner gestürmt. »Phoebe ist schwanger!«, verkündete sie.

»Du wirst Tante? Wie wundervoll«, fand Keira.

»Jaaa! Ist das nicht aufregend?«

»Und wie«, stimmte Laurie ihr zu.

Sie waren fast komplett, nur Susan fehlte noch. Doch auch die kam kurze Zeit später durch die Tür. Heute brachte sie Terry mit, der nur gähnte und sich sofort in eine Ecke verkroch.

»Er hat keine Flöhe mehr, keine Angst«, informierte sie die anderen sogleich. »Hab ich was verpasst?«

»Phoebe ist schwanger«, berichtete Laurie.

»Die auch?«

Alle starrten Susan an.

»Nein, nein, ich doch nicht! Terry hat die Nachbarshündin geschwängert.«

»Oh«, machte Ruby.

»Und nun?«, wollte Keira wissen.

»Nun, das bedeutet zum einen, dass es bald viele kleine Terrys geben wird, gepunktete Terrys, denn die Hündin ist ein Dalmatiner. Und zweitens bedeutet es, dass ich den guten Terry wohl doch noch kastrieren lassen muss.«

»Der Arme.«

»Das könnten einige Männer wohl auch ganz gut vertragen«, kommentierte Orchid.

»Du meinst doch nicht etwa Phoebes Liebsten, oder?«, wollte Laurie wissen.

»Oh Gott, nein! Das hat er ganz richtig gemacht. Phoebe wünscht sich Kinder, seit ich denken kann. Die beiden werden ganz tolle Eltern abgeben.« Sie lächelte glücklich und zufrieden. »Und? Was gibt es bei euch anderen Neues?«

Ruby überlegte still vor sich hin. Keira packte die Mandelplätzchen aus, die sie mitgebracht hatte, und Laurie sagte: »Also, bei euren Neuigkeiten kann ich zwar nicht mithalten, aber …«

»Bist du auch schwanger?«, fragte Keira lachend.

»Wie soll das denn gehen? Ich hatte seit Ewigkeiten keinen Mann in meinem Bett«, erinnerte sie die anderen.

»Aber sie hatte ein Date!«, klärte Orchid die anderen auf, und diesmal sagte sie es fast ohne jeglichen Sarkasmus.

»Du hattest ein Date? Etwa mit deinem Teelieferanten?«, fragte Ruby, die mal wieder nichts mitbekommen hatte.

»Genau mit dem«, verriet Orchid.

Laurie sah sie an. »Dürfte ich vielleicht auch mal für mich selbst reden?«

»Na klar. Erzähl!«

»Nun ja, eigentlich gibt es da nicht so viel zu erzählen. Ich hatte eine Verabredung zum Mittagessen mit Barry, wie die meisten von euch ja schon wissen. Am Freitag sehen wir uns wieder, er hat mich nämlich um ein Date gebeten. Um ein richtiges.« Sie strahlte vor Glück.

»Was wollt ihr euch für einen Film ansehen? Macht ihr davor oder danach noch etwas anderes, wie Essen gehen?« Keira knabberte an einem Plätzchen und starrte sie gebannt an.

»Wir sehen uns leider weder einen Film an, noch gehen wir essen. Unsere Pläne haben sich nämlich geändert. Wir gehen jetzt auf eine Gartenparty meiner Eltern.«

»Du liebes Lieschen«, entfuhr es Susan.

»Autsch«, sagte Orchid.

»Ich wollte ihn da gar nicht mit hinschleppen. Er hat von sich aus vorgeschlagen mitzugehen, um es meiner Mutter zu zeigen.«

»Damit sie endlich aufhört, dich mit diesen schrecklichen Typen verkuppeln zu wollen?«, fragte Ruby. Sie war Laurie und einem dieser Kerle einmal in einem Restaurant begegnet, als sie ihren Vater zum sechzigsten Geburtstag ausgeführt hatte, und Laurie konnte von ihrem Blick ablesen, dass sie sich fragte, was sie nur dazu gebracht hatte, mit solch einem schleimigen und arroganten Typen auszugehen.

»Ganz genau. Vielleicht bewirkt es ja was. Wir spielen auf jeden Fall das glückliche Paar.«

»Das muss aber glaubwürdig rüberkommen«, sagte Orchid sogleich.

»Ist schon klar. Das bekommen wir sicher hin, auch ohne die ganze Zeit rumzuknutschen.«

»Mit Rumknutschen würde es aber viel mehr Spaß machen.« Orchid lachte.

Da hörten sie alle die Türglocke. Mrs. Witherspoon betrat den Laden.

»Störe ich, ihr Lieben?«

Laurie wusste nicht, wie oft sie der alten Dame noch sagen sollte, dass sie niemals störte.

»Natürlich nicht, Mrs. Witherspoon. Darf ich Ihnen einen Tee einschenken? Heute gibt es Früchtetee.«

»Gerne, Herzchen.«

Laurie reichte der alten Dame eine Tasse und warf einen Blick in die Runde. Bei ihrem letzten Treffen hatten sie etwas besprochen und warteten seitdem darauf, es Mrs. Witherspoon zu sagen. Da sie am vergangenen Mittwoch nicht gekommen war, brannte es ihnen allen auf der Zunge.

»Wir haben Sie letzten Mittwoch vermisst.«

»Ach, mir ging es nicht gut. Ich habe Tage, da mag ich das Haus nicht verlassen.«

»Geht es Ihnen denn jetzt besser?«, fragte Ruby besorgt.

»Ja. Heute ist ein guter Tag. Wisst ihr, in meinem Alter hat man es nicht immer leicht. Der Körper macht nicht mehr so mit, wie man es gern hätte.«

Diese Aussage bestätigte sie alle nur in ihrem Vorhaben.

»Mrs. Witherspoon«, begann Keira und blickte die anderen an, die zustimmend nickten. »Wir haben uns etwas überlegt. Und zwar würden wir Sie gerne mal zum Essen ausführen.«

»Mich?« Mrs. Witherspoon sah überrascht auf.

»Ja. Was halten Sie davon?«

»Sie dürfen aussuchen, wo wir hingehen«, fügte Laurie hinzu. »Was würden Sie denn mal wieder so richtig gerne essen?«

»Oooh. Da weiß ich was. Ich habe schon seit vielen Jahren keine Stargazy Pie mehr gegessen!«

Auf den Gesichtern der fünf Freundinnen bildeten sich Fragezeichen. Keine wusste, wovon die Rede war.

»Wie bitte, was?«, fragte Laurie vorsichtig nach.

»Stargazy Pie, kennt ihr die etwa nicht?«

Kopfschütteln allerseits.

»Eine Spezialität aus Cornwall, wo ich aufgewachsen bin.«

»Oh«, machte Orchid und wagte zu fragen: »Und woraus besteht diese Pie?«

»Die Pastete an sich unterscheidet sich nicht viel von anderen Pasteten. Die Füllung aber besteht aus Kartoffeln, Eiern und ganzen Fischen – Sardinen, deren Köpfe aus der Pie herausragen, als würden sie zum Himmel schauen.«

Ekel machte sich in Laurie breit. Sie war sowieso keine große Fischesserin – ab und zu mal Fish & Chips oder ein saftig gegrilltes Lachsfilet mit Pfeffer und Zitrone waren ja ganz lecker, aber Fischköpfe musste sie nun wirklich nicht haben. Sie warf einen Blick in die Runde und sah den anderen an, dass es ihnen ähnlich ging. Aber hatte auch nur eine von ihnen das Herz, dieser wunderbaren alten Dame vorzuschlagen, lieber Roastbeef mit Yorkshire Pudding essen zu gehen? Nein! Sie hatten Mrs. Witherspoon gefragt, was sie wollte, und das war es, was sie wollte.

»Das hört sich ja… lecker an«, sagte Susan nicht sehr überzeugend.

»Ungewöhnlich«, meinte Keira.

»Irgendwie abartig«, sagte Orchid dann doch, und Laurie stieß sie mit dem Ellenbogen an. »Ich meine, anders. Irgendwie anders als das, was ich normalerweise esse.«

Doch Mrs. Witherspoon nahm es ihr nicht übel. Sie strahlte bloß. »Fischköpfe sind nicht für jeden was, das ist mir schon bewusst. Die Pie ist aber wirklich einzigartig, sie ist Tradition. Aber da ich wohl in meinem Leben nicht mehr nach Cornwall komme, würde ich mich freuen, dieses Gericht noch einmal hier essen zu dürfen. Nur habe ich es in Oxford bisher auf keiner Karte entdecken können.«

»Wozu gibt es Google? Wir finden schon ein Restaurant, das dieses Gericht anbietet. Wie hieß es gleich? Stargazy Pie?« Orchid nahm ihr Smartphone in die Hand.

Mrs. Witherspoon nickte.

Keine fünf Minuten später hatte Orchid ein kleines Lokal ausfindig gemacht, das Stargazy Pie anbot. Es lag eine gute halbe Stunde entfernt.

»Macht nichts. Wir fahren mit dem Auto«, sagte Laurie.

»Mit zwei Autos. In eines passen wir wohl nicht alle rein«, überlegte Keira laut.

»Was halten Sie von unserer Idee?« Laurie sah die

alte Dame nun direkt an. Hoffentlich muteten sie ihr damit nicht zu viel zu.

»Wird das ein Geburtstagsessen?«

Nun musste Laurie kurz überlegen. Wann hatte Mrs. Witherspoon noch Geburtstag? Richtig, irgendwann im August. Daran hatte sie überhaupt nicht gedacht. Dann war es ja umso perfekter.

»Aber selbstverständlich«, sagte sie. »Wir werden Ihnen den schönsten Geburtstag aller Zeiten bereiten.«

Mrs. Witherspoon legte die Hände aneinander, wie sie es immer tat, wenn sie sich freute. »Ihr seid Engel auf Erden, wisst ihr das eigentlich?«

»Ach, so ein Quatsch. Wir wollen Ihnen nur eine Freude machen«, sagte Orchid. »Wann genau haben Sie noch mal Geburtstag?«

»Am elften August.«

Der elfte August. Das war ein Donnerstag, das wusste Laurie, weil da die Internationale Teemesse in Hongkong stattfand. Vom elften bis dreizehnten August. Sie hatte nachgesehen.

»Das ist ein Donnerstag, denke ich. Wie wäre es, wenn wir alle gleich nach Ladenschluss losfahren würden?«

»Wäre Ihnen das recht?«, fragte Susan ihren Gast.

Mrs. Witherspoon strahlte heller als die Sonne, als sie zustimmend nickte.

»Na, dann wäre das abgemacht!«, rief Keira freudig.

Orchid lachte fassungslos auf. »Gehen wir Stargazy Pie essen.«

»Wollt ihr denn nun auch die Geschichte zu der Pie hören?«, fragte Mrs. Witherspoon.

»Aber natürlich. Wir können es kaum erwarten«, erwiderte Laurie. Wenn sie schon so etwas Widerliches essen mussten, wollte sie wenigstens eine originelle Story dazu hören.

KAPITEL 17

»Es ist sehr lange her«, begann Mrs. Witherspoon, faltete die Hände und wirkte mit einem Mal ganz nostalgisch, »da herrschte ein besonders kalter und stürmischer Winter in Mousehole.«

Orchid kicherte. »So wie das Mauseloch?«

Sofort kamen Laurie Bilder von Tom & Jerry in den Sinn.

»Ganz genau. Mousehole ist eine kleine Ortschaft mit nicht einmal achthundert Einwohnern in Cornwall. Darf ich nun fortfahren?«

»Natürlich. Sorry.«

»Es war so stürmisch, dass die Fischer nicht mit ihren Booten aufs Meer hinausfahren konnten. Damals war aber Fisch die Hauptnahrungsquelle für die Menschen in Mousehole.«

Orchid kicherte wieder, dann lachte sie laut los und klatschte sich auf die Oberschenkel. Ruby stupste sie sacht an und bedachte sie mit einem strafenden Blick, der aber nicht wirklich böse rüberkam, weil sie einfach viel zu lieb aussah.

»Tut mir echt leid, aber ich finde das zu komisch.«

»Hat mal jemand Klebeband, damit wir ihr den Mund zuknebeln können?«, fragte Keira.

»Leider nicht.« Laurie schüttelte den Kopf. »Ich glaube aber, Orchid bekommt das jetzt auch so hin, still zu sein und die gute Mrs. Witherspoon endlich ihre Geschichte erzählen zu lassen. Richtig, Orchid?«

»Ja.« Orchid zog einen imaginären Reißverschluss über ihren Lippen zu.

Alle sahen Mrs. Witherspoon gespannt an, und sie fuhr fort. »In jenem Winter also in Mousehole …« Jede von ihnen blickte zu Orchid, die offenbar endlich begriffen hatte, wie viel es Mrs. Witherspoon bedeutete, ihnen die Geschichte erzählen zu dürfen. »… gab es einen mutigen Mann namens Tom Bawcock, der trotz aller Gefahren hinaus aufs Meer fuhr und so viele Fische fing, dass das ganze Dorf davon satt wurde. Die Dorfbewohner verarbeiteten sie zu Pies, wobei sie die Köpfe herausgucken ließen, damit auch jeder sehen konnte, dass diese wirklich Fisch enthielten.«

»Hätte man das nicht auch geschmeckt?«, fragte Orchid und verzog das Gesicht. »Man hätte ja die Schwänze rausgucken lassen können.«

»Man nennt es Schwanzflossen«, verbesserte sie Keira. »Und die Geschichte ist halt, wie sie ist. Akzeptier das doch!«

»Tue ich ja. Ich meine nur …«

»Ich finde die Geschichte schön«, meldete sich Ruby zu Wort. »Sie erinnert mich an ein Kinderbuch, aus dem meine Mum mir vorgelesen hat, als ich noch ganz klein war. Es kam auch eine Katze drin vor.«

»Es gibt tatsächlich ein Kinderbuch über diese Geschichte«, sagte Mrs. Witherspoon.

»Ja? Vielleicht geht es darin wirklich um dieselbe Geschichte. Ich werde das gleich morgen mal recherchieren. Wie schön wäre es, wenn ich dieses Buch auf einem Flohmarkt wiederfinden würde.«

»Das wäre wirklich schön«, stimmte Laurie zu und legte Ruby eine Hand auf die Schulter. Sie wusste, wie viel Ruby die Erinnerungen an die gemeinsame Zeit mit ihrer Mutter bedeuteten.

»Und dieser Tom Bawcock wurde dann zu so einer Art Held?«, wollte Orchid wissen.

»Oh ja«, bestätigte Mrs. Witherspoon. »Er ist in Cornwall nach wie vor bekannt, so wie hier in Oxford die gute Valerie. Noch heute feiert man an jedem 23. Dezember den *Tom Bawcock's Eve*, backt dazu eine riesige Stargazy Pie und marschiert damit durch die Stadt.«

»So eine Art Parade?«, fragte Susan.

»Eher eine Prozession. Man erweist dem Helden der Stadt Ehre. Ich war als junges Mädchen selbst einige Male dabei.«

»Wie alt ist diese Legende schon?«, erkundigte sich Keira.

»Nun, das weiß wohl keiner so genau. Tom Bawcock soll aber im sechzehnten Jahrhundert gelebt haben.«

»Wow! Das war noch lange vor Valeries Zeit.«

Mrs. Witherspoon nickte.

»Jetzt bin sogar ich richtig gespannt auf dieses Gericht.« Orchid lachte. »Wenn es so eine besondere Geschichte hat, dann muss man es wohl einfach mal probiert haben.«

»Mrs. Witherspoon, Sie sagten, das Ganze ereignete sich an einem 23. Dezember?«, fragte Keira noch einmal nach. »Es war also so etwas wie ein Weihnachtswunder?«

»Ja, das könnte man wohl sagen.«

»Wie wundervoll.«

»Wenn Sie sich so gut mit Sagen auskennen, haben Sie dann vielleicht auch eine über Valerie auf Lager?«, fragte Laurie neugierig. Sie hatten schon länger keine neuen Geschichten über sie gehört.

»Lasst mich überlegen. Die üblichen Geschichten kennt ihr sicher alle, oder? Die, in der die gute Valerie an einem kalten Wintertag im Jahre 1902 einhundert Paar Handschuhe verteilte? Alle selbst gestrickt, wohlgemerkt.«

»Ja, die kennen wir.« Susan lächelte warm.

»Und die, in der Valerie das Kind einer Bettlerin auf offener Straße entbunden hat?«

»Ja, die ist uns auch bekannt«, erwiderte Keira.

»Aber wisst ihr auch von der Affäre, die Valerie gehabt haben soll?«

Jetzt sahen alle gespannt zu Mrs. Witherspoon.

»Die will ich hören!«, rief Orchid.

»Ich auch!«, sagte Keira.

»Nun, ich weiß nicht, wie viel an den Gerüchten dran ist«, begann Mrs. Witherspoon, »aber Valerie soll in ihrem zweiunddreißigsten Lebensjahr einen Mann kennengelernt haben, in den sie sich auf den ersten Blick verliebte.«

Laurie horchte auf. Sie war ebenfalls zweiunddreißig!

»Valerie war damals bereits lange mit ihrem Samuel verheiratet, das darf man nicht vergessen. Der Mann, in den sie sich verliebte, war ein Gentleman aus Wales, Isaac soll er geheißen haben. Er hat ihren Laden betreten, um Schnürsenkel zu kaufen, weil seine gerissen waren. Valerie gab ihm, wie es heißt, aber nicht nur neue Schnürsenkel, sondern auch ihr Herz.«

»Ehrlich? Hat Samuel das je herausgefunden?«

»Oh ja, das hat er. Als Valerie nämlich schwanger wurde.«

Riesengroße Augen, heruntergeklappte Kinnladen.

»Nein!«, stieß Susan aus.

»Das kann doch nicht möglich sein!«, sagte Laurie schockiert. »Ich dachte, Valerie konnte gar keine Kinder bekommen!«

»Daran erkannte man nun, dass es nicht an Valerie gelegen hatte, sondern an Samuel. Wie auch immer, Valerie war in der Zwickmühle. Damals verließ man seinen Ehemann nicht so einfach, wie man es heute tut. Eheleute ließen sich nicht scheiden. Doch Valerie war schwanger, und Samuel wusste es. Isaac wusste es auch, aber er machte sich aus dem Staub, und Valerie blieb allein mit dem Baby eines anderen im Bauch zurück.«

»Und was passierte dann?« Susan knabberte an ihren Nägeln.

»Samuel, gütig, wie er war, blieb bei ihr und wollte das Kind als seines annehmen.«

»Awwwww«, machte Orchid.

»Leider starb das Kind bei der Geburt. Valerie hatte großes Glück, dass sie dieses tragische Ereignis überlebte.«

»Oh nein, wie schrecklich«, sagte Keira.

Laurie hatte einen dicken Kloß im Hals. Wieso war das Leben zu solch guten Menschen oft so grausam?

»Das ist wirklich traurig.« Orchid musste sich eine kleine Träne wegwischen.

»Und wie. Ruby, du wirkst irgendwie so, als wärst du nicht einverstanden«, wandte sich Keira an das Küken der Runde.

Ruby schüttelte sacht den Kopf. »Weil es nicht stimmt. Es ist nur eine dieser Sagen, an denen nichts dran ist. Absolut nichts.«

»Woher willst du das wissen?«, fragte Orchid. »Vielleicht ist es ja genau so geschehen.«

»Ist es nicht«, sagte Ruby, die immer mehr als alle anderen über Valerie zu wissen schien. Sie wirkte fast ein wenig aufgebracht.

»Ich möchte gerne daran glauben.« Orchid verschränkte die Arme vor der Brust.

»Weil es so eine schöne Geschichte ist, wie Valerie erst ihre große Liebe und dann auch noch ihr Baby verloren hat?«

Oh! Was war denn nur mit Ruby los?, überlegte Laurie. Man könnte fast meinen, es beträfe sie persönlich.

Orchid sagte gar nichts mehr.

»Wenn ihr wissen wollt, was damals wirklich geschah, erzähle ich es euch.«

Alle sahen sie gespannt an. Ruby hatte manchmal etwas von diesen Kindern an sich, die besonders gruselige Geschichten am Lagerfeuer erzählen konnten.

»Erzähl es uns, bitte«, sagte Susan.

»Nur zu«, forderte auch Mrs. Witherspoon Ruby auf. »Vielleicht liege ich ja falsch, das kann gut sein. Es ist, wie gesagt, nur das, was ich im Laufe der Jahre aufgeschnappt habe.«

Ruby nickte und atmete tief durch. »Okay ... Valerie war nicht zweiunddreißig, sondern neunundzwanzig, das mal nur so nebenbei, und Isaac Lovett war nicht ihr Liebhaber, sondern ein Mann auf der Flucht, dem sie half. Isaac stand unter Verdacht, jemanden ermordet zu haben, und war aus Wales geflohen. Es war aber nichts dran an der Sache, sein Vetter hatte es ihm angehängt. Wie auch immer, zu jener Zeit hatte es endlich geklappt, dass Valerie schwanger wurde – von Samuel natürlich. Sie hätte ihn nämlich niemals betrogen, sie hat ihn mehr geliebt, als ihr euch vorstellen könnt. Leider verlor sie das Kind und konnte danach nie mehr schwanger werden. Isaac Lovett gab sie ein wenig Geld, zwei Laibe Brot und die Adresse eines Rechtsanwalts in London, der ihr noch etwas schuldig war. Dorthin verschwand Isaac – nach London. Er und Valerie hatten absolut überhaupt nichts miteinander.«

»Woher weißt du das alles?«, fragte Laurie sie.

»Habe es mal irgendwo gelesen. In einem ... alten Geschichtsbuch.«

Wie schon so oft überkam Laurie das Gefühl, als hätte Ruby die gute Valerie persönlich gekannt, oder als hätte sie die Geschichten über sie anderweitig aus erster Hand. Manchmal tat ihre Freundin so geheimnisvoll ...

»Trotzdem hat sie ihr Baby verloren, und Samuel hat

zu ihr gestanden«, sagte Orchid, um das letzte Wort zu haben.

»Es ist schon spät«, bemerkte Susan nun. Sie wollte wohl einen Streit der beiden Jüngsten vermeiden. »Ich denke, ich mache mich auf den Weg. Darf ich Sie nach Hause begleiten, Mrs. Witherspoon?«

»Wenn es Ihnen keine Mühe macht?«

»Warum sollte es? Ich hatte sowieso vor, noch einen kleinen Spaziergang mit Terry zu machen. Komm, Terry!«, rief sie dem Hund zu, dessen Anwesenheit keiner bemerkt hatte. »Bis morgen, ihr Lieben. Und Keira, du kannst mir schon mal eine Schachtel von diesen Mandelplätzchen zur Seite legen. Die sind ja unglaublich lecker.«

Keira lächelte zufrieden. »Ein schottisches Produkt.«

»Ich komme morgen bei dir im Laden vorbei, ja?«

Keira nickte, und Susan, Mrs. Witherspoon und der hinterhertrottende Terry verließen den Laden.

»Hat Peter sich noch mal gemeldet?«, fragte Keira, nachdem alle anderen weg waren. Sie war sich wohl nicht sicher gewesen, ob es Laurie recht gewesen wäre, vor den anderen, besonders vor Mrs. Witherspoon, damit anzufangen.

»Glücklicherweise nicht«, antwortete Laurie.

»Da bin ich erleichtert. Deinem Glück mit Barry steht also nichts mehr im Wege.«

Ja, das hoffte sie wirklich sehr.

»Ich wünsche dir noch einen schönen Abend, Laurie.«

»Danke, den wünsche ich dir auch. Am Freitag erscheint übrigens die Anzeige im Wochenblatt«, fiel ihr noch ein. Das hatte sie den anderen nun gar nicht sagen können, weil Ruby dabei gewesen war.

»Rubys Anzeige?«

»Genau.«

»Sie wird sich bestimmt freuen. Das war eine ganz tolle Idee von dir.«

Laurie hoffte nur, dass Ruby das genauso sah. Sie nahm so ungern Hilfe an.

Nachdem auch Keira gegangen war, räumte sie noch auf, wusch das Geschirr ab und steckte sich das letzte Plätzchen in den Mund.

Sie musste lächeln. Es war ein wundervoller Abend gewesen. Wie froh sie war, an diesen wöchentlichen Zusammentreffen teilhaben zu dürfen. Sie brachten ihr nicht nur Freude, sondern auch Frieden in einer Welt, in welcher der Egoismus sich mehr und mehr ausbreitete. Es war schön, so gute Freundinnen zu haben. Wie würde ihr Leben ohne sie aussehen?

KAPITEL 18

Als Laurie am Freitagmorgen von der Cornmarket Street in die Valerie Lane abbog, fiel ihr Blick auf Gary, der an seiner gewohnten Ecke saß und in den Himmel starrte.

»Guten Morgen, Gary«, grüßte sie ihn, und wie immer überkam sie tiefes Mitgefühl. Sie wusste nicht, was diesem Mann in seinen jungen Jahren Schlimmes widerfahren war, aber es musste so schwerwiegend gewesen sein, dass er sein gesamtes früheres Leben gegen eines auf der Straße eingetauscht hatte. Und sie hatte das Gefühl, er saß nicht hier auf dem Bürgersteig, weil er arm war und nicht wusste, wohin er gehen sollte, sondern aus einem ganz anderen, viel mächtigeren Grund.

»Guten Morgen, Laurie«, erwiderte er ihren Gruß.

»Hast du Lust auf einen Becher Tee?«

»Da sage ich nicht Nein.«

Oh, so einfach war das heute? Damit hatte sie nicht gerechnet. Wenn es mit Ruby ebenso leicht gehen würde, wäre das wirklich fantastisch.

»Dann komm mit.«

Gary stand auf, ließ die meisten seiner Sachen liegen und nahm nur seine Umhängetasche mit, die auch schon bessere Tage gesehen hatte.

»Ein schöner Tag ist das heute«, befand Laurie und sog die Blumendüfte und den Geruch nach Morgensonne ein. »So ein richtig perfekter Sommertag. Ich wette, heute wollen alle Kunden nur exotische Früchtetees kaufen. So ist das oft an heißen Tagen. Genauso, wie sie an kalten Wintertagen nur Gewürztees haben wollen. Was kann ich dir denn heute Gutes tun?«

»Ist eigentlich egal.«

»Nein, sag schon. Ich habe so ziemlich alle Sorten Tee.«

»Dann vielleicht den mit Granatapfel, der im Schaufenster steht? Das Fenster sieht übrigens toll aus. Du hast dich mal wieder selbst übertroffen.«

»Oh, ich danke dir. Das ist aber nett.«

Sie hatten den Laden erreicht, und Laurie schloss auf und klemmte das schräge Stück Holz unten zwischen Tür und Boden, damit die wunderbare Sommermorgensonne den Laden mit ihrem Licht durchfluten konnte. Sie ging hinter den Tresen, füllte den Wasserkocher und stellte diesen an. Dann gab sie ein paar Löffel von der Granatapfel-Teemischung in eine Kanne aus Glas und lächelte Gary an.

»Du kannst dich gerne setzen. Ich öffne erst in einer Viertelstunde.«

Gary nahm das Angebot an, und Laurie brachte ihm wenig später seinen Tee. Dabei nahm sie noch schnell die Post aus dem Briefkasten und freute sich. Das Wochenblatt! Rubys Anzeige! Sie schlug die Zeitung auf und suchte danach – eine Viertelseite sollte sie einnehmen. Und ja, da war sie. Wie schön! In großen Lettern stand dort RUBY'S ANTIQUES, darunter waren verschiedene Dinge aufgelistet, die der Laden führte, zum Schluss folgte die Adresse.

»Wunderbar!«, rief sie aus. »Gary, darf ich dich ganz kurz allein lassen?«, fragte sie und lief, ohne eine Antwort abzuwarten, rüber zu Keira.

Diese öffnete die pinkfarbene Ladentür, nachdem Laurie mehrmals angeklopft hatte. Sie war gerade am Telefon, und es klang nicht gut.

»Moment!«, flüsterte sie und wandte sich wieder der Person am anderen Ende der Leitung zu. »Nein, ich finde nicht, dass wir unbedingt eine Radtour durch Frankreich machen sollten. Wenn du möchtest, kannst du das ja allein tun. Sorry, aber wenn ich schon mal Urlaub mache, möchte ich mich auch erholen … Ein netter Strandurlaub. Ein wenig Wellness vielleicht. Aber kein Extremsport … Nun, für mich ist es aber schon Extremsport. Du weißt genau, dass ich nicht gerne mit dem Mountainbike fahre … Können wir bitte heute Abend darüber sprechen? Ich habe Kundschaft.« Keira beendete das Gespräch und pustete eine Menge Luft aus. »Mann, er will es einfach nicht begreifen.«

»Jordan?«

Keira nickte.

»Er will eine Fahrradtour mit dir machen?«

»Ja. Weil ich ja so eine begeisterte Radfahrerin bin.« Sie verzog das Gesicht. »Da ringe ich die ganze Zeit mit mir, ob ich Kimberly eine ganze Woche allein mit dem Geschäft lassen kann, und das alles für eine Fahrradtour? Dann kann ich es mir auch sparen, oder?« Kimberly war die Aushilfe – Keira war die Einzige von ihnen, die eine eingestellt hatte.

»Warum macht ihr nicht einfach getrennt voneinander Urlaub?«, fragte Laurie.

»Darauf wird es am Ende wohl hinauslaufen. Aber egal jetzt. Ist sie da?«, fragte Keira gespannt.

Laurie zeigte ihr die Seite. »Da ist sie. Toll, oder? Sie wird unserer Ruby hoffentlich ganz viel neue Kundschaft bringen.«

»Hoffen wir das Beste für sie.«

»Ich muss wieder rüber. Ich habe Gary allein im Laden sitzen, und es ist schon gleich neun.«

»Ich wünsche dir einen erfolgreichen Tag!«

»Danke, den wünsche ich dir ebenso! Ach, kannst du mir noch zwei Tütchen Orangenplätzchen mitgeben?«

»Aber gerne.« Keira reichte sie ihr. »Zahl sie irgendwann später.«

»Danke, Süße. Und lass dir von Jordan nicht den Tag vermiesen. Wenn *er* keinen Wellnessurlaub mit dir machen will, tue *ich* das halt.«

Keira lachte. »Zwei Läden in der Valerie Lane zum selben Zeitpunkt geschlossen? Ob unsere Kunden das überleben?«

»Manchmal muss man aber auch an sich denken«, entgegnete Laurie in einem liebevollen, aber unmissverständlichen Ton.

Keira nickte und hielt kurz ihre Hand. »Ich weiß.«

Als Laurie zurück in die Tea Corner kam, erwartete sie eine Überraschung. Ruby und Gary saßen beisammen und unterhielten sich. Ruby hatte das Wochenblatt dabei und sprang auf, als sie Laurie kommen sah.

»Ich weiß gar nicht, was ich sagen soll!«, rief sie. »Das war doch sicher dein Verdienst, oder?«

»Wir alle waren das. Orchid, Susan und Keira haben ebenso dazu beigetragen.«

»Ihr seid einfach unglaublich.« Ruby umarmte sie. »Wie kann ich euch nur jemals dafür danken?«

»Bleib hier in der Valerie Lane, das ist alles, was wir wollen.«

»Ich habe nichts anderes vor.«

»Magst du auch einen Tee haben? Ich habe gerade Granatapfeltee aufgebrüht.«

»Hört sich lecker an.« Ruby setzte sich wieder zu Gary. In ihrem blauen Kleid und mit dem Lächeln im Gesicht wirkte sie heute sogar noch jünger als sonst. »Wo waren wir stehen geblieben?«

»Neunzehnhundertzwölf. Das Jahr, in dem die *Titanic* sank«, erinnerte sie Gary.

»Stimmt. Die gute Valerie starb in dem Jahr. Mit nur dreiundfünfzig Jahren.«

»Woran starb sie denn?«

»An einer läppischen Grippe.« Ruby schüttelte fassungslos den Kopf.

»Wow. Ich hätte jetzt mit Cholera oder den Pocken gerechnet. Aber Grippe …«

»Es ist wirklich tragisch.«

Laurie hatte große Freude daran, den beiden zuzusehen und vor allem zuzuhören. Da hatten sich aber wirklich zwei gesucht und gefunden. Als die ersten Gäste kamen, erhoben sie sich und wanderten weiter zu Ruby's Antiques. Und Laurie sah Gary erst Stunden später wieder an ihrem Fenster vorbeigehen.

Einigermaßen zufrieden betrachtete Laurie sich um Viertel nach sechs in dem kleinen Spiegel, der im Hinterzimmer der Tea Corner hing. Ihre Beine konnte sie nicht sehen, aber die obere Hälfte ihres Körpers war ganz okay. Nicht perfekt, aber ihrer Mutter konnte sie es ja eh nie recht machen.

Sie zupfte an ihrem Pony herum und überlegte hin und her, ob sie ihr Haar heute mal offen tragen sollte. Das tat sie fast nie, ein Pferdeschwanz oder eine lockere Hochsteckfrisur waren halt praktischer im Alltag. Heute war aber kein Alltag, heute war ihr erstes richtiges Date mit Barry – und ihre Eltern waren dabei!

Sie sah wieder um die Ecke, konnte Barry aber noch nicht entdecken. Zwei Abende zuvor hatte sie ihn kurz angerufen, um ihm zu sagen, dass es weniger hektisch wäre, wenn er sie im Laden abholen käme. Ihre Kleidung zum Umziehen würde sie einfach mit dorthin nehmen. Außerdem hatte sie ihn gebeten, Anzug und Krawatte zu tragen.

»Bei der Hitze?«, hatte er gefragt.

»Tut mir echt leid.«

»Schon gut. Na, da muss ich mal sehen, ob ich irgendwo ganz hinten in meinem Schrank noch ein mottenzerfressenes Exemplar entdecke.«

Seitdem hatte sie sich Sorgen gemacht, denn ein altes, mottenzerfressenes Exemplar würde ihrer Mutter

Stoff zum Meckern bis ans Ende ihres Lebens geben. Doch nachdem sie noch schnell ein wenig hellrosa Lipgloss aufgetragen, sich die Wimpern nachgetuscht hatte und ein weiteres Mal um die Ecke blickte, konnte sie erleichtert aufatmen. Barry stand nämlich vor der Ladentür und sah ganz fantastisch aus. Überhaupt nicht mottenzerfressen, sondern eher wie ein Hugo-Boss-Männermodel. Sie hätte niemals gedacht, dass ein Anzug ihm so fabelhaft stehen würde.

Laurie lächelte noch einmal in den Spiegel, beschloss endlich, dass sie das Haar offen tragen würde, löste die Spange und schüttelte es zurecht. Dann ging sie die Tür aufmachen.

»Hallo, Barry«, sagte sie und wusste, dass sie dabei wie ein Honigkuchenpferd grinste.

»Hi, Laurie«, begrüßte Barry sie und gab ihr einen kleinen Kuss auf die Wange. »Komme ich zu früh? Bist du fertig, *feste Freundin?*«

Sie lachte und nickte, schnappte sich die schwarze Clutch und das leichte rosa Jäckchen und zog die Tür hinter sich zu.

»Du siehst großartig aus, Laurie.«

»Das Gleiche wollte ich dir gerade sagen. Dein Anzug erscheint mir gar nicht so mottenzerfressen.«

Barry grinste. »Ich hatte einfach überhaupt nichts Passendes zum Anziehen und dachte mir, ich kaufe mir einfach einen neuen.«

»Den hast du dir jetzt extra für diese Party angeschafft?« Sie hatte ein schlechtes Gewissen, der Anzug war sicher nicht billig gewesen.

»Ich kann ihn bestimmt irgendwann mal brauchen. Wenn ich in zehn Jahren wieder auf eine schicke Gartenparty gehe oder so.«

Ja, der Glückliche musste wohl nicht so oft an solchen Events teilnehmen. Sie dagegen hatte eine beachtliche Auswahl an angemessenen Outfits im Schrank hängen. Das Blöde war nur, dass ihre Mutter sich ganz genau merkte, was sie trug. So war es leider unmöglich, zweimal dasselbe anzuziehen.

Gestern Abend war sie extra noch ins Einkaufszentrum gegangen und hatte sich nach einem neuen Kleid umgesehen, das nicht nur ihre Mum zufriedenstellen, sondern auch Barry beeindrucken würde. Keira hatte ihr dabei zur Seite gestanden. Im zwölften Geschäft hatten sie endlich etwas gefunden, das günstig war, aber nicht billig aussah, das ihr passte und gleichzeitig elegant und sexy war. Keira war völlig erschöpft gewesen, als sie den Laden verließen. Aus lauter Dankbarkeit hatte Laurie sie dann noch auf eine Pizza eingeladen.

Heute trug sie nun besagtes neues, luftiges langes Blumenkleid, das in Rot und Rosa gehalten war, und schien damit einen Treffer gelandet zu haben.

»Also, mein *fester Freund*, ich hoffe, du hast das Preisschild aufbewahrt. Nach dem heutigen Abend wirst du bestimmt keine zweite Gartenparty mehr erleben wollen«, sagte sie.

Barry lachte. »Gartenpartys an sich sind doch nett. Allerdings gehe ich sonst eher auf lockere Grillpartys – in Shorts und Sneakers. Ich bin ja wirklich gespannt auf deine Eltern.«

»Habe ich erwähnt, dass sie stinkreich sind?«

»Nein, ich habe es mir aber gedacht. Wer gibt schon Gartenpartys, wo man in Anzug und Krawatte erscheinen muss?«

»Ich bin aber nicht so, ich hoffe, das weißt du.«

»Laurie, wie lange kennen wir uns jetzt? Sechs Monate?«

»So in etwa, ja.«

»In diesen sechs Monaten habe ich dich, denke ich, gut genug kennengelernt, um das zu wissen.«

Laurie wurde wieder ganz warm ums Herz, weil Barry sie auf diese gewisse Weise ansah. Am liebsten hätte sie jetzt seine Hand gehalten, traute sich aber nicht, danach zu greifen, und hoffte, dass er den ersten Schritt tun würde. Noch viel lieber als seine Hand hätte sie in diesem Moment aber seine Lippen gespürt. Sie konnte sie noch immer auf ihrer Wange fühlen …

Dann hatten sie Lauries Auto erreicht und stiegen ein.

»Wir hätten wirklich auch meinen Wagen nehmen können«, sagte Barry, als sie losfuhren.

»Deinen Lieferwagen? Bitte sei mir nicht böse, aber wenn meine Mutter uns in dem sieht …«

»Verstehe schon. Kein Problem. Heute Abend bin ich nicht Barry, der Teetyp, sondern … hm … da muss ich mir noch was überlegen. Was machen deine Eltern eigentlich beruflich?«

Sie hielten an einer Ampel.

»Meine Mutter war früher Privatlehrerin, hat reichen Kindern Heimunterricht gegeben.«

»Oh. Daher die Strenge?«

»Sieht so aus, ja.« Das erklärte vielleicht die Strenge, aber nicht das ständige Genörgel. Vielleicht, dachte Laurie manchmal, war sie aber auch so, weil sie unzufrieden war. Sie hatte zwar alles, was man sich nur wünschen konnte: eine riesige Villa, mehrere Luxusschlitten, die exquisitesten Kleider ... aber machte all das wirklich glücklich? Womöglich vermisste sie von Zeit zu Zeit ihr altes Leben. Das Unterrichten. Nicht bei jeder Bewegung von den anderen Damen der Gesellschaft in Augenschein genommen zu werden. Vielleicht hatte ihre Mutter ja auch Träume und war deshalb so unausstehlich zu Laurie, weil sie sich ihre erfüllt hatte. Falls es das wirklich war, konnte sie einem fast leidtun ...

»Und dein Dad?«

»Der war mal Unfallchirurg. Hat aber in den Neunzigern sein erstes Wellnesscenter eröffnet, das auch so was wie Brustvergrößerungen, Botox-Behandlungen und Fettabsaugen anbietet. Er besitzt heute fünf von diesen Zentren und könnte sich eigentlich faul zurücklehnen, aber manchmal legt er selbst noch gerne Hand an.« Besonders an ihrer Mutter, deren straffe Gesichtshaut nicht natürlich sein konnte.

»Deine Mutter arbeitet also nicht mehr, wenn ich das richtig verstehe?«

»Na ja, man könnte es auch als Arbeit betrachten, ihr Image aufrechtzuerhalten. Aber ansonsten hat sie sich schon vor zwanzig Jahren ganz dem Dasein einer reichen Ehefrau hingegeben.«

»Ich muss sagen, dass ich echt froh bin, dass du nicht nach ihr gekommen bist.«

»Hab ja bisher auch keinen reichen Mann kennengelernt«, scherzte sie.

»Ich bin mir sicher, es liegt nicht nur daran.« Barry schmunzelte, und sie merkte, wie er sie ansah. »Du siehst übrigens heute ganz besonders hübsch aus. Ich mag es, wie du dein Haar trägst.«

Yes! Richtige Entscheidung!

»Danke schön.« In ihrem Bauch machten sich Schmetterlinge breit oder eher Jumbo-Jets.

Endlich erreichten sie das Anwesen ihrer Eltern. Barry stieg aus, ging um den Wagen herum und hielt ihr seinen Arm hin, in den sie sich einhakte. So machten sie sich auf zu dem gewaltigen Haus, das der Ort von Lauries Kindheit war.

KAPITEL 19

»Wow!«, staunte Barry, als sie den Parkweg hinaufgingen. »Hier bist du also aufgewachsen?«

»Wir sind hierhergezogen, da war ich sieben. Aber ja, den Großteil meiner Kindheit habe ich hier verbracht.«

»Hattet ihr auch Diener und so? Einen Butler, eine Köchin? Jemanden, der dir mit Palmenblättern Luft zugewedelt hat?«

Laurie musste lachen. Sie war sich ziemlich sicher, dass aus Barry nicht der Neid sprach. Er brauchte all das gar nicht.

»Nein. Einen Palmenblätterwedler hatte ich nicht. Aber meine Mutter hatte schon damals eine Haushälterin, die geputzt und gekocht hat. Was auch gut so war, da meine Mum ganz schrecklich kocht.«

»Kannst du kochen?«, fragte er ganz unerwartet.

»Nun ja, ein Vier-Gänge-Menü würde mir wohl nicht so leicht von der Hand gehen, aber Lasagne oder Minestrone bekomme ich ganz gut hin.«

»Ich liebe Lasagne.«

»Vielleicht magst du mal vorbeikommen? Dann mache ich eine für dich«, traute sie sich vorzuschlagen.

»Ist das eine Einladung?« Er zwinkerte ihr zu.

Laurie nickte und bekam ganz rote Wangen.

»Dann komme ich sehr gerne. Ich bringe dann mein berühmtes Trifle mit, Desserts sind nämlich das Einzige, was ich gut hinbekomme.«

»Ah ja? Na, dann würden wir doch ein gutes Team abgeben.« Sofort merkte sie, was sie da gerade von sich gegeben hatte – sie hatte eine mögliche gemeinsame Zukunft angesprochen! Verstohlen sah sie zu Barry, der aber nur lächelte und sich gar nichts dabei zu denken schien. Erleichtert lenkte sie vom Thema ab. »Was ist in deinem berühmt-berüchtigten Trifle denn drin?« In diesem Schichtdessert konnte man ja alles Mögliche verarbeiten.

»Willst du es ganz genau wissen?«

Sie nickte.

»Okay, dann verrate ich dir jetzt mein Geheimrezept. Du darfst es aber nicht weitersagen.«

»Ich verspreche es. Nun mach es doch nicht so spannend!«

Er sah sich einmal um, um sicherzugehen, dass auch niemand mithörte. Hinter vorgehaltener Hand zählte er dann auf: »Zwanzig zerbröselte Butterkekse, eine Dose klein geschnittene Pfirsiche, darüber zwei Becher Kirschjoghurt, ein Glas Schattenmorellen und zum Schluss Schlagsahne.«

Sie prustete los. »Wow! Was für ein besonderes Dessert. Und so viel Aufwand!«

»Ja, das ist nicht einfach.«

»Schon klar.«

»Hey, mein Bruder Eric ist ganz verrückt danach. Manchmal kommt er mich nur wegen meines Trifles besuchen.«

»Ist das der Bruder mit dem Bauchnabelpiercing?« Sie musste lachen, als sie sich an das Gespräch von vor etwa zwei Monaten erinnerte, als Barry ihr von der verlorenen Wette erzählt hatte, die seinem Bruder nach einer volltrunkenen Nacht besagtes Piercing beschert hatte.

»Genau der. Mein einziger Bruder übrigens.«

»Na, dann muss dein Trifle ja wirklich lecker sein. Eric scheint ein gutes Urteilsvermögen zu haben.« Sie grinste Barry an. »Ich freue mich schon darauf, es zu probieren.«

Barry lächelte sie an. Sie hatte bemerkt, dass er, je näher sie auf das Haus zugekommen waren, immer langsamer gegangen war, und hatte sich ihm angepasst. Jetzt waren sie nur noch etwa zehn Schritte von der Eingangstür entfernt, und Barry blieb stehen.

»Furchteinflößend irgendwie. Muss ich etwas beachten?«

»Wie gesagt, meine Mutter hat immer an allem etwas auszusetzen. Du brauchst es also gar nicht erst zu versuchen.«

»Na, das sind ja gute Aussichten. Und wie ist dein Vater so?«

»Ach, der ist ganz lässig. Muss er auch, sonst würde er es gar nicht mit meiner Mutter aushalten.«

»Dann kann ich vielleicht bei *ihm* punkten?«

»Klar.« Sie wurde ernst. »Du, Barry, ich möchte noch, dass du eines weißt. Dass ich dich heute mit zu meinen Eltern nehme, bedeutet nicht, dass … Ich meine, dass wir hier das Liebespaar spielen, heißt nicht …«

»Ich verstehe schon, was du meinst. Ich finde aber

trotzdem, dass es eine gute Übung ist, das Pärchen zu spielen, um zu sehen, wie wir zusammen funktionieren.«

Ein wohliges Kribbeln durchfuhr sie. Hatte er das gerade wirklich gesagt, oder war das nur Wunschdenken gewesen?

»Oh«, war alles, was sie rausbrachte. Es kam aber eher wie ein undefinierbares Krächzen aus ihrem Mund.

»Also, was ist sonst noch wichtig? Wenn ich dein Freund sein soll, dann sollte ich auch ein wenig besser über dich Bescheid wissen.«

Laurie versuchte sich zu sammeln. »Alles klar, dann gebe ich dir noch eben eine schnelle Zusammenfassung, bevor wir ins Haus gehen. Also, ich habe keine Geschwister, aber drei Cousinen, die schon immer wie Schwestern für mich waren, die Töchter von Dads Schwester Linda. Ich bin auf eine Privatschule gegangen, zum Glück hat mein Dad sich damit durchgesetzt, dass ich nicht zu Hause unterrichtet wurde. Ich habe mit achtzehn die Schule beendet und dann hier in Oxford studiert – Wirtschaftswissenschaften und Public Relations. Während ich noch auf der Uni war, habe ich einen Mann kennengelernt, Peter, der schon ein paar Jahre älter war, und habe ihn geheiratet.« Sie hielt die Luft an und sah zu Barry. Sie hätte mit einem schockierten oder zumindest erstaunten Gesichtsausdruck gerechnet, doch er verzog keine Miene, sah sie nur an und hörte ihr weiter zu. »Meine Eltern waren von Anfang an gegen ihn. Er war … er ist Klempner. Zumindest offiziell. Inoffiziell arbeitete er mal hier, mal dort. Wo gerade etwas anfiel. Er hatte schon auf einer Farm in Indien gearbeitet – für

Kost und Logis. Hatte in Kanada bei der Ahornsirupernte geholfen und in Italien bei der Tomatenernte. Peter hielt es nie lange an demselben Ort; er war ein Weltenbummler, ein Freigeist. »Vielleicht habe ich ihn deshalb geheiratet, aus Rebellion oder so. Im Grunde wusste ich ja selbst, dass er nicht der Richtige für mich war. Nachdem er mich dann mit der halben Stadt betrogen hatte, habe ich die Scheidung eingereicht.«

»Wie lange wart ihr verheiratet?«, wollte Barry wissen.

»Zwei Jahre.«

»Tut mir leid, dass das schiefgegangen ist.«

»Ach, es hat wohl nicht sein sollen.«

»Habt ihr noch Kontakt?«

»Ja, sporadischen. Ehrlich gesagt ist es ein wenig kompliziert zwischen Peter und mir. Er taucht halt immer mal wieder bei mir auf... Aber ich habe ihm erst kürzlich gesagt, dass ich jetzt jemand Neuen kennengelernt habe ... Damit meinte ich natürlich nicht dich«, fügte sie schnell hinzu. »Ich wollte nur ... dass er mich endlich in Frieden lässt. Das hoffe ich zumindest.«

Wenn Barry nicht total auf den Kopf gefallen war, wusste er, was für ein Verhältnis Peter und sie hatten – oder bisher gehabt hatten.

Einen Moment war es still. Wahrscheinlich waren es nur fünf Sekunden, Laurie kam es aber vor wie fünf Minuten. Dann sagte Barry: »Ja, das hoffe ich auch.«

»Warst du je verheiratet?«, fragte sie schnell, weil ihr die Situation so unangenehm war und sie von Peter ablenken wollte.

»Nein. Ich habe bisher nicht die Frau zum Heiraten

gefunden. Einmal war ich nah dran… na ja, es hat ebenfalls nicht sein sollen.«

»Einige Menschen haben einfach kein Glück in Liebesdingen.«

»So ist es wohl. Das Blatt kann sich aber jederzeit wenden.« Er sah ihr in die Augen, und sie wurde auf einmal ganz nervös.

»Wollen wir reingehen?«, fragte sie. »Meine Mutter wird jetzt schon sauer sein, dass wir so spät kommen.«

»Na, dann wollen wir sie mal nicht noch mehr verärgern.«

Barry hielt ihr seine Hand hin, und sie legte ihre hinein. Es sollte schließlich echt wirken, wenn sie als Freund und Freundin aufkreuzten.

Sie stiegen die Stufen hoch, und Laurie klingelte. Einer der Partyservicemitarbeiter öffnete ihnen und ließ sie hinein. Drinnen staunte Barry nur noch mehr. Die Eingangshalle war edel eingerichtet, der Marmorboden glänzte, und von der Decke hingen Kristallkronleuchter herab. Eine geschwungene Treppe führte hinauf in die obere Etage, wo früher Lauries Zimmer gewesen war. Es war längst in ein weiteres Gästezimmer umgewandelt worden.

»Da vorn sind meine Eltern«, sagte sie, als sie an der offenen Terrasse standen und auf den Garten hinunterblickten. Sie deutete auf den braun gebrannten Mann im weißen Anzug und die elegante Frau mit dem strengen Dutt, die ein ebenfalls weißes Kostüm trug. Die meisten Leute trugen Weiß.

»Oh wow! *Das* sind deine Eltern?«

»Ja. Komm.« Sie zog Barry mit sich und ging auf ihre Eltern zu. Es war ein fantastisches Gefühl, mal mit jemandem an ihrer Seite zu erscheinen. Und seine Hand endlich zu halten war auch fantastisch – selbst wenn es nur Show war.

»Guten Abend, Mutter«, sagte sie. »Hallo, Dad.«

Ihre Mutter drehte sich in ihre Richtung und nickte zur Begrüßung. »Guten Abend, Laura.«

»Laurie, wie schön, dass du es geschafft hast«, sagte ihr Vater erfreut und umarmte sie locker. »Wen bringst du denn da mit?«

»Das ist mein Freund, Bartholomew Lohan. Barry, darf ich dir meine Eltern Judith und William Harper vorstellen?«

Barry schüttelte brav Hände und lächelte. »Ich freue mich sehr, Sie endlich kennenzulernen. Laurie hat schon so viel von Ihnen erzählt.«

»Tatsächlich? Sie hat Sie bisher überhaupt nicht erwähnt«, entgegnete ihre Mutter.

Ihr Vater lachte. »Deine Mutter hat bis eben nicht einmal geglaubt, dass du wirklich jemanden mitbringst. Ich bin mir sicher, sie hat schon Ausschau nach dem einen oder anderen Junggesellen für dich gehalten.«

Klar, was auch sonst?

Eine Kellnerin ging mit einem Tablett voll Champagnergläsern vorbei, und Barry schnappte sich zwei und reichte Laurie eins. Das konnte sie gut brauchen. Sie nahm einen großen Schluck.

»Nun, ich muss mich entschuldigen, Laura. Ich habe dir nicht geglaubt.«

»Soll ich ehrlich sein?«, fragte ihr Dad. »Wir haben schon gewettet, ob du nicht vielleicht lesbisch bist.«

Was?!? Laurie verschluckte sich am Champagner und hustete wie verrückt. Sie traute sich gar nicht, Barry anzusehen. Der aber klopfte ihr nur sacht auf den Rücken und lachte. »Und? Wer hat die Wette gewonnen?«, fragte er.

Er war so ein Schatz. Schaffte es, eine äußerst unangenehme Situation mit einer einzigen Bemerkung doch noch zu retten.

Ihr Dad machte eine Siegesgeste. »Ha! Ich habe gewonnen! Judith, du schuldest mir einen Hunderter.«

Ihre Mutter verdrehte die Augen. Sie hieß es offensichtlich nicht gut, dass ihr Mann die Sache mit der Wette ausgeplaudert hatte.

»Was machen Sie beruflich, Mr. Lohan?«, fragte sie nun und machte jede Hoffnung zunichte, die Laurie gehegt hatte. In wenigen Sekunden würde ihre Mutter auch diesen Mann missbilligen.

Barry atmete einmal tief ein, was er so unauffällig tat, dass wahrscheinlich nur Laurie es mitbekam. »Ich bin erster Vorsitzender in einem internationalen Großhandelsunternehmen.«

Fast hätte Laurie sich wieder verschluckt.

»Ah ja? Womit handeln Sie denn?«

»Mit Tee«, antwortete Barry.

»Na, da haben sich ja zwei gefunden«, freute sich ihr Vater und entschuldigte sich dann, weil er einen seiner engsten Freunde entdeckt hatte. »Viel Spaß weiterhin. Wir sehen uns später noch?«

»Aber klar, Dad.«

»Ich werde mich dann ebenfalls entschuldigen«, sagte ihre Mutter. »Ich muss mir rasch die Nase pudern gehen.« Was wahrscheinlich bedeutete, dass sie eine Kopfschmerztablette einwerfen musste.

»Internationales Großhandelsunternehmen?«, flüsterte Laurie, als ihre Eltern außer Hörweite waren.

»Na, ich habe einige wirklich *große* Kartons in meinem Lager stehen.«

»Und erster Vorsitzender?«

»Ich kann mich doch betiteln, wie ich will, schließlich bin ich der Boss.« Ein Boss ohne Mitarbeiter.

»Warum hast du dich nicht gleich zum Präsidenten des Unternehmens gemacht?«, fragte sie lachend.

»Das erschien mir dann doch ein bisschen zu unglaubwürdig.«

Sie amüsierten sich den ganzen Abend über prächtig, machten sich über die reichen Schnösel lustig und probierten eklige Dinge wie Weinbergschnecken und gefüllte Wachteleier. Ja, sie machten sogar ein Spiel daraus, vergaben Ekelpunkte von eins bis zehn. Laurie hatte noch nie eine Gartenparty bei ihren Eltern so genossen.

Am Ende des Abends brachte sie Barry zurück zu seinem Lieferwagen. Er stieg aber noch nicht gleich aus ihrem Auto aus, sondern sagte: »Du hast vorhin irgendwas von Stargazy Pie erzählt. Ist das nicht aus einer Kindergeschichte?«

»Ja, genau. Wie schön, dass du die Geschichte auch kennst. Meine Freundin Ruby verbindet damit Kindheitserinnerungen. Erst vor Kurzem haben wir an einem unserer Mittwochabendtreffen mit Mrs. Witherspoon, einer meiner älteren Kundinnen, darüber geredet. Sie kommt nämlich aus Cornwall, wo auch die Geschichte herstammt. Und die Stargazy Pie.«

»Die enthält ganze Fische, wenn ich mich recht erinnere. Und die gucken mit dem Kopf aus der Pie.« Er zog eine Grimasse.

»Ja, ich weiß.«

»Hätte man es nicht wenigstens so machen können, dass die Schwanzflossen rausgucken statt der Köpfe?«

»Genau das hat Orchid auch gesagt.«

»Bist du gut mit Orchid befreundet?«, wollte Barry wissen.

»Ich kenne sie noch nicht so lange wie die anderen Ladeninhaberinnen der Valerie Lane. Aber wir sind alle miteinander befreundet und bilden eine Einheit – gegen den Rest der Läden, vor allem die gut besuchten in der Cornmarket Street und dem Shopping Center. Warum fragst du?«

»Es interessiert mich halt, mit wem du deine Zeit verbringst. Wer deine Freunde sind. Ich finde es schön, etwas über dich zu erfahren.«

Er kam ihr ein wenig näher. Würde er sie endlich küssen? Ihr Innerstes bebte, ihr Herz machte Sprünge, doch dann entfernte er sich auch schon wieder von ihr und ließ Laurie total perplex zurück.

Was sollte das denn nun schon wieder? Sie wollte sich ihre Enttäuschung nicht anmerken lassen, also plapperte sie weiter.

»Diese grausige Stargazy Pie werde ich mir übrigens bald antun müssen und meine Freundinnen aus der Valerie Lane auch. Denn wir wollen Mrs. Witherspoon zu einem Geburtstagsessen ausführen, und die hat sich gewünscht, noch einmal Stargazy Pie zu essen.«

»Wie lieb von euch, dass ihr euch das antun wollt für sie.«

»Ja, oder?« Sie grinste.

»Wie alt wird die Gute denn?«

»Weiß ich nicht. Sie ist aber schon sehr alt. An die achtzig. Übrigens hat sie am elften August Geburtstag. Da bist du doch in Hongkong, oder?«

»Das hast du dir gemerkt?«

»Klar. Ich muss doch meine Planung für den Laden machen«, redete sie sich raus.

»Ja, jetzt rückt es immer näher. Ich muss gestehen, ich bin aufgeregt wie ein Kind. Die Teemesse dort reizt mich schon so lange.«

»Wie schön, dass du es endlich schaffst.«

»Ja, das finde ich auch. Obwohl es da jemanden gibt, den ich sehr vermissen werde.«

»Ah ja? Deinen Bruder?« Sie hoffte insgeheim, er meinte sie, aber das konnte sie ja schlecht so direkt fragen.

»Den eigentlich nicht so sehr. Aber meine kleinen Kicker, die werden mir fehlen.«

Die Flamme, die eben noch in Laurie entzündet worden war, erlosch auch schon wieder.

Die Hoffnung auf einen Abschiedskuss hatte sie aufgegeben. Und Barry verabschiedete sich auch lediglich mit einer leichten Umarmung von ihr, so wie sie Susan oder Ruby beim Abschied umarmte.

Mit einem unsicheren Gefühl fuhr Laurie nach Hause. Es war bereits nach Mitternacht, und obwohl es ein wundervoller Abend gewesen war, fragte sie sich nun aber, ob Barry sie vielleicht doch nur als Freundin betrachtete, als Kumpel. Sie hatten viel Spaß miteinander gehabt, herumgealbert … Waren sie überhaupt für mehr geeignet?

KAPITEL 20

Laurie erwachte am nächsten Morgen mit einem unheimlich schweren Kopf. Sie hatte die ganze Nacht nicht schlafen können, weil sie immer wieder an den Abend zurückgedacht und darüber nachgegrübelt hatte, was es bedeuten sollte, dass Barry sich ihr gegenüber so freundschaftlich verhielt.

Von ihrer Mum hatten sie auf der Party nicht mehr viel gesehen, die hatte sich mit anderen eleganten, gelifteten und snobistischen Damen über Tennis und Golf, die wirkungsvollsten Schlankheitskuren und eine neue Methode des Fettabsaugens unterhalten. Aber ihr Dad hatte anscheinend einen Narren an Barry gefressen; er hatte ihm eine seiner teuren Zigarren angeboten, mit ihm gescherzt und ihn einigen wichtigen Leuten vorgestellt. Barry hatte sich offenbar gar nicht so unwohl gefühlt, wie sie angenommen hatte. Vielleicht hatte er es einfach besser drauf als sie, sich auf derartige Situationen einzulassen.

Nachdem er in der Nacht in seinen Lieferwagen gestiegen und fortgefahren war, war sie richtig enttäuscht gewesen. Der ganze Abend war so beschwingt verlaufen, und sie hatte wirklich mit einem Kuss oder einer lieben Verabschiedung gerechnet. Stattdessen hatte er sie nur wie einen Kumpel behandelt, jemanden, den er seit Jahren kannte, in dem er aber nie mehr sehen würde als eine gute Freundin. Hatte sie sich die Momente der Nähe, der Fastküsse nur eingebildet? Sie hatten nicht einmal etwas für den Samstag ausgemacht.

Am liebsten hätte sie Barry mitten in der Nacht eine SMS geschrieben, als sie um halb vier wach lag und an die Decke starrte. Ihn gefragt, warum er denn nur gesagt hatte, dass diese gespielte Beziehung doch eine gute Möglichkeit sei, um zu sehen, ob sie miteinander harmonierten. Oder war das auch nur in ihrer Einbildung passiert? Gerade war sie sich überhaupt nicht mehr sicher. Das mit der SMS ließ sie dann doch lieber bleiben und stellte sich stattdessen etliche Szenarien vor. Wie sie *ihn* zum Abschied küsste – wie hätte er da reagiert? Wie sie ihm endlich ihre Liebe gestand und er ihr daraufhin sagte, dass es schon bei ihrer allerersten Begegnung um ihn geschehen war …

Irgendwann war sie darüber tatsächlich eingeschlafen. Natürlich klingelte der Wecker um sieben und riss sie aus dem Schlaf. Es war Samstag, und auch da öffnete die Tea Corner um neun.

Nachdem sie sich endlich aufgerappelt hatte, erschrak sie beim Blick in den Spiegel. Ein Zombie aus der Serie *The Walking Dead* war nichts im Vergleich zu ihr.

Selbst eine Tasse starken Kaffee und eine Scheibe Brioche konnten da nicht helfen. Sie fühlte sich wie gerädert, als hätte sie den schlimmsten aller Kater, dabei hatte sie den ganzen Abend über lediglich zwei Gläser Champagner getrunken – sie musste ja noch hinters

Steuer und wollte ihre Liaison mit Barry nicht in den Graben fahren, bevor sie überhaupt richtig Gestalt angenommen hatte.

In einer schwarzen Baumwollhose und einem ebenfalls schwarzen T-Shirt, das ihr Zombie-Aussehen noch perfektionierte, verließ sie heute das Haus – eine dunkle Sonnenbrille vor den Augen.

»Hey, Laurie, wie war es gestern?«, fragte Keira fröhlich, als sie um kurz vor neun in die Valerie Lane einbog. Keira stand in der offenen Tür ihrer Chocolaterie und sah aus wie eine heitere Sonnenblume, während Laurie sich wie ein hässlicher, alter, umgeknickter Löwenzahn vorkam, der nicht einmal die Chance gehabt hatte, eine Pusteblume zu werden … Eine Pusteblume, deren Schirmflieger bis in die Wolken davonwehen konnten, die sie zum Ort ihrer Bestimmung trugen. Nein, sie hing hier unten am Boden fest, und ihre Wolken waren bereits verflogen, Barry hatte sie ganz weit beiseitegeschoben.

Laurie stöhnte. »Nicht so laut«, flüsterte sie und ging ein paar Schritte auf ihre Freundin zu.

»Oje, was ist denn mit dir los? Hast du ein bisschen zu tief ins Glas geschaut gestern?« Keira dachte nicht daran, ihre Stimme zu senken.

Laurie stöhnte wieder. »Nein. Ich habe nur so gut wie nicht geschlafen.«

»Ooooooh. Was habt ihr denn die ganze Nacht getrieben?«

»Gar nichts. Ich lag wach im Bett und habe überlegt, was ich schon wieder falsch gemacht habe.«

»Wieso?«, wollte Keira wissen.

»Er hat mir eine schlichte Umarmung zum Abschied gegeben. Mehr nicht. Ich glaube, er will nicht viel mehr als mein Teelieferant sein.«

»Du bist einfach zu nett. Ein Kumpeltyp. Du solltest versuchen, sexy zu sein. Wickel ihn um den Finger, setze deinen weiblichen Charme ein.«

»Und wie soll das gehen?«

»Zuerst einmal solltest du vielleicht nicht wie der Tod höchstpersönlich aussehen.«

»Mir war heute nicht nach fröhlichen Farben.«

»Aber ist am Abend nicht euer Kino-Date? Willst du da *so* hin?«

»Das ist auch noch so eine Sache. Unser Date hat er nämlich überhaupt nicht mehr erwähnt, mit keinem Wort. Wahrscheinlich hat er es sich anders überlegt. Womöglich haben ihn meine Eltern doch vergrault.«

»Nun hör schon auf, alles schwarzzusehen. Werde erst mal munter, nimm eine Kopfschmerztablette und trinke viel Wasser. Und dann wartest du ab. Ich bin mir sicher, er wird sich heute noch bei dir melden.«

»Ja, um abzusagen.«

»Hör auf!«, sagte Keira streng. »So gefällst du mir nämlich gar nicht. Ich will die fröhliche Laurie wiederhaben, meine Freundin, für die das Glas immer halb voll ist.«

»Gerade ist das Glas aber leider komplett leer, sorry. Vielleicht bin ich morgen wieder besser drauf. Ich muss jetzt in den Laden, es ist schon nach neun.«

»Dann versuche wenigstens, deinen Kunden gegenüber ein wenig fideler zu sein, du wandelnde Leiche.«

»Ja, ja …«, sagte Laurie und schloss den Laden auf.

Der Tag verlief so langsam wie nie. Die Stunden wollten einfach nicht vergehen. Laurie war müde, und sie war verzweifelt. Um vierzehn Uhr hatte Barry sich noch immer nicht gemeldet.

»Der marokkanische Pfefferminztee ist leider aus, tut mir leid. Aber ich kann Ihnen einen hiesigen anbieten, aus Bioanbau, der schmeckt genauso gut«, erklärte sie gerade einer Kundin.

»Ich wollte aber den marokkanischen. Wann bekommen Sie den wieder rein?«

»Am Dienstag.« Wenn Barry ihr die Lieferung brachte – *falls* Barry ihr die Lieferung brachte.

Die Kundin ging, und Laurie hätte sich nicht gewundert, wenn sie nie wiederkäme. Sie starrte auf ihr Handy. »Klingel doch, klingel!«, beschwor sie es.

Dann klingelte es tatsächlich.

»Laurie? Hallo, hier ist Barry.«

»Barry. Hallo.«

»Wie geht es dir?«

»Bestens«, schwindelte sie. »Und dir?«

»Auch gut. Wir haben noch gar nichts für heute Abend ausgemacht.«

»Es bleibt bei heute Abend?«, fragte sie überrascht.

»Aber natürlich. Es sei denn, du willst nicht mehr.«

»Doch, natürlich will ich. Ich dachte nur … ach, vergiss es, ist nicht wichtig. Holst du mich ab?«

»Im Laden?«

Um Gottes willen! Bloß nicht! Sie musste erst mal dringend nach Hause, sich umziehen und frisch machen.

»Es wäre mir lieber, wenn du mich zu Hause abholen würdest. Gegen halb acht?«

»Perfekt.«

»Meine Adresse hast du?«

»Na sicher. Die hast du mir doch neulich schon per SMS geschickt. Wo soll ich uns einen Tisch reservieren?«

»Such du was aus. Nur bitte nicht indisch. Und keine Stargazy Pie«, hängte sie noch dran. Allein bei dem Gedanken daran wurde ihr ganz anders.

»Alles klar.« Barry lachte. »Wie wäre es mit Steak?«

»Wunderbar.«

»Dann reserviere ich für acht. Das sollten wir doch schaffen?«

»Bestimmt. Dann bis später.«

»Bis nachher. Ich freue mich.«

»Ich mich auch.« Wenn du nur wüsstest, wie sehr.

Sofort war Laurie besserer Stimmung. Barry hatte die Wolken ein Stück weit zu ihr zurückgepustet, und sie konnte wieder ein klein wenig Hoffnung hegen, weich auf ihnen zu landen. Im Grunde könnten die Wolken auch für das Bett stehen, in dem sie hoffte, mit Barry zu landen – irgendwann. Sie hielt die Nähe zu ihm nämlich kaum noch aus. Nur zu gerne hätte sie endlich gewusst, was sich unter den Band-T-Shirts im Sommer und den Holzfällerhemden im Winter verbarg.

Apropos … Was sollte sie heute Abend eigentlich anziehen? Ein Steakhouse war kein Ort, der eine schicke Garderobe verlangte, ein zu schlichtes, zu langweiliges Outfit wollte sie aber auch nicht tragen. Sexy sollte sie sein, hatte Keira ihr gesagt. Was war denn sexy? Sie brauchte Hilfe.

»Orchid, du musst mir helfen!«, sagte sie kurz darauf und klammerte sich an den Telefonhörer.

»Ich bin in einer Minute bei dir!«

»Nein, nein. So wichtig ist es auch nicht, dass du extra deinen Laden schließen musst. Das geht auch am Telefon. Sag mir … was ist sexy?«

»Wie bitte?« Orchid schien verwirrt.

»Ich gehe doch heute Abend mit Barry aus. Erst essen und dann ins Kino, und ich weiß wirklich nicht, was ich anziehen soll.« Ein Ehepaar betrat den Laden, und sie flüsterte weiter in den Hörer: »Ich will sexy aussehen, verstehst du?«

Diese Sache war schon einmal schiefgegangen, als sie nämlich mit fünfzehn ihr erstes Date mit Ronald Shrine gehabt hatte. Ihre damalige beste Freundin Samara hatte ihr gesagt, sie müsse auf jeden Fall sexy aussehen. Genau das hatte sie versucht, in einem von Samara geborgten Minirock und den High Heels ihrer Mutter, und das Date hatte mit einem verstauchten Fuß geendet – achtzehn Minuten, nachdem es begonnen hatte.

»Das haben wir doch schon durch, Süße. Sei einfach du selbst.«

»Das bringt mich bei Barry aber nicht weiter. Er sieht mich einfach nicht so an, wie … wie ich es mir wünschen würde.«

»Hast du was mit den Augen? Neulich im Laden hat er dich total angehimmelt.«

»*Du* musst was mit den Augen haben! Bleibst du

einen Moment dran? Ich muss kurz Kundschaft bedienen.« Sie legte den Hörer beiseite, bereitete Mr. und Mrs. Mornington ihren Tee zu und füllte ihnen Kuchen auf die Teller. Dann war sie wieder bei Orchid. »Okay, was genau kann ich tun? Ich will, dass er verrückt nach mir wird.«

Orchid lachte. »Dann geh blank ins Kino, am besten im Mini, und lass es ihn wissen.«

»Was bitte bedeutet *blank?«*

»Du kennst den Ausdruck nicht? Na, ohne Höschen.«

Laurie wunderte sich wieder einmal über Orchid. Vor allem fragte sie sich, ob sie keine Kundschaft hatte an einem Samstagnachmittag oder ob es ihr nichts ausmachte, wenn diese ihr Gespräch mit anhörte.

»Orchid! Du spinnst doch. Ich will kein Flittchen werden, ich möchte einfach nur, dass er mich heiß findet, endlich mehr in mir sieht als nur seine beste Kundin. Oder einen Kumpel. Ich möchte endlich einen richtigen Kuss!«

»Wo liegt das Problem? Dann küss ihn doch einfach selbst!«, erwiderte Orchid.

»Nein, das kann ich nicht. Ich bin da irgendwie altmodisch und will, dass er den ersten Schritt macht. Vor allem weiß ich ja noch nicht einmal, ob er überhaupt mehr will. Wie peinlich wäre es, wenn ich ihn küssen würde und er mit mir einfach nur befreundet sein will?«

»Ist er nicht gestern mit zu deinen Eltern gekommen? Wie ist es eigentlich gelaufen?«

»Ja, ist er. Und es war der übliche Snobmob, mit meiner Mutter als Königin mittendrin.«

»Ist er bis zum Ende geblieben?«

»Ja, ist er.«

»Und er will dich heute wiedersehen?«

»Ja, will er.«

»Dann ist er ganz verrückt nach dir! Vertrau mir. Du musst nur endlich ein bisschen selbstbewusster werden, mehr an dich glauben.«

Laurie musste schon wieder das Telefon beiseitelegen, weil neue Kundschaft den Laden betrat. Auch wenn sie sich sonst kaum etwas Schöneres vorstellen konnte, als die Leute auf den Geschmack von Tee zu bringen, hatte sie gerade wirklich anderes im Kopf als ihre Mischungen. Natürlich lächelte sie dennoch freundlich und erklärte den beiden Frauen mittleren Alters ganz genau, was die »Beerenharmonie« und die »Sommerbrise« beinhalteten, kassierte ab und wünschte noch einen schönen Tag. Dann nahm sie das Gespräch wieder auf.

»Ich bin doch selbstbewusst, nur eben nicht, wenn es um Barry geht. Orchid, ich weiß noch immer nicht, was ich denn nun anziehen soll.«

»Okay, wo geht ihr essen?«

»Im Steakhouse.«

Orchid dachte nach, das merkte man an ihren »Hms« und »Ähms«, dann: »Ich hab's! Du hast doch dieses hübsche burgunderfarbene Kleid, das ist perfekt!«

»Das ist aber nur knielang. Ich habe doch diese wunde Stelle am Bein.« Die war zwar schon ganz gut verheilt, aber ein Pflaster trug sie immer noch.

»Na und? Barry kennt die Wunde doch schon. Und im Kino ist es eh dunkel. Du solltest unbedingt High

Heels dazu anziehen, nicht diese flachen Ballerinas, die du ständig trägst.«

»Darin fühle ich mich aber am wohlsten.«

»Wolltest du dich nicht heute mal sexy fühlen?«

»Schon, ja … Ich habe aber überhaupt keine High Heels. Außer einem Paar Stiefeln mit Absätzen. Gehen Stiefel auch?«

»Bloß nicht!«, entgegnete Orchid schockiert. »Nicht beim ersten Date!«

»Es ist bereits unser drittes Date!«

»Mittagessen und Gartenpartys bei den Eltern zählen nicht. Heute Abend werdet ihr zum ersten Mal allein sein, mach das Beste draus. Okay, warte … Wann ist dein Date?«

»Um halb acht holt er mich ab.«

»Von zu Hause?«

»Ja.«

»Sehr gut. Pass auf, ich werde dir vorher noch Pumps von mir vorbeibringen. Schwarze, die passen gut zu deinem Kleid. Du hast doch in etwa dieselbe Größe wie ich?«

»Neununddreißig.«

»Ich hab vierzig. Aber das wird schon gehen.«

Laurie war mulmig bei der Sache. Das mit den geborgten High Heels war schon einmal nach hinten losgegangen.

»Nein, lass mal«, sagte sie. »Ich werde mir nach der Arbeit auf dem Heimweg noch welche kaufen.«

»Dann hast du keine Zeit mehr, dich fertig zu machen.«

»Doch, doch, das schaffe ich schon. Ich danke dir aber für den Tipp mit dem Kleid.« Sie mochte das burgunderfarbene Kleid wirklich sehr, sie gefiel sich darin – und darauf kam es an. Wenn sie selbst unsicher war, konnte sie auch kein Selbstbewusstsein ausstrahlen, aber das wollte sie heute Abend tun. Sie wollte eine Femme fatale sein – sie musste nur noch herausfinden, wie das funktionierte.

KAPITEL 21

Laurie schenkte gerade Evelyn und Miranda, beide seit Jahren Samstags-Stammkundinnen, Tee nach, als die Türglocke bimmelte. Als sie hinsah, glaubte sie, sie sähe nicht recht! Peter stand im Laden und strahlte sie an. Und er hatte Blumen dabei!

Der Anblick war mehr als ungewohnt. Peter hatte ihr nämlich noch nie Blumen geschenkt. So charmant er auch war, romantisch veranlagt war er absolut nicht. Seine Geschenke gingen eher in Richtung Sexgutschein oder erotische Paarmassage. Und irgendwie war es ja früher auch aufregend gewesen, dass Peter so war, wie er war: herausfordernd, ungeniert, freizügig, abenteuerlich. Heute aber wollte Laurie andere Dinge: Geborgenheit, Sinnlichkeit, Liebe. Das Gefühl, verstanden zu werden. Angekommen zu sein.

»Peter!«, brachte sie in einem Schockzustand hervor.

»Hallo, Laurie. Ich bringe dir Blumen«, sagte Peter und reichte ihr den Strauß roter Rosen.

»Das sehe ich«, erwiderte sie.

Evelyn und Miranda tuschelten hinter vorgehaltener Hand, und auch die anderen Gäste starrten sie an.

»Komm mit!«, sagte sie deshalb und zog ihren Ex an seinem T-Shirt-Ärmel nach hinten in den Lagerraum.

»Was soll das, Peter? Was machst du hier?« Sie legte die Blumen ab und verschränkte die Arme.

»Na, ich besuche dich. Ist das verboten?«

»Nein, natürlich nicht. Ich habe nur nicht damit gerechnet. Und ich dachte eigentlich, ich hätte mich neulich klar ausgedrückt?«

»Wann?«

»Na, als du bei mir warst.«

»Kann mich nicht erinnern.«

War das sein Ernst?

»Woran kannst du dich nicht erinnern? Dass du bei mir warst oder an das, was ich gesagt habe?«

»Dass ich bei dir war, daran kann ich mich erinnern. Und auch daran, dass du heiß aussahst. Wie heute übrigens auch. Meinst du, die Leute halten es noch eine Weile ohne dich aus?«

Sie starrte ihn ungläubig an.

»Für einen Quickie«, sagte er es noch einmal deutlicher, als wäre sie so dumm und hätte es nicht auch so verstanden.

»Du bist echt unmöglich. Ich kümmere mich jetzt wieder um meine Kunden, und du gehst bitte.« Plötzlich war ihr die Situation nämlich gar nicht mehr geheuer. Wie Peter dastand und sie ansah … Zu allem bereit!

»Und die Blumen?«

»Ich danke dir für die Blumen. Sie sind wunderschön. Aber du musst jetzt trotzdem gehen, okay?«

»Nein, ich meinte: Ich habe dir Blumen gekauft. Findest du nicht, du bist mir ein bisschen Dankbarkeit schuldig?«

»Unmöglich, Peter! Einfach unmöglich!«

Mit bösem Blick ging sie wieder nach vorn und atmete erleichtert auf, als sie sah, dass Peter ihr folgte und in Richtung Tür ging. Doch er verließ den Laden nicht, wie sie schockiert feststellte, nein, er setzte sich an einen der Tische! Und da keiner frei war, gesellte er sich ausgerechnet zu den Tratschtanten Evelyn und Miranda.

»Ich darf doch?«, fragte er mit seinem gewohnten Charme, und die Damen nickten fröhlich.

Ach herrje. Wenn der mit denen erst ins Gespräch kam, wüsste bald ganz Oxford von ihrem ehemaligen Liebesleben. Das musste sie unbedingt verhindern!

»Peter! Du wolltest doch gehen. Wir unterhalten uns ein andermal, ja?«

»Und machen wir das andere … du weißt schon … auch ein andermal?«

Jetzt horchten die beiden älteren Damen interessiert auf.

Fast hätte sie Ja gesagt, nur um ihn loszuwerden. Dann aber besann sie sich eines Besseren. »Nein, Peter! Ich bin jetzt mit Barry zusammen, das habe ich dir doch schon erzählt.« Und er hatte es anscheinend überhaupt nicht geschnallt!

»Oh, du bist jetzt fest mit ihm zusammen? Davon wusste ich noch nichts.«

»Etwa dein Teelieferant? *Der* Barry?«, fragte Evelyn freudig.

Verdammt! Sie hatte ganz vergessen, dass die beiden Tratschtanten Barry ja ebenfalls kannten, weil sie ihre Augen und Ohren einfach überall hatten. Da konnte sie die erfundene Story nicht aufrechterhalten, das könnte so richtig nach hinten losgehen.

»Ja, genau der«, gab Laurie zu. »Nun ja … wir sind eigentlich nicht so richtig zusammen, sondern … ich … also …« Sie musste einmal kurz die Augen schließen und sich sammeln. Alles wegen Peter! Böse sah sie ihn an. »Ich mag einen anderen, okay? Ich hoffe also, du verstehst, dass wir uns nicht mehr sehen können, Peter. Weshalb du jetzt gehen musst. Entschuldigt bitte, ihr beiden. Peter wird euch jetzt nicht mehr stören. Er muss los«, wandte sie sich entschuldigend an Evelyn und Miranda.

Miranda mit den weißen Haaren, die einen kleinen lila Stich hatten, schüttelte den Kopf. »Ach, er stört doch nicht! Bleiben Sie ruhig sitzen, mein Lieber, und leisten Sie zwei alten Damen Gesellschaft.«

»Hörst du?«, sagte Peter triumphierend.

»Grrr!«, machte Laurie und ging hinter den Tresen. »Glaub aber ja nicht, dass du einen Tee bekommst«, rief sie ihm noch zu.

Sie sah Peter Miranda etwas ins Ohr flüstern.

»Ach, Laurie. Bist du so lieb und bringst du mir noch einen Pfefferminztee?«, fragte Miranda sie kurz darauf.

Laurie stemmte die Hände in die Hüften. »Ist der auch wirklich für Sie?«

»Aber natürlich.«

»Ihr Becher ist doch aber noch halb voll!« Sie hatte die alte Dame längst durchschaut.

»Ist schon alle«, entgegnete diese und trank schnell aus.

»Na gut. Aber ich weiß genau, was ihr hier für ein Spiel spielt. Kompliment, Peter. Ein paar nette ältere Damen mit in unsere chaotische Beziehung hineinzuziehen.« Sie brachte ihm den Tee. »Hier! Und ich dachte, gehört zu haben, dass du gar keinen Tee magst.« Sie stellte ihm die Tasse hin und freute sich, dass ein wenig von der heißen Flüssigkeit überschwappte und auf seinem Schoß landete.

Er zappelte ein wenig und wischte an dem Fleck herum. »Hab ich nie gesagt!«

»Klar.« Sie entfernte sich vom Tisch und spürte Peters Augen auf ihrem Hintern.

»Laurie?«

»Was?« Sie drehte sich noch einmal zu ihm um.

»Du hast Beziehung gesagt.«

Ja. Das hatte sie auch vernommen. Und es war das absolut, *absolut* falsche Wort gewesen.

Peter blieb eine gefühlte Ewigkeit. Er unterhielt sich ausgelassen mit Evelyn und Miranda, die einen neuen besten Freund gefunden zu haben schienen. Und Laurie hörte heraus, dass er ihnen von ihrer Ehe und der gemeinsamen glücklichen Zeit erzählte.

»Laurie ist die Liebe meines Lebens«, hörte sie ihn sagen, und sie musste zugeben, dass es sich doch auch schön anfühlte. Denn trotz allem verband sie sehr viel mit Peter. Nicht nur war er ihre erste Liebe gewesen, er war auch der erste und einzige Mann gewesen, mit dem sie je zusammengewohnt hatte. Außerdem der einzige, mit dem sie je verreist war. Ihre Flitterwochen hatten sie in Las Vegas verbracht. Eine Woche lang hatten sie am Pool gelegen, im Kasino gespielt, Shows und Konzerte besucht, viel zu viel gegessen und Liebe gemacht. Sie dachte gerne daran zurück, an die schöne Zeit mit Peter. Bevor sie sein wahres Ich erkannt hatte.

Nach sechs Wochen schon betrog er sie zum ersten Mal. Sie fand eine Restaurantrechnung in der Tasche seiner Hose, als sie diese waschen wollte. Er gestand sofort. Entschuldigte sich. Sagte ihr, dass er es nie wieder tun würde. Doch er hielt sich nicht daran. Verletzte sie immer wieder. Schob es auf seine angebliche »Sexsucht«. Und Laurie wusste nicht, was sie tun sollte. Sie blieb vor allem deshalb noch ganze zwei Jahre bei ihm, weil sie ihrer Mutter nicht eingestehen wollte, dass sie einen Fehler begangen hatte. Diese hatte sie vor Peter gewarnt, ihr gesagt, sie sehe auf den ersten Blick, was für ein Mensch er sei. Sie solle sich ja nicht auf jemanden wie ihn einlassen. Aber Laurie hatte sich auf ihn eingelassen. Sie hatte ihn geheiratet. Und sie war auf die Nase gefallen.

Als sie es nicht mehr aushielt, verließ sie ihn und kehrte reumütig und geschunden nach Hause zurück. Die Vorwürfe waren unermesslich, ihre Mutter konnte in den kommenden Monaten kein normales Gespräch mit ihr führen, ohne sie immer wieder an ihre Dummheit zu erinnern und dabei kräftig die Augen zu rollen. Ihr Vater sah die Sache gelassener. Er kaufte ihr die Doppelhaushälfte und tat ihr damit den größten Gefallen überhaupt. Sie konnte endlich weg von ihrer Mutter und hatte ihre Ruhe.

Ein paar Jahre lang hatte sie Peter gar nicht gesehen. Er tobte sich aus, reiste umher und nahm mit, was er nur kriegen konnte. Dann tauchte er irgendwann wieder auf. Mit seinem verschmitzten Lächeln, seinen stechenden blauen Augen und einer Art, die wohl jede Frau schwach werden ließ. Laurie hatte nach der Trennung erst einmal genug von Männern – ab und zu ein Date, aber nichts Festes mehr. Eine geschiedene Ehe im Alter von knapp dreiundzwanzig Jahren reichte ihr. Und weil nie etwas Festes lief und weil Laurie auch nur eine Frau war, ließ sie sich die kommenden Jahre immer mal wieder auf Peter ein. Was nicht bedeuten sollte, dass sie ihm wieder vertraut oder ihm ihr Herz geschenkt hätte. Aber sie ließ ihn in ihr Bett, und sie verbrachten ein paar schöne Stunden zusammen.

Doch damit war jetzt Schluss! Sie hatte ihm neulich widerstanden, und das würde sie in Zukunft immer tun. Denn jetzt war sie in Barry verliebt, und sie wollte nur ihn. Auch wenn sie noch nicht wusste, wohin das alles überhaupt führen würde, wollte sie nicht, dass dem irgendetwas im Weg stand – ganz besonders nicht Peter!

Sie versuchte also, ihn zu ignorieren, bis seine beiden Freundinnen sich verabschiedet hatten und er am späten Nachmittag vor ihr am Ladentisch stand.

Die anderen Gäste hatten sich längst wieder auf ihren Tee konzentriert oder waren gegangen. Es hatte nichts Spannendes mehr zu sehen gegeben, nachdem Laurie sich von Peter abgewandt hatte. Und auch jetzt wollte sie keine Aufmerksamkeit auf sich ziehen.

»Laurie. Ich liebe dich.«

Was? Einfach so aus heiterem Himmel?

»Peter, das kann nicht dein Ernst sein! Du kennst doch nicht einmal die Bedeutung des Wortes Liebe.«

»Doch, die kenne ich.«

»Okay, lass es mich anders formulieren. Du kennst sie vielleicht, aber dein Schwanz nicht. Du wirst niemals irgendeiner Frau treu sein können«, sagte sie aufgebracht.

»Das hab ich nicht gesagt. Aber …«

»Denkst du also wirklich, ich mache das alles noch mal mit?«

»Ich könnte es versuchen.«

Jetzt senkte sie ihre Stimme, seufzte. »Peter. Du und ich sind Vergangenheit. Was ist denn nur los, dass du mich plötzlich zurückwillst?«

Sie konnte es sich denken. Peter hatte Konkurrenz bekommen, und das gefiel ihm gar nicht. Es war auch nicht wirklich so, dass er sie plötzlich liebte, er wollte sich bloß keine Niederlage eingestehen.

»Ich habe es halt jetzt erst erkannt. Wie viel du mir bedeutest.«

»Oh Peter. Deine Gefühle sind nicht echt, das weißt du so gut wie ich. Du bist vielleicht ein wenig eifersüchtig wegen Barry.«

»Wer ist dieser Barry überhaupt? Wahrscheinlich gibt es den gar nicht, und du hast ihn nur erfunden, um mich abzuwimmeln!«

Was für ein Unsinn! Evelyn hatte ihm doch vorhin bestätigt, dass Barry existierte.

»Du machst mich wahnsinnig! Natürlich gibt es Barry! Heute Abend gehe ich mit ihm aus, ins Steakhouse und ins Kino. Du kannst mir ruhig glauben.«

Oje. War das so schlau gewesen, Peter davon zu erzählen?

»Okay, okay. Dann gibt es Barry halt. Aber er ist nicht halb so gutaussehend wie ich, richtig?«

Sie seufzte wieder. »Peter … bitte geh.«

Zu ihrer Verwunderung nickte Peter. Und ging. Aus ihrem Kopf wollte er aber nicht so schnell verschwinden, und das machte sie wirklich wütend. Warum konnte er ihr nicht einfach ihr Glück gönnen? Sie wollte doch nur endlich eine richtige Beziehung führen, mit Barry – wenn der es denn überhaupt wollte. Solche Zwischenfälle konnte sie wirklich nicht brauchen. Sie war so schon nervös genug, auch ohne irgendwelche Exmänner im Hinterkopf.

KAPITEL 22

An diesem Abend schloss Laurie die Tea Corner bereits um zehn Minuten vor sechs und drehte den Schlüssel gerade zum zweiten Mal herum, als sie jemanden rufen hörte.

»Warte, Laurie!«

Keira, die in ihrer Ladentür gestanden und anscheinend nach ihr Ausschau gehalten hatte, trat aus der Chocolaterie und hielt etwas in der Hand, mit dem sie hin und her wedelte.

»Hi, Keira, was gibt es denn? Ich habe es eilig.«

»Ja, ich weiß. Dein Date. Ich will dich auch gar nicht aufhalten, ich möchte dir nur etwas Nervennahrung mitgeben. Die kannst du vielleicht gut brauchen.« Sie reichte ihr das Tütchen, mit dem sie gewedelt hatte, und Laurie erkannte, dass es sich um kleine, einzeln in rote Folie gewickelte Schokoladenherzen handelte.

»Oh, bist du lieb. Vielen Dank.« Sie umarmte Keira rasch und hätte ihr am liebsten von Peter und dem schrecklichen Nachmittag erzählt, aber dafür war jetzt keine Zeit. Sie hatte noch einiges vor und spurtete sogleich los.

»Viel Spaß!«, rief Keira ihr noch hinterher, und Laurie winkte, ohne sich dabei umzudrehen.

Die meisten Läden in der Cornmarket Street schlossen glücklicherweise erst um sieben, weshalb sie in das erstbeste Schuhgeschäft ging, das auf dem Weg lag. Ein Besuch im Einkaufszentrum wäre zu knapp geworden.

Schnurstracks hielt sie auf das Regal mit den schwarzen Pumps zu und probierte einige Paare an, von denen sie dachte, darauf laufen zu können. Mit den meisten kam sie jedoch keine zwei Meter voran. Dann aber entdeckte sie ein Paar mit Keilabsatz, das wirklich bequem saß und bei dem sie keine Angst haben musste, sich wieder den Fuß zu verstauchen. Der Haken war nur, dass die Schuhe fast einhundertvierzig Pfund kosteten. So teure Schuhe hatte sie sich noch nie gekauft – was nicht bedeutete, dass sie niemals in ihrem Leben teure Schuhe besessen hätte. Ihre Mutter hatte schon immer sehr viel Wert auf exquisite Markenprodukte gelegt, nicht etwa wegen der besseren Qualität, nein, sondern ausschließlich um allen anderen zu zeigen, dass sie es sich leisten konnten. Lauries Garderobe als Zehnjährige war wohl mehr wert gewesen als ihr jetziges Auto. Vielleicht sogar mehr als zwei davon.

Heute jedoch war sie anders. Sie kaufte das, was ihr gefiel, und dabei war es ihr schlicht egal, ob es von Primark kam, von GAP oder von Marks & Spencer. In teuren Boutiquen allerdings hielt sie sich nie auf, das hatte ihr viele Stunden ihrer Kindheit geraubt.

Ach, was soll's, dachte sie sich. Dann würde sie halt einmal mehr Geld für Schuhe ausgeben als sonst. Sie hatte ein Date mit Barry!

So richtig konnte sie es noch immer nicht glauben.

Breit lächelnd ging sie an die Kasse, bezahlte die Schuhe und ließ sich gleich noch eine teure Pflegecreme dafür andrehen.

Auf dem Weg zum Wagen konnte sie es kaum fassen, dass der Schuhkauf wirklich so einfach gewesen war. Wenn der Abend weiterhin so gut lief, durfte sie sich auf etwas freuen.

Sie ging noch schnell bei Boots vorbei und kaufte sich einen neuen Nagellack, der zu ihrem burgunderfarbenen Kleid passte. Das Date konnte kommen. Barry konnte kommen. Und dieses Mal würde sie ihn nicht so einfach wieder gehen lassen, zumindest nicht ohne einen Kuss.

Laurie duschte. Laurie schminkte sich – ein wenig mehr als sonst. Laurie zog sich das burgunderfarbene Kleid und die neuen Schuhe an. Laurie lackierte sich die Nägel. Laurie ging im Haus auf und ab, um die neuen Schuhe einzulaufen. Laurie versuchte, Peter aus ihren Gedanken zu bekommen. Laurie machte sich einen Tee zur Beruhigung – er brachte rein gar nichts. Laurie erinnerte sich an die Schokolade von Keira in ihrer Handtasche, wickelte eines der Herzchen aus und steckte es sich in den Mund. Laurie sah auf die Uhr – es war Viertel nach sieben. Laurie föhnte sich die angetrockneten Haare und beschloss, sie wieder offen zu tragen, weil es Barry am Abend zuvor so gefallen hatte. Laurie hoffte, dass er nicht zu früh kommen und sie sein Klingeln wegen des Föhns überhören würde. Laurie versuchte, eine Welle in ihr Haar zu bekommen, die ihr Gesicht sexy einrahmen sollte, da hörte sie etwas, horchte auf, vergaß das Haar im Lockenstab … und Laurie hatte eine verbrannte Strähne.

»Scheiße, verdammt noch mal!«, rief sie.

Schnell zog sie den Stecker aus der Dose und betrachtete das angekokelte Haar.

So ein Mist! Und nun?

Mit einer Spange steckte sie die Locke ganz weit hinters Ohr und versuchte zu retten, was zu retten war. Gerade als sie sich im Spiegel ansah und überlegte, ob sie nicht doch lieber einen Zopf tragen sollte, klingelte es an der Tür.

Nun war es sowieso zu spät. Ihre eben noch präsente Zuversicht war verflogen. Sie seufzte einmal ganz tief und ging aufmachen.

»Barry, du bist aber früh«, sagte sie.

»Zwei Minuten zu früh.« Er grinste. »Wenn ich ehrlich sein soll, habe ich schon zehn Minuten im Auto gewartet.«

»Ach, echt?« Dann hatte sie sich also nicht getäuscht und seinen Wagen tatsächlich gehört. »Komm doch rein. Ich bin fast fertig!«

Barry trat ein und umarmte sie kurz – das Übliche.

»Rieche ich Feuer?«, fragte er und schnüffelte irritiert.

Oh Gott, wie peinlich!

»Nein, das sind nur … Räucherstäbchen.«

»Ich hätte dich nicht für esoterisch gehalten.«

»Bin ich auch nicht. Ich brauchte heute nur was zur Beruhigung.«

»Hat Johanniskrauttee nicht geholfen?«

Sie schüttelte den Kopf. »Ich habe es zwar mit Melissentee versucht, aber nein …«

»Was ist mit Schokolade?«

Oh, er schien die Frauen gut zu kennen.

»Das hab ich auch schon probiert.«

»Darf ich fragen, weshalb du dich überhaupt beruhigen musstest?«, fragte Barry.

»Ich bin heute leicht nervös.«

Barry hakte nicht weiter nach. »Ja, ich auch«, sagte er stattdessen.

Sie sah ihn erstaunt an. »Ehrlich?«

Er nickte.

»Was hat bei dir geholfen?«

»Baldrian«, antwortete er, und Laurie kräuselte die Nase. »Nein, war nur ein Scherz. Es war eher ein Bier.«

»Ich hoffe, es war nur eins? Du willst schließlich fahren. Oder sollen wir mein Auto nehmen?«

»Auf gar keinen Fall. Dann hätte ich mir die Mühe ja umsonst gemacht.«

Fragend sah sie ihn an. Was meinte er denn damit?

Er deutete durch die offene Tür nach draußen, und sie schaute um die Ecke, konnte aber nichts entdecken, außer …

»Ist das coole Cabrio etwa deins?«, fragte sie überrascht.

»Hab es für den Abend von einem Freund geliehen.«

»Etwa extra für mich? Es hätte mir wirklich nichts ausgemacht, in deinem Lieferwagen zu fahren.«

»Ich weiß. Aber nach dem, was ich gestern bei deinen Eltern gesehen habe, ist mir bewusst geworden, was du normalerweise gewohnt bist. Da dachte ich mir, ich müsste dir heute Abend etwas Besonderes bieten. Es sei denn, du hast keine Lust auf eine Cabriofahrt, dann kann ich auch schnell meinen Lieferwagen holen.« Er zwinkerte ihr zu.

»Nein, nein, das ist super. Danke.«

»Ach, das war doch nichts. Ich schulde meinem Kumpel nur ein Trikot seines Lieblingsfußballvereins.«

»Na, wenn es weiter nichts ist.« Sie lächelte. »Ihr habt es echt mit Fußball, oder?«

»Fußball ist meine größte Leidenschaft. Und Tee natürlich.«

»Kann ich nachvollziehen. Ich liebe Tee auch und gute Filme.«

Barry sah sie lange an und nickte schließlich. »Apropos. Wollen wir dann los? Damit wir es auch noch zur Spätvorstellung schaffen?«

»Klar.« Sie nahm eine leichte Wolljacke vom Haken und ging an Barrys Seite zu dem schicken schwarzen Luxusschlitten. Auf den letzten Schritten ließ er sie vorangehen, und sie war sich bewusst, dass er einen guten Ausblick auf ihre nackten Beine hatte. Heute trug sie nämlich keine Strumpfhose, weil sie schon genug schwitzte. Sollte Barry ihre Besenreiser ruhig sehen, er kannte ihre Beine sowieso schon aus nächster Nähe. Und ja, die hatte sie sich frisch rasiert.

»Du siehst wirklich fabelhaft aus in diesem Kleid«, sagte Barry, als er ihr die Tür aufhielt.

»Danke, das ist lieb.«

Laurie würde sich morgen mit einem Blumenstrauß bei Orchid wegen ihrer Idee für das Outfit revanchieren, das nahm sie sich fest vor.

Sie stieg in das coole Cabrio und strahlte vor sich hin. Der Abend konnte beginnen.

KAPITEL 23

Sie fuhren zum Steakhouse, und Barry bestellte den Grillteller. Laurie dagegen begnügte sich mit einem Salat mit Putenstreifen.

»Wollen wir einen Rotwein nehmen?«, fragte Barry. »Oder magst du lieber weißen?«

»Rotwein ist super.« Der würde vielleicht bewirken, dass sie lockerer wurde und vor allem endlich aufhörte, an Peter zu denken. Sie verstand gar nicht, warum er sich immer wieder in ihre Gedanken schlich … Nun ja, der Nachmittag war auch nicht wie jeder andere gewesen. Ihr Ex hatte ihr immerhin gesagt, dass er sie liebte. Jetzt aber wollte sie sich ganz Barry widmen. Sie lächelte ihn an und schenkte ihm ihre ungeteilte Aufmerksamkeit.

Doch dann, als Barry gerade von einer Teelieferung erzählte, die ihn völlig durchnässt erreicht hatte, glaubte Laurie zu halluzinieren. Peter war da! Er saß nur ein paar Tische von ihnen entfernt und beobachtete sie!

Am liebsten wäre sie zu ihm hingegangen und hätte ihm eine Szene gemacht, aber das hätte den ganzen Abend verdorben. Sollte sie es Barry gegenüber erwähnen oder einfach darauf hoffen, dass Peter sie weiterhin still beobachtete und nicht etwa die Idee hätte, zu ihnen an den Tisch zu kommen?

Sie beschloss, ihn zu ignorieren. Und falls doch noch eine Katastrophe passieren und Peter eine Dummheit machen sollte, würde sie Barry einfach sagen, sie habe ihn vorher gar nicht bemerkt. Sie befanden sich schließlich in einem Restaurant. Einem öffentlichen Ort. Zudem war es schummrig.

Sie trank das erste Glas Wein aus, bevor das Essen gebracht wurde, das zweite war alle, bevor sie den Salat aufgegessen hatte.

Beim Dessert begann Barry plötzlich zu lachen.

»Was ist denn so lustig?«, fragte Laurie neugierig.

»Ich musste nur gerade an meinen Bruder denken und an etwas, das er vorhin gesagt hat.«

»Was hat er denn so Lustiges gesagt, wenn ich fragen darf?« Sie spürte, wie sich Peters Blicke in sie hineinbrannten.

»Ich habe ihm von unserem Treffen erzählt, und er hat sich über uns lustig gemacht. Meinte, dass wir ja perfekt zusammenpassen würden, weil wir beide mit Tee zu tun haben. Dann hat er gefragt, was wir denn heute Abend machen wollen – Tee trinken? Das hat irgendwie die ganze Fußballmannschaft mitbekommen und …«

Sie war verwirrt. Vor allem, weil Barry ihr Date lediglich ein »Treffen« genannt hatte. Eigentlich tat es sogar richtig weh.

»Entschuldige bitte, die Fußballmannschaft?«

»Wir waren beim Training, habe ich das nicht erwähnt?«

Sie schüttelte den Kopf.

»Eric besucht mich häufiger, wenn ich meine Jungs

trainiere. Und dann hat mich plötzlich die ganze Mannschaft aufgezogen.«

»Was haben sie denn gesagt?«

Barry schüttelte belustigt den Kopf. »Sie haben gefragt, ob es auf unserer Hochzeit statt Champagner Tee geben würde und ob wir unsere Kinder nach Teesorten benennen würden.«

Nun musste auch Laurie lachen.

»Es sind nur Kinder, sei unbesorgt.«

»Ja, ich weiß«, sagte sie. Im selben Moment wünschte sie sich, dass Barry sich doch nur ein kleines bisschen wie diese Kinder verhalten würde. Konnte er nicht auch mal ihre gemeinsame Zukunft erwähnen? Oder sie wenigstens wissen lassen, wo sie beide standen?

Sie nahm die Flasche und wollte sich das Glas füllen, merkte aber gleich, dass nicht mal mehr zwei Schlucke drin waren. Vielleicht war das auch besser so. Sie sollte nicht zu viel trinken, denn der Alkohol vertrug sich sicher nicht allzu gut mit ihrer Müdigkeit und den beiden Kopfschmerztabletten, die sie intus hatte.

»Wir müssen uns wohl langsam mal auf zum Kino machen«, sagte Barry und rief den Kellner, um zu bezahlen. »Ich habe vorhin im Internet nachgesehen. Die letzten Filme beginnen um zehn.«

Sie sah auf die Uhr, es war bereits halb zehn. Wo war denn bitte die Zeit geblieben?

»Okay. Was wollen wir uns denn ansehen?«

»Das überlasse ich dir. Du willst doch sicher eine romantische Komödie gucken oder so was, richtig?«

»Falsch! Ich will einen Thriller sehen. Oder noch

besser einen Horrorfilm.« Sie dachte an das, was Mrs. Kingston ihr gesagt hatte. Sie sehnte sich so sehr nach seiner starken Schulter, an die sie sich schmiegen konnte.

Barry machte große Augen. »Ehrlich?«

»Klar. Los, komm!« Sie sprang auf.

Barry lachte. »Wir müssen doch noch bezahlen.«

»Ups. Völlig vergessen.« Irgendwie war sie schon leicht duselig. Und sie musste plötzlich dringend auf die Toilette. »Dann gehe ich noch mal kurz aufs Töpfchen.«

Töpfchen? Hatte sie das eben wirklich gesagt?

»Alles klar.« Barry lachte und bezahlte beim Kellner, der endlich kam.

Sie hätte ihn natürlich fragen können, ob sie sich die Rechnung teilen sollten, aber nachdem Barry extra ein Cabrio aufgetrieben hatte, war sie sich ziemlich sicher, dass er auch die Rechnung übernehmen wollte. Sie begab sich also zu den Toiletten und warf Peter dabei einen warnenden Blick zu.

Nachdem sie aus der Kabine kam, wusch sie sich die Hände und auch das Gesicht, weil ihr leicht schwummerig war. Sie durfte wirklich nichts mehr trinken, sie wollte doch ihr erstes richtiges Date mit dem Mann ihrer Träume voll mitbekommen und genießen und nicht am nächsten Tag bereuen, dass sie irgendetwas Dummes angestellt hatte.

Als sie nun jedoch in den Spiegel sah, musste sie voller Schrecken feststellen, dass ihre Augen schwarz umrandet waren und ihr wässrige Mascara die Wangen hinunterlief.

»Und du willst wasserfest sein?«, schimpfte sie.

Eine Frau, die gerade zu den Toiletten reinkam, starrte sie an. Schnell zupfte Laurie ein paar Papiertücher aus dem Kasten und versuchte, das Unheil wegzuwischen. Doch da war leider nichts zu machen. Auf den Wimpern hielt die Tusche nicht das, was sie versprach, aber auf den Wangen haftete sie? Laurie kramte in ihrer Handtasche nach der Handcremetube, die sie wegen ihrer trockenen Hände immer dabeihatte. Die schmierte sie sich nun dick auf Wangen und Augen und benutzte sie als Abschminkcreme. Das funktionierte tatsächlich, jedoch war nun die ganze Schminke ab.

Am liebsten wäre sie überhaupt nicht wieder rausgegangen, doch noch viel länger konnte sie Barry nicht warten lassen. Na, besser ohne Schminke als aussehen wie ein Waschbär, dachte sie. Im Kino sieht er mich eh nicht. Aber eine sexy Femme fatale bin ich nun auch nicht mehr – falls ich überhaupt je als eine durchgehen konnte.

»Da bin ich wieder«, sagte sie und trat an den Tisch. Dabei bemerkte sie, dass Peter gegangen war, und atmete erleichtert auf.

Sie betrachtete Barry eingehend, doch der wirkte nicht, als ob irgendetwas vorgefallen wäre oder er Bekanntschaft mit Peter gemacht hätte. Sie lächelte ihn an.

Falls Barry auffiel, dass etwas an ihr anders war, so sagte er kein Wort. Wahrscheinlich, um sie nicht in Verlegenheit zu bringen. Und er fragte auch nicht, warum sie volle vierzehn Minuten auf der Toilette gewesen war.

Im Kino angekommen, bat Barry um zwei Tickets für den neuen amerikanischen Horrorthriller.

»Erste oder zweite Reihe?«

»Wie bitte?«

»Der Kinosaal ist so gut wie voll. Es gibt nur noch was in der ersten oder zweiten Reihe.«

»Und Sie haben wirklich nicht noch irgendwo weiter hinten zwei Plätze? Nur zwei kleine Plätze?«

»Wenn Sie nicht jemanden fragen, ob er mit Ihren vorderen Plätzen tauscht, dann nein.« Langsam wurde der Kassierer ungeduldig.

Barry sah sie an. »Erste oder zweite Reihe?«

Laurie verzog das Gesicht. Das hörte sich ja nicht sehr romantisch an.

»Wollen wir dann lieber einen anderen Film gucken?«, wollte Barry wissen.

Der Kassierer mischte sich ein. »Alles komplett ausverkauft.«

»Was ist mit der Liebesschnulze?«

Jetzt faltete der Kassierer die Hände und sah Barry abschätzig an. »Voll. Warum haben Sie nicht einfach reserviert?«

»Werde ich nächstes Mal machen. Dann verzichten wir für heute, danke.«

Sie traten beiseite, und Barry seufzte. »Tut mir echt leid, ich wusste ja nicht, dass es so voll sein würde. Ich gehe nur selten ins Kino, weißt du?«

»Es ist Samstagabend, da war das irgendwie vorherzusehen. Ich habe aber auch nicht dran gedacht.«

»Und was machen wir jetzt? Wollen wir es in einem

anderen Kino versuchen? Da wird es aber wahrscheinlich ähnlich aussehen.«

»Wir könnten uns auch bei mir zu Hause einen Film ansehen. Ich habe eine große Auswahl an DVDs«, schlug Laurie vor.

»Sehr gerne. Wenn das auch wirklich in Ordnung für dich ist?«

»Ja, das ist es. Sonst hätte ich es ja nicht vorgeschlagen.« Sie lächelte ihn an. Dort könnte sie auch ihr Make-up auffrischen, es war ihr also mehr als recht.

»Na dann. Auf zum Auto.«

Sie fuhren zu ihr, und Laurie führte Barry herum. Zeigte ihm die Küche, ihre riesige Teesammlung, die sechs Regalfächer einnahm, und das Wohnzimmer mit der gemütlichen dunkelblauen Couch – ihrem Lieblingsplatz im ganzen Haus. Wie viele Filme hatte sie sich hier schon angesehen? Sie konnte kaum glauben, dass sie diesmal Barry an ihrer Seite haben würde. Sie holte eine Flasche Rotwein hervor und bat Barry, sie zu öffnen und schon mal einen Film auszusuchen, während sie schnell nach oben ins Bad huschte.

Als sie wieder runterkam, reichte Barry ihr ein Glas Wein. Ihr war jetzt richtig danach. Sie würde auch ganz bestimmt nur ein halbes Glas trinken.

Barry durchsuchte noch immer ihre zwei überfüllten DVD-Regale.

»Wow, das sind wirklich eine Menge Filme.«

Sie lächelte. »Sag ich doch.«

»Und du möchtest immer noch was mit Spannung?«

»Ich bestehe darauf.«

Er zog *The Ring* aus dem Regal. »Den wollte ich schon immer mal gucken. Ist das okay?«

»Klar. Der ist echt gut.«

»Ich muss dich aber warnen«, meinte er. »Es könnte sein, dass ich laut losschreie, wenn es gruselig wird.«

»Nur zu.«

»Nicht dass du Ärger mit deinen Nachbarn bekommst.«

»Ach, das wird nicht passieren. Mr. und Mrs. Rutherford nehmen beide schon nach dem Abendessen immer ihre Hörgeräte heraus.«

Barry lachte. »Beide? Dann können sie sich ja gar nicht mehr unterhalten.«

»Ich denke, das ist der Sinn der Sache.« Laurie grinste, fragte sich aber gleichzeitig auch, ob man sich nach vierzig Jahren Ehe wirklich nichts mehr zu sagen hatte. Da ist das hier doch viel schöner, dachte sie, die Anfänge einer Beziehung. Das Gefühl, frisch verliebt zu sein und einfach alles über den anderen erfahren zu wollen. Sie freute sich richtig, dass sie bei ihr zu Hause waren, hier war es doch viel intimer als in einem überfüllten Kino, und man konnte sich dazu noch unterhalten, ohne dass jemand meckerte.

Laurie legte die DVD ein, sie stießen auf einen wunderbaren Abend an und machten es sich auf der Couch bequem. Als es anfing, gruselig zu werden, legte Barry einen Arm um sie, und Laurie traute sich tatsächlich, sich ein wenig an ihn ranzukuscheln, was sie wohl vor allem dem Wein zu verdanken hatte. Es fühlte sich schön an. Nur sie und Barry, kein Peter weit und breit.

Endlich war es so, wie es sein sollte. Und wenn sie auch nicht viel über Barrys Privatleben oder seine Träume wusste, hatte sie einfach das Gefühl, er sei der Richtige. Sie stieß einen kleinen Seufzer aus und fühlte, wie er sie ein wenig näher an sich heranzog. Es war so schön, dass sie sehnlichst hoffte, es sich nicht wieder nur einzubilden.

Mit der Zeit wurde sie etwas schläfrig, schmiegte sich nun so richtig an Barry und schloss lächelnd die Augen – nur für einen kurzen Moment.

KAPITEL 24

Laurie hörte Vögel zwitschern, öffnete die Augen … und schrak hoch.

Was … was war passiert?

Sie lag auf der Wohnzimmercouch, in eine Decke gewickelt, die Barry ihr übergelegt haben musste. Barry – wo war Barry?

Mit wackeligen Beinen stand sie auf. Hatte sie einen Kater? So viel hatte sie doch gar nicht getrunken, drei, vier Gläser Wein vielleicht. Doch weil sie so müde gewesen war, mussten die voll reingehauen haben.

Langsam ging sie durchs Haus. Von Barry war weit und breit nichts zu sehen, doch aus der Küche hörte sie Geräusche, und als sie näher kam, vernahm sie umwerfende Gerüche, was ihr versicherte, dass sie keinen Kater hatte, denn sonst hätten diese sie eher angewidert.

»Barry?«, fragte sie den Rücken, auf den ihr Blick nun fiel, als ob es eine andere Option gegeben hätte.

Barry drehte sich strahlend zu ihr um. »Guten Morgen, Laurie.«

»Bin ich etwa eingeschlafen?«, fragte sie.

»Ich weiß ja nicht, wie man bei einem so spannenden Film einschlafen kann, aber ja, das bist du. Und hast mich ganz allein weitergucken lassen. Ich hatte am Ende echt Schiss.« Er zwinkerte ihr zu, wie er es so oft tat, was sie jedes Mal ganz verzückte. Nun ja, gerade fühlte sie sich dennoch ziemlich mies.

»Tut mir wirklich total leid.«

»Das muss es nicht. Du warst halt müde, sehr müde anscheinend.«

Was sollte er nur von ihr denken? Dass er sie so langweilte und sie in seiner Gegenwart einnickte?

»Ja, das war ich. Ich hatte die Nacht davor kaum geschlafen.«

»Die Nacht nach der Party?«

»Ja.«

»Oh. Ich habe geschlafen wie ein Baby. Obwohl ich zugeben muss, dass mir noch ein bisschen übel war wegen der Zigarre, die dein Dad mir gegeben hatte.«

»Wo hast du eigentlich letzte Nacht geschlafen?«

»Auf dem Sessel.«

»Das hättest du doch nicht tun müssen. Du hättest hochgehen und mein Bett nehmen können. Oder … äh … du hättest einfach nach Hause fahren können.«

»Es hat mir nichts ausgemacht, auf dem Sessel zu schlafen. Ich bin zwar ein paarmal aufgewacht, aber dein Anblick hat mich jedes Mal entschädigt.«

Nun sagte er wieder so etwas Liebes. Sie wurde einfach nicht schlau aus ihm. Wenn er wirklich so empfand, warum zog er sie nicht endlich in seine Arme und küsste sie?

»Barry.«

»Ja?« Er rührte in einem ihrer Töpfe und sah ahnungslos auf. So, als hätte er eben überhaupt nichts gesagt.

»Wie spät ist es eigentlich?«, fragte sie, obwohl ihr etwas anderes auf der Zunge lag. Dann aber wurde ihr bewusst, wie sie aussehen musste. Sie fuhr sich durch die Haare.

»Halb acht ungefähr. Musst du heute in den Laden?«

»Ja, natürlich. Obwohl ich heute wirklich mal gerne blaumachen würde.«

»Dann tu das doch einfach. Wir könnten den Tag zusammen verbringen. Ich habe nämlich sonntags immer frei.«

»So gerne ich das täte, ich kann nicht. Sonntags kommt immer Stammkundschaft.«

»Schade. Ich dachte, vielleicht hättest du Lust, mit zum Fußballspielen zu kommen. Na, dann magst du dich jetzt vielleicht fertig machen, während ich das Frühstück zubereite?«

Das war ihr Stichwort. Sie ging, noch immer in dem burgunderfarbenen Kleid, nach oben.

Ihr war plötzlich zum Heulen zumute. Da hatte sie sich extra das schicke Kleid angezogen und dazu noch teure neue Schuhe gekauft, hatte sich die Haare angesengt, und all das völlig umsonst!

Sie war eingeschlafen! *Eingeschlafen!* Wie hatte ihr das nur passieren können? Nun würde Barry aber eine schöne Erinnerung an ihr erstes richtiges Date haben. Wenn er das seinem Bruder oder gar der Fußballmannschaft erzählte, hätten die wirklich was, womit sie ihn ewig aufziehen konnten.

Allerdings war Barry noch immer hier. Und er wollte sogar den Tag mit ihr verbringen – beim Fußball!

So langsam reichte es ihr. Konnte er denn nicht endlich mal Klartext reden? Das war doch nichts Halbes und nichts Ganzes! Waren sie nur Kumpels, oder gab es die geringste Chance auf mehr?

Heute würde sie sich nicht hübsch oder sexy machen. Sie zog das blöde Kleid aus, sprang schnell unter die Dusche und schlüpfte in die schwarze Baumwollhose von gestern und ein hellblaues T-Shirt. Sie putzte sich die Zähne, band sich einen lockeren Zopf und schminkte sich dezent. Dann ging sie wieder runter zu Barry.

Der war anscheinend fertig am Herd. Er durchsuchte ihre Hängeschränke nach passenden Tellern und Tassen, die er nicht finden würde, da sie alles bunt zusammengewürfelt hatte.

»Du warst aber schnell fertig«, sagte er, den Rücken zu ihr gekehrt, als sie wieder in die Küche trat. »Du hättest dir ruhig Zeit lassen können.«

Um mit noch mehr Abwesenheit zu glänzen?

»Schon gut, ich wollte dich nicht warten lassen. Was gibt es denn Leckeres?« Sie setzte sich auf den Platz, an dem sie jeden Morgen saß.

Es dauerte eine Weile, bis er antwortete. »French Toast, Bacon, Spiegelei und Porridge. Ich habe mich an deinem Kühlschrank bedient, ich hoffe, das war okay?«

Kam es ihr nur so vor, oder war seine Stimme verändert? Sie hatte ihren fröhlichen Ausdruck verloren, klang gar nicht mehr liebevoll, sondern fast schon ein wenig … sauer.

»Ja klar.«

»Ich habe die Eier aufgebraucht.«

»Ich werde es überleben.«

»Hast du großen Hunger?«

»Hält sich in Grenzen.«

Was war denn plötzlich los? In solch abgehackten Sätzen hatten sie sich ja noch nie unterhalten.

Eigentlich war sie überhaupt nicht hungrig, sondern einfach nur wütend auf sich selbst, dass ihr so etwas Dummes hatte passieren können. Sie würde sich auf ewig selbst dafür verfluchen.

»Dann gebe ich dir von allem ein bisschen was, ja?« Barry sah sie so komisch an. War es Enttäuschung, was sie da in seinem Gesicht sah?

Sie versuchte zu lächeln. Barry anzulächeln. Ihn wissen zu lassen, dass sie dankbar für das tolle Frühstück war. Vielleicht war er einfach nur traurig, dass sie sich nicht mehr freute. »Gerne, danke.«

Er stellte ihr einen Teller hin und füllte sich selbst einen – randvoll.

»Wow, so viel kannst du morgens schon essen?«

»Ich wache jeden Morgen mit einem Bärenhunger auf und brauche erst mal ein gutes Frühstück.« Auch jetzt war seine Stimme immer noch kalt, seine Haltung steif.

»Ich esse morgens sonst höchstens eine Scheibe Rosinenbrot oder einen Muffin«, erwiderte sie, um irgendwas zu sagen. Sie musste die Stimmung unbedingt wieder lockern. »Ich habe ja auch sonst keinen lieben Mann in meiner Küche, der für mich kocht.«

Barry starrte sie abschätzig an, als glaubte er ihr kein Wort.

Verwirrt nahm sie einen Schluck von dem Earl Grey, den Barry zubereitet hatte, mit Milch und Zucker.

»Ich hasse Rosinen«, sagte Barry jetzt, schien aber etwas anderes sagen zu wollen.

»Ich hasse Tomaten.« Ihre blöde Nervosität wieder. Und sie hatte geglaubt, da wäre sie drüber hinweg. Diese Situation war aber auch besorgniserregend.

»Das weiß ich schon.«

»Stimmt.«

Stille. Eisige Stille.

»Der French Toast ist wirklich lecker«, versuchte sie es von Neuem.

»Dein Exmann war eben hier.«

Wie? Was? Wann?

»Wie bitte?« Sie verschluckte sich an der in Eierteig gebratenen Brotscheibe.

»Peter. So heißt er doch, oder?« Barry sah sie nicht gerade begeistert an.

»Ja. Ich … oh mein Gott, wann war er denn nur hier?«

»Als du unter der Dusche warst. Und die ganze Nacht anscheinend. Vor deinem Haus. In seinem Wagen.«

Scheiße, verdammt! Warum tat Peter ihr das an?

»Das hab ich nicht gewusst.«

»Natürlich nicht.«

»Und er … er war also hier? Im Haus?«

»Nein. Er hat geklingelt, ich habe ihn aber nicht reingelassen. Wir haben uns ein paar Minuten an der Tür unterhalten, und das hat mir gereicht, das kannst du mir glauben.«

Sie musste da ganz schnell etwas richtigstellen. »Barry, hör mir zu! Egal, was Peter gesagt hat, es ist Bullshit! Er würde wahrscheinlich alles sagen, um …«

»Um?«

»Um dich zu vergraulen.«

»Warum sollte er das tun?«

»Was hat er gesagt?«, stellte sie die Gegenfrage.

Barry stand auf, brachte seinen leeren Teller zur Spüle und blieb dort drüben, an die Arbeitsfläche gelehnt, stehen. Schön auf Abstand bedacht.

»Dass ihr euch noch immer liebt. Dass ich nur ein Lückenbüßer sei. Dass ihr aber im Begriff wärt, wieder zusammenzukommen, eure Ehe aufzufrischen. Ich solle mich vom Acker machen. Ich wolle doch einer glücklichen Beziehung nicht im Weg stehen. Und das ist nur ein Teil von dem, was er gesagt hat.«

Oh verdammt! Dieser Schwachkopf! Was tat er ihr bloß an? Womit hatte sie das alles nur verdient?

»Er redet einen Haufen Mist, wenn der Tag lang ist, Barry. Du darfst ihm nicht glauben. Wir sind nicht mehr zusammen und werden auch nicht wieder zusammenkommen. Unsere Ehe ist schon sehr lange hinüber.«

»Ah ja? Er sagte mir, er wäre die letzten sechs Monate in Los Angeles gewesen und nun zurückgekommen, um sich hier niederzulassen.«

Sie sah ihn verständnislos an.

»Sechs Monate, Laurie! Das ist genau so lange, wie wir uns kennen! Ein komischer Zufall, oder?«

»Ja, das ist es in der Tat! Ein Zufall. Dass Peter vorhat, jetzt in der Stadt zu bleiben, bedeutet doch nicht, dass ich wieder mit ihm zusammen sein will!«

»Bist du dir da sicher?«

»Ja!«

»Ich nicht.«

»Barry, bitte …« Laurie war am Verzweifeln. Sie war im Begriff, sein Vertrauen und was auch immer zwischen ihnen war zu verlieren. Wie konnte sie ihn denn nur vom Gegenteil überzeugen?

»Stimmt es, dass ihr noch Sex miteinander habt?«, fragte er nun.

Oh, sie würde Peter den Hals umdrehen!

»Nein! Ja. Ich meine, wir hatten. Aber nicht, seit er zurück ist. Nicht, seit wir beide … uns sehen.«

»Dann hat er also gelogen? Er meinte nämlich, ihr hättet gestern in deinem Lagerraum *eine Nummer geschoben.*«

Wie Barry die Worte aussprach. Sie konnte sich gut vorstellen, wie sie aus Peters Mund gekommen waren, aber sie von Barry zu hören ließ ihr einen unangenehmen Schauer über den Rücken laufen.

»Nein, das stimmt nicht. Ehrlich nicht, bitte glaube mir. Im Lagerraum ist absolut nichts passiert.«

Barry starrte sie an.

»Ihr wart gestern also tatsächlich zusammen im Lagerraum?«

Oh nein …

Sie nickte. »Aber …«

»Ihr habt euch also gestern gesehen und habt wer weiß was in deinem Lagerraum gemacht – und du hast mir das verheimlicht? Wie soll ich denn Vertrauen zu dir aufbauen, wenn du so was tust?« Er schüttelte wütend den Kopf.

»Es tut mir leid«, sagte sie verzweifelt, »dass ich dir nichts von Peters Besuch in meinem Laden erzählt habe. Es ist aber wirklich nichts passiert. Bitte glaub mir doch.«

»Dein Wort gegen seins. Ich weiß gerade ehrlich gesagt gar nicht mehr, was ich glauben soll. Ich sollte gehen. Ich muss … nachdenken.« Er brauste durch die Küche und zur Tür hin. Fast wäre er auf Socken hinausgegangen, erinnerte sich in letzter Sekunde aber doch noch an seine braunen Schuhe und schlüpfte hinein, ohne innezuhalten und sich die Schleifen zu binden. Wortlos riss er die Tür auf und stürmte zu seinem Auto, raste davon.

Laurie, die ihm fassungslos gefolgt war, sah alles schweigend mit an. Sie wusste überhaupt nicht, wie ihr geschah. Wie in Trance schloss sie die Tür und setzte sich wieder an ihren Platz. Sah auf die Reste auf ihrem Teller.

Wie war denn in Minutenschnelle aus ihrer wunderbar nach Frühstück duftenden Küche der kälteste Ort auf Erden geworden?

KAPITEL 25

Den ganzen Tag über hörte sie nichts von Barry, und sie erwartete es auch gar nicht. Sie konnte noch immer nicht glauben, was da am Morgen geschehen war. Ihr Herz tat weh. Und natürlich hoffte sie, dass er kommen, ihr zuhören und sich alles klären würde. Aber zu große Erwartungen brachten nur Enttäuschungen mit sich. Also versuchte sie, die Gedanken an Barry zu verscheuchen. Stattdessen verabredete sie sich endlich mit Ruby wegen der verblühten Lilien in den Blumenkübeln. Heute nach der Arbeit wollten sie sich daranmachen, sie auszuwechseln.

Nach einem eher bescheidenen Tag schloss Laurie also um fünf ihren Laden und fuhr zum Baumarkt, um dort neue Blumen zu besorgen, bevor auch dieser zumachte. Sie entschied sich für Löwenmäulchen, weil diese sie so anlachten. Wieder einmal bedauerte sie, keinen Blumenladen in der Valerie Lane zu haben. Dort hätten sie sich praktische Tipps zur Pflege holen können. Aber im Internet würde sie schon etwas herausfinden.

Gerade als sie mit dem großen Einkaufswagen in der Schlange an der Kasse stand, rief ihr Vater an.

»Laurie, ich bin wirklich begeistert von deinem Barry. Was hältst du davon, wenn wir mal zusammen zu Mittag essen?«

Sie versuchte, die Tränen hinunterzuschlucken, die sofort aufkamen. »Das wäre wirklich schön, Dad.« Ja, das wäre es gewesen.

»Wollen wir jetzt schon was ausmachen, oder meldest du dich noch mal?«

»Ich stehe gerade im Baumarkt an der Kasse ... Ich melde mich, ja?«

»Natürlich. Grüß Barry von mir.«

Inzwischen brannte ihre Kehle schon vom vielen Tränenrunterschlucken. »Werde ich machen«, brachte sie mit Mühe hervor.

»Und grüß auch deine nette Freundin.«

»Wen?«

»Na, Keira.«

Oh Mann.

»Mache ich, Dad.«

»Sie ist wirklich äußerst freundlich. Vielleicht kaufe ich mal ein paar Pralinen bei ihr.«

»Für Mum, meinst du doch sicher?« Musste sie ihren Vater wirklich daran erinnern, dass er verheiratet war?

»Natürlich, Kind. Was du wieder denkst.«

Im Moment wollte sie lieber gar nicht denken. Ihr Kopf schmerzte. Und sie hatte genug Dramen für einen Tag erlebt. Über das Liebesleben ihrer Eltern konnte sie sich nicht auch noch Gedanken machen.

»Dann mach's gut, Dad. Und grüß Mum von mir.«

»Deine Mutter lässt übrigens auch ausrichten, dass sie Barry äußerst nett fand.«

Ach, tatsächlich? Das konnte doch nicht wahr sein! Da hatte sie endlich mal jemanden gefunden, über den ihre Mutter nicht endlos herzog, und es war auch schon wieder aus, bevor es überhaupt begonnen hatte.

»Bye, Dad. Ich bin an der Reihe. Bis bald.«

Sie zahlte die Blumen mit einem Hunderter und hätte es wahrscheinlich nicht mal gemerkt, wenn der langhaarige Kassierer im Teenageralter ihr statt der zwanzig Pfund nur zwanzig Pence rausgegeben hätte.

Als sie zurückkam, fuhr sie mit dem Auto direkt in die Valerie Lane, immerhin hatte sie den ganzen Kofferraum und die Rücksitze voller Blumen und schwerer Erde. Sie sah Keira ihr Schaufenster neu herrichten und Susan den Wollladen abschließen, Terry an ihrer Seite.

Ruby war bereits dabei, die alten Lilien aus den acht Kübeln, die entlang der Valerie Lane verteilt waren, herauszureißen. Die Hortensien waren noch immer wunderschön. Aber das alte verwelkte Zeug stapelte sich auf einem Haufen, der dringend entsorgt werden musste.

Auf einmal überkam es sie. Sobald sie geparkt hatte, nahm sie ihr Handy in die Hand und wählte Peters Nummer. Nach dem zweiten Klingeln ging er dran.

»Laurie.«

»Ja, Peter, ich bin's. Sag mal, was denkst du dir eigentlich, einfach so bei mir aufzutauchen und meinem Freund solch einen Schwachsinn zu erzählen?«

»Wieso? Es stimmt doch alles.«

»Rein gar nichts stimmt, das weißt du genau! Und ich bitte dich jetzt zum letzten Mal, Barry und mich in Ruhe zu lassen und dich aus meinem Leben rauszuhalten.

Oder willst du etwa, dass ich nach all den Jahren doch noch anfange, dich zu hassen?«

Es folgte Stille. Dann: »Okay, du hast ja recht. Vielleicht war es wirklich nicht sehr cool von mir, was ich da gemacht habe. Ich will dich halt zurück! Ich habe dir gesagt …«

»Ich will es nicht mehr hören!«, unterbrach sie ihn wütend. »Ich habe dir nämlich auch etwas gesagt, mehrfach! Geh, Peter. Geh einfach.«

»Wohin soll ich denn gehen?«

»Zurück nach L.A. Oder nach Thailand, Indien, sonst wohin. Solange es nur weit weg von mir ist.«

Das hatte gesessen! Im Nachhinein hörte sie sogar selbst den brutalen Ton in ihrer Stimme. So gern sie Peter trotz allem noch immer hatte, es war einfach kein Platz mehr für ihn in ihrem Leben.

Sie hörte nichts mehr und dachte schon, er hätte aufgelegt. Doch dann sagte er: »Okay, Laurie. Das bin ich dir wohl schuldig.«

Erleichtert atmete sie aus. »Danke, Peter.«

»Vielleicht geh ich nach Miami. Da wohnt jemand, den ich in Venice kennengelernt hab. Er hat gesagt, ich könnte 'ne Weile bei ihm unterkommen, wenn ich wollte. In seiner Autowerkstatt aushelfen.«

»Hört sich doch super an. Schick mir eine Karte.«

»Bye, Laurie.«

Sie hängte auf. Er hatte sich nicht entschuldigt, aber das wäre wohl auch zu viel verlangt gewesen. Hauptsache, er hielt sich jetzt aus ihrer Beziehung mit Barry raus. Oh, sie vergaß. Die existierte ja gar nicht mehr.

Erschöpft stieg sie aus dem Auto, lud die Blumen aus und ging zu Ruby.

»Ob wohl zu Valeries Zeiten auch Blumen die Straße geschmückt haben?«, fragte Ruby, die vor ihrem Laden am Boden hockte.

Laurie verteilte die Pappkartons voller Blumen sowie die Beutel frischer Blumenerde vor die Kübel und gesellte sich dann kniend zu ihrer Freundin. »Ich weiß es nicht. Aber Valerie hat garantiert auch für ein wenig Stimmung gesorgt. Ehrlich gesagt habe ich aber gar keine Ahnung, welche Blumen im England des neunzehnten Jahrhunderts in Mode waren.«

»In einigen Klassikern kommen Rosengärten vor, auch schon bei Jane Austen.«

»Rosen waren aber sicher sehr teuer.« Laurie schüttete ein wenig Erde in den Kübel.

»Ich werde das mal recherchieren.«

»Mach das. Und ich werde derweil herausfinden, wie man diese Löwenmäulchen pflegt. Die hatten wir hier nämlich noch nie.« Sie nahm eine der Pflanzen aus dem Karton und betrachtete sie ganz verzückt.

»Sie sind wunderschön. Hast du sehr gut ausgesucht.«

»Danke. Erst wollte ich Gladiolen nehmen, aber …« Sie verstummte abrupt, denn sie hatte soeben etwas aus dem Augenwinkel wahrgenommen. Verdutzt starrte sie auf die genüberliegende Straßenseite.

»Aber was?«, wollte Ruby wissen, die sich noch immer auf die Blumen konzentrierte. Als Laurie keine Antwort gab, sah sie auf. »Ist das da drüben nicht Barry?«

Oh ja, das war Barry. Eindeutig. Und er kam aus Orchid's Gift Shop. Orchid stand an der Tür und winkte ihm nach.

Was, verdammt noch mal, hatte das zu bedeuten?

Laurie hockte fassungslos auf dem Boden, und dann entdeckte Barry sie auch noch. Er sah ertappt aus, blieb stehen, winkte zaghaft, machte Anstalten weiterzugehen, dann aber schien er es sich anders zu überlegen und kam auf sie zu.

»Hey, Laurie. Du bist noch hier?«

»Wie du siehst«, sagte sie und stand auf.

»Hallo … Ruby, richtig?«, fragte Barry in Rubys Richtung.

Ruby nickte und sagte ebenfalls Hallo.

»Ich hätte dich hier so spät nicht mehr erwartet. Ich dachte, du schließt deinen Laden um fünf.«

»Habe ich auch getan. Ich stehe ja nicht im Laden, sondern pflanze Blumen, oder bist du etwa blind?«, fragte Laurie harscher als beabsichtigt. In diesem Moment erkannte sie, dass sie nicht nur traurig, sondern auch richtig sauer auf ihn war. Weil er ihr nicht geglaubt hatte. Weil er einfach so abgehauen war und sie hatte sitzen lassen.

»Ich … äh …«

»Im Übrigen sollte Orchid ihren Laden eigentlich auch um fünf schließen.«

Laurie war mehr als verwirrt, Barry plötzlich in der Valerie Lane zu sehen. Und was um Himmels willen hatte er bei Orchid gemacht?

Doch anstelle einer Antwort sah Barry sie nur an und

suchte anscheinend nach den richtigen Worten, die er aber nicht fand.

»Lass doch mal hören. Wieso warst du bei Orchid? Wieso nach Ladenschluss? Und wieso hast du nicht bei mir vorbeigeschaut, wenn du schon in der Valerie Lane bist?«

»Warum bist du auf einmal so wütend, Laurie? Dazu besteht überhaupt kein Grund!«

»Nein? Seit sechs Monaten warte ich jetzt darauf, und dann haben wir endlich ein Date – drei Dates –, und du behandelst mich wie … wie einen Freund. Und dann taucht mein Ex auf, und du flippst völlig aus, obwohl ich dir sage, dass an seiner Geschichte gar nichts dran ist. Ich weiß einfach nicht, woran ich bei dir bin, Barry, und das bringt mich noch um den Verstand!«

»Ich dachte, du wüsstest, was ich für dich … empfinde. Ich dachte, das hätte ich dir gezeigt.« Barry wirkte nun ebenfalls sauer.

»Ja. Und im nächsten Moment behandelst du mich wieder wie einen Kumpel. Du hast mich nach der Party ja nicht mal zum Abschied geküsst.«

»Weil ich nicht zu weit gehen wollte. Weil ich es langsam angehen wollte. Weil ich nicht wusste, ob du schon bereit bist für einen Kuss …«

»Ich bin seit sechs Monaten bereit!«, schrie sie ihn an. Dabei konnte sie die Blicke von Ruby und auch von Orchid auf der anderen Straßenseite spüren, die die Szene sicher gespannt beobachteten.

»Warum hast du nie etwas gesagt?« Barry trat nun einen Schritt näher, seine Stimme wurde sanfter.

»Na, weil ich doch nicht wusste, ob du mich überhaupt magst.«

»Ist das denn nicht offensichtlich?«

»Nein. Ich weiß es ehrlich gesagt noch immer nicht.«

Barry machte einen weiteren Schritt auf sie zu, es trennten sie nur noch wenige Zentimeter. Er legte ihr eine Hand an die Wange und sagte: »Ich mag dich wirklich sehr, Laurie.«

»Warum hast du mir dann nicht geglaubt? Mir vertraut?« Ihre Stimme war nur noch ein Flüstern, ihre Lippen zitterten.

»Wie hättest du denn reagiert, wenn meine Ex plötzlich vor der Tür gestanden und dir erzählt hätte, ich hätte noch immer Sex mit ihr, und wir wären verliebt wie eh und je?«

»Gutes Argument. Es war aber wirklich alles nur erstunken und erlogen. Das musst du mir einfach glauben. Ich habe sogar eben noch mit Peter telefoniert und ihn in die Wüste geschickt. Ihm gesagt, er soll sich nie wieder bei mir blicken lassen.«

»Obwohl du nicht wusstest, was aus uns werden würde?«

Sie nickte.

Barry sah ihr tief in die Augen und schien alles zu sehen, einfach alles! Ihre Gefühle für ihn, ihre Verzweiflung, ihre Unsicherheit. Und ihr aufgebrachtes Herz, das sich jetzt langsam beruhigte.

»Sagst du mir nun, was du drüben bei Orchid gemacht hast?« Der Teil passte nämlich irgendwie immer noch nicht ins Puzzle.

»Ich habe ein Geschenk für dich gekauft«, sagte er und hielt nun eine Tüte hoch, die sie zuvor überhaupt nicht bemerkt hatte.

»Ein Geschenk? Für mich? Warst du deshalb bei Orchid?«

»Ehrlich gesagt wollte ich ein bisschen mehr über dich und Peter in Erfahrung bringen. Ich dachte, wenn ich herausfinde, wie du wirklich zu mir stehst und ob du vielleicht tatsächlich noch etwas für Peter empfindest, dann ...«

»Warum hast du nicht einfach mich gefragt, wie ich zu dir stehe?«

»Was hättest du mir dann gesagt?«, fragte Barry mit warmer Stimme.

Jetzt! Endlich! Wenn nicht jetzt, dann nie.

»Dass ich seit unserer ersten Begegnung hoffnungslos in dich verliebt bin.«

Barry machte große Augen. Überrascht und mit unglaublich viel Zärtlichkeit sah er sie an. »Laurie, das ist sechs Monate her.«

»Sechs Monate und siebzehn Tage.«

»Ich kann es nicht glauben. Laurie ... ich weiß nicht, was ich sagen soll.«

»Dann sag gar nichts und küss mich endlich.«

Diese Aufforderung nahm er an, und endlich bekam sie den Kuss, auf den sie schon so lange wartete.

Laurie hörte, wie Ruby in die Hände klatschte und Orchid von drüben jubelte. Auch Keira schien aus ihrem Laden geschlüpft zu sein, denn aus ihrer Richtung kamen ebenfalls freudige Rufe.

»Darf ich heute Abend wieder mit zu dir kommen?«, fragte Barry.

»Sehr gerne. Ich verspreche auch, dass ich nicht wieder einschlafen werde.«

Er küsste sie erneut und brachte dabei die weiche Wolke zurück zu ihr, auf die sie sich nun endlich fallen lassen konnte.

»Möchtest du nun dein Geschenk haben?«, fragte Barry, als sie sich voneinander lösten.

»Sehr gerne.«

Er nahm etwas in rosa Papier Eingewickeltes aus der Tüte und reichte es ihr. Neugierig begutachtete sie das Ding in ihrer Hand, dann wickelte sie es vorsichtig aus. Barry hatte ihr einen neuen blauen Becher geschenkt, auf dem »Favourite Tea Mug« stand – »Lieblingsteebecher«.

»Für deinen Tee. Ich habe neulich im Laden gesehen, dass dein Lieblingsbecher einen Sprung hat«, sagte er. »Orchid wollte mir einen knallpinken andrehen, auf dem fett *Live pink!* stand, aber ich dachte, dieser ist besser. Gefällt er dir?«, fragte er hoffnungsvoll.

»Ich liebe ihn. Er ist perfekt.« Sie strahlte Barry an und bedankte sich mit einem langen Kuss.

KAPITEL 26

Lauries Handy piepte.

»Entschuldigt mich«, sagte sie und sah nach, von wem die Nachricht war.

»Und? Wieder von deinem Schatz?«, erkundigte sich Orchid.

Laurie lächelte. »Ja.«

»Was schreibt er? Was gibt es Neues in Hongkong?«, wollte Keira wissen.

»Er erzählt, wie verrückt dort alle rumlaufen. Die Cosplayer und so.«

»Wie bitte?«, fragte Mrs. Witherspoon. »Was sind denn Cosplayer?«

»Das sind Menschen als Manga-Figuren verkleidet«, erklärte Orchid.

»Und was bitte schön sind Manga-Figuren?«

»Hm … Sie kennen doch bestimmt Comicfiguren, Mickey Mouse und so?«, versuchte Laurie es. Mrs. Witherspoon nickte. »Mangas sind so was Ähnliches, ebenfalls gezeichnete Figuren. Die sind in Asien total angesagt.«

»Was es nicht alles gibt.«

»Schmeckt Ihnen der Salat, Mrs. Witherspoon?«, erkundigte sich Ruby.

Sie saßen in dem schummrigen, rustikalen Restaurant namens Olde Fish Cavern, und Laurie hoffte nur, dass sich das »Olde« auf das Alter des Etablissements und nicht auf den Fisch bezog. Sie waren bei der Vorspeise und versuchten, sie hinauszuzögern, denn außer Mrs. Witherspoon freute sich keiner auf das Hauptgericht.

»Er ist köstlich.« Die alte Dame lächelte breit. Heute trug sie ihr bestes Kleid. Susan hatte sie von zu Hause abgeholt, und sie hatten sich alle vor dem Restaurant getroffen.

Mrs. Witherspoon war die Aufregung in Person. Als nach der Vorspeise der Kellner sagte, dass es bis zur Stargazy Pie noch ein Weilchen dauern würde, und die fünf Freundinnen ihre Geschenke hervorholten, platzte sie fast vor Freude. Nacheinander gaben sie der alten Dame, was sie mit Sorgfalt und Liebe für sie ausgesucht hatten: Von Orchid bekam sie eine Porzellanfigur, von Keira natürlich feine Pralinen, von Susan einen hübschen Schal, denn der nächste Winter kam bestimmt, von Ruby einen wunderschönen Löffel für ihre Sammlung (sie wusste, dass Mrs. Witherspoon Löffel sammelte, weil sie sich schon öfter mal bei ihr im Laden welche angesehen hatte), und Laurie überreichte ihr eine Teedose, gefüllt mit ihrer Lieblingssorte.

Mrs. Witherspoon hatte Tränen in den Augen, als sie die Präsente auswickelte. Keiner traute sich zu fragen, wann sie überhaupt das letzte Mal ihren Geburtstag so richtig gefeiert hatte.

»Ihr seid wirklich unbezahlbar, ihr Lieben«, sagte sie gerührt.

»Darf ich fragen, wie alt Sie eigentlich geworden sind?«, wagte Susan es nun doch.

»Siebenundachtzig«, verkündete Mrs. Witherspoon stolz.

Damit hatte nun keiner gerechnet.

»Wow! Sie haben sich ganz toll gehalten«, jubelte Orchid, und alle stimmten zu.

Lauries Handy piepte wieder. Barry hatte ein Foto von einem Jungen im Teenageralter geschickt, der in einem flauschigen Ganzkörperanzug mit Bärchenohrenkapuze umherlief – mitten auf der Straße. So einen hätte Laurie höchstens nachts als Pyjama angezogen.

»Du siehst wirklich glücklich aus, Laurie«, sagte Susan, die sich nun ein wenig zu ihr rüberlehnte.

»Das bin ich auch.« Sie strahlte beinahe heller als Mrs. Witherspoon.

»Ich freue mich so für dich.«

»Wir alle freuen uns für Laurie«, kam es von Orchid. »Das war ja eine echt schwere Geburt.«

»Das kann man wohl sagen«, meldete sich nun auch Ruby zu Wort.

»Ich gehe es halt gerne langsam an«, verteidigte sich Laurie.

»Wenn ihr sechs Monate gebraucht habt für euren ersten Kuss, wie lange braucht ihr dann erst für … du weißt schon was?« Typisch Orchid.

Laurie errötete.

»Sag bloß, ihr habt schon?« Nicht nur Orchid sah sie mit riesengroßen Augen an.

»Ja, wir haben schon«, gab sie zu.

Nachdem Barry an jenem Sonntag nach dem unglaublichen Kuss auf der Straße noch mit zu ihr gekommen war, hatten sie das Tempo ein wenig beschleunigt. In der Nacht war zwar außer Kuscheln und Küssen nichts passiert, aber von da an hatten sie sich beinahe täglich gesehen, und nach einer Woche hatte keiner von beiden es mehr ausgehalten. Sie hatten eine überwältigende Nacht miteinander verbracht, die schöner gewesen war als alles, was Laurie je erlebt hatte.

»Ihr Schlingel!«, sagte Mrs. Witherspoon, und alle mussten lachen.

»Oh. Ich glaube, die Stargazy Pie kommt«, sagte Keira.

Allen zog sich der Magen zusammen, als der Kellner das Gericht in die Mitte des Tisches stellte.

Eine Pie, aus der sechs ziemlich große Sardinenköpfe ragten – ein Fisch für jeden.

»Na, das sieht aber köstlich aus«, sagte Orchid mit sarkastischem Unterton.

»Vielleicht schmeckt es ja«, hoffte Ruby.

»Wie wunderbar!«, freute sich Mrs. Witherspoon und klatschte in die Hände – und darauf kam es an.

Sie sahen dem Kellner dabei zu, wie er dic Pie servierte. Er zerteilte sie in sechs gleich große Stücke und füllte die Teller. Nun schaute jeder von ihnen ein Fischkopf entgegen.

»Und wie isst man das nun?«, erkundigte sich Keira.

»So!«, sagte Mrs. Witherspoon und begann, dem Fisch den Kopf abzutrennen. »Das Auge ist das Beste!«, sagte sie, und alle verzogen das Gesicht.

Tatsächlich steckte die Dame sich kurz darauf das

Fischauge in den Mund. Es war wohl etwas zäh, sie kaute und lutschte eine gefühlte Ewigkeit darauf herum, und nicht nur Laurie hätte jetzt alles für eine Pizza gegeben. Aber es war Mrs. Witherspoons Wunsch gewesen, Stargazy Pie zu essen, und deshalb trauten sich nach und nach auch die anderen an die Pastete.

Laurie machte ein Foto, das sie sogleich Barry schickte. Dann nahm sie die Gabel in die Hand und aß um den Fisch herum.

»Ach, kommt schon, Mädels, es schmeckt gar nicht so schlecht.«

»Eigentlich ist es echt lecker«, stimmte auch Ruby zu.

»Na, ich weiß nicht«, sagte Orchid, die Fisch noch nie ausstehen konnte. »Ich finde das alles ziemlich ek…«

Laurie stieß sie mit dem Fuß an.

»Aua!«

Sie bedachte Orchid mit einem warnenden Blick.

»Ja, ja, echt superlecker«, beeilte sich Orchid zu sagen, streckte Laurie dabei aber die Zunge raus.

Mrs. Witherspoon war als Erste fertig. Sie fragte nach der Toilette, und Susan begleitete sie.

»Sie ist weg! Schnell den Ekelfraß verschwinden lassen«, sagte Orchid. »Nur wohin?« Sie sah sich um und überlegte.

»Du bist echt unmöglich!«, schimpfte Laurie.

»Ich muss mich Orchid anschließen«, sagte nun aber auch Keira. »Diese Pie ist schlimm, echt schlimm. Mir ist schon ganz übel. Ich bekomme keinen Bissen davon mehr runter.«

Keiras Teller war noch randvoll, ihr Stück war beinahe unberührt.

»Wieso habe ich keine Tupperdose eingesteckt?«, murmelte Orchid vor sich hin. »Das wäre die Lösung gewesen!«

»Wir könnten die Servietten nehmen«, schlug Keira vor.

Ruby sah den beiden lächelnd zu. Laurie fand es eher peinlich, wie sie jetzt die Pie auf die Servietten schaufelten.

»Und wohin jetzt mit den Servietten?«, fragte Keira.

»In die Handtaschen!«

»Das könnte eure Taschen total ruinieren«, sagte Ruby.

Laurie dachte daran, dass in ihrer eigenen Handtasche eine Postkarte von Peter steckte. Aus Miami. Er hatte dort scheinbar viel Spaß mit seinen neuen Freunden, und das war gut.

»Ruby hat recht. Selbst wenn die Serviettenpäckchen halten und nicht alles rausfällt, kriegt ihr den Fischgeruch bestimmt niemals weg«, warnte Laurie.

»Egal, Hauptsache, wir müssen das nicht aufessen.« Orchid verstaute ihre Fischkopf-Serviette in ihrer Tasche.

Laurie konnte nur den Kopf schütteln.

Zu allem Überfluss hatte der Kellner es auch gesehen und kam nun an den Tisch. Er räusperte sich. »Wenn Sie die Pie gerne zum Mitnehmen haben möchten, kann ich sie auch einpacken.«

Laurie war die Situation schrecklich unangenehm.

Und jetzt kamen auch noch Mrs. Witherspoon und Susan zurück.

»Zum Mitnehmen?«, fragte Mrs. Witherspoon freudig.

Laurie kickte Orchid einmal ganz fest ans Schienbein. »Fuck!«, schrie die auf.

Keira sah den Kellner beschwörend an. Mrs. Witherspoon durfte nichts von den Fischkopf-Servietten erfahren.

Ruby rettete die Situation, indem sie sagte: »Ja, Mrs. Witherspoon. Wir dachten uns, da Sie die Pie doch so gerne mögen, lassen wir uns eine zweite mitgeben. Dann können Sie morgen noch mal Stargazy Pie essen. Oh! Oder Sie frieren sie stückweise ein und können sie genießen, wann immer Sie mal wieder Lust darauf haben.«

Laurie schickte Ruby ein tonloses Danke.

»Ja, was halten Sie davon?«, fragte sie Mrs. Witherspoon sogleich.

Die klatschte nur wieder in die Hände. »Wunderbar. Wunderbar.«

»Na, dann! Und Orchid bezahlt. Sie hatte nämlich die Idee mit dem Mitnehmen. Stimmt's, Orchid?«

»Ähm … ja, okay.« Orchid blieb überhaupt nichts anderes übrig.

Lauries Handy piepte wieder.

Das sieht aber lecker aus. Schade, dass ich nicht dabei sein kann.

Die packen einem auch gerne eine ein, wenn du willst.

Nein, danke. Ich habe hier genügend eigene eklige Sachen.

Er schickte ein Foto, und Laurie lachte laut los.

»Was ist denn?«, fragte Keira.

»Barry hat gerade ein Foto von der Teemesse geschickt. Seht mal!« Sie ließ ihr Handy rumgehen, und jeder bestaunte das Foto einer Packung Tee mit Kackgeschmack. Auf der Verpackung war sogar ein Scheißhaufen abgebildet.

»Iiiih. Wer trinkt denn so was?«, fragte Keira.

»Die Koreaner«, informierte Laurie die anderen. Dann tippte sie etwas in ihr Handy. »Weil du bei der gewissen Aktion eben mitgemacht hast«, sagte sie dann zu Keira, »habe ich Barry gerade mitgeteilt, dass du davon unbedingt eine Packung haben willst. Und wenigstens eine Tasse musst du dann auch trinken – zur Strafe.«

»Worum geht es?«, wollte Susan wissen.

»Das erzähle ich dir ein anderes Mal.«

»Ja, ich hab's wohl verdient«, sagte Keira. »Ich hoffe nur, dass die Leute nicht bald auch nach Pralinen mit Kackgeschmack verlangen. Dann schließe ich meinen Laden.«

Alle lachten.

»Will Barry dir den Tee etwa für die Tea Corner mitbringen?«, fragte Susan.

»Der kann mitbringen, was immer er will, solange es keine hübsche Hongkongerin ist«, erwiderte sie.

»Heißt das echt Hongkongerin?«, fragte Ruby.

»Wie denn sonst?«

»Hongkongische?«

»Hongkonierin?«, riet Susan.

»Hongkong-Frau?«, vermutete Orchid.

»Das ist wohl eines der Dinge, die wir niemals herausfinden werden«, sagte Keira.

»Ja, genauso wie die Sache mit der Stargazy Pie und warum da unbedingt die Fisch*köpfe* herausgucken müssen«, sagte Orchid.

»Na, damit du dich daran erfreuen kannst«, scherzte Laurie.

Plötzlich erhob sich Mrs. Witherspoon. »Ich möchte euch allen danken«, sagte sie. »Ihr habt mir meinen schönsten Geburtstag seit Langem bereitet. Ihr seid alle miteinander wundervoll. Die gute Valerie wäre unglaublich stolz auf euch.«

Wäre sie das? Laurie gefiel die Vorstellung sehr.

»Orchid, ist das da ein Fischkopf, der aus deiner Handtasche herausguckt?«, fragte Mrs. Witherspoon noch mit einem Augenzwinkern und setzte sich wieder.

Alle begannen lauthals zu lachen.

Es war ein gelungener Abend gewesen, ein Abend mit fünf Freundinnen und einer einzigartigen alten Dame, die mit so wenig so glücklich gemacht werden konnte, ein Abend mit Stargazy Pie, die sie alle sicherlich nie wieder irgendwo bestellen würden. Und wenn dieser Abend vorüber war und ein neuer Morgen anbrach, würden die fünf Freundinnen sich in die Valerie Lane auf machen, um ihre Läden zu öffnen – und die gute Valerie würde über sie alle wachen.

REZEPTE AUS
LAURIE'S TEA CORNER

LAURIES LIEBLINGSTEE: INGWER-ZITRONE-MINZE-TEE

Zutaten für 1 Portion

- 1 Stück frischer Ingwer (etwa 3 cm)
- 1 Stiel frische Minze
- 2 Zitronenscheiben (ungespritzt)
- brauner Zucker oder Agavensirup

Den Ingwer schälen und in dünne Scheiben schneiden, diese in ein Teeglas füllen. Einige Blätter frische Minze hinzugeben. Die Zitronenscheiben halbieren und die 4 Hälften ins Glas geben. Alles mit 200 ml kochendem Wasser aufgießen und nach Belieben süßen.

Laurie empfiehlt Agavensirup.

LAURIES GEWÜRZTEE

Zutaten für 1 Portion

- 1 kleines Stück Ingwer (etwa 2 cm)
- 1 TL schwarzer Tee (Blätter)
- 1 kleine Zimtstange
- 1 Gewürznelke
- 1 Kardamomkapsel
- 1 Prise gemahlener Anis
- 125 ml Milch
- Honig oder Agavensirup
- 1 Prise gemahlener Zimt

125 ml Wasser in einem Topf erwärmen. Den Ingwer fein hacken und zusammen mit den Teeblättern, der Zimtstange, der Nelke, der Kardamomkapsel und dem Anis aufkochen. Etwa 3 Minuten auf kleiner Flamme köcheln lassen. Die Milch hinzugeben und weitere 2 Minuten köcheln lassen. Dann alles durch ein Sieb in einen großen Becher gießen und mit Honig oder Agavensirup süßen. Mit einem Hauch Zimt bestreuen.

LAURIES ANANAS-RUM-TEE

Zutaten für 1 Portion

- 1 Scheibe getrocknete Ananas
- 1 TL Rooibos-Tee
- 1 dünne Scheibe frische Ananas
- 1 TL brauner Zucker
- 2 TL Rum nach Belieben
- 1/4 Scheibe frische Ananas zum Dekorieren
- 2–3 Blätter Melisse zum Dekorieren

Die getrocknete Ananas (am besten in einem Blitzhacker) fein zerkleinern und zusammen mit dem Rooibos-Tee in einem Topf mit 200 ml Wasser kurz aufkochen. Vom Herd nehmen und 5 Minuten ziehen lassen. Die frische Ananas in Würfel schneiden und mit dem Zucker und dem Rum in ein Teeglas geben. Den fertigen Tee durch ein Sieb hinzugießen. Mit dem eingeschnittenen Ananasschnitz und der Melisse den Glasrand garnieren.

Kleiner Tipp von Laurie: Kann im Sommer auch mit ein paar Eiswürfeln kalt als Teecocktail serviert werden.

LAURIES UND KEIRAS SELBST KREIERTE MATCHA-PRALINEN

Zutaten für etwa 25 Stück

- 100 ml Milch
- 2 TL Matcha-Pulver
- 400 g weiße Kuvertüre
- 100 g fein gehackte Pistazien

Die Milch in einem Topf erwärmen, das Matcha-Pulver hinzufügen und verrühren. Die klein gehackte Kuvertüre langsam hinzugeben und schmelzen. Die Masse in eine Schüssel umfüllen und für 2 Stunden in den Kühlschrank stellen. Dann mit einem Handrührgerät cremig aufschlagen und mit 2 Teelöffeln jeweils kirschgroße Portionen auf ein mit Backpapier ausgelegtes Blech oder einen flachen Teller häufen. Diese nach weiteren 45-60 Minuten im Kühlschrank mit den Händen zu Kugeln rollen. Anschließend die Pralinen in den Pistazien wälzen.

Lauries und Keiras Geheimrezept für einen perfekten Mittwochabend mit ihren Freundinnen.

LAURIES FRÜCHTETEE-BOWLE

Zutaten für 1 Bowleschale

- 6 TL Früchteteemischung
- 6 Orangen
- 4 EL Zucker
- 250 g Tiefkühlhimbeeren
- Eiswürfel nach Belieben
- 1 l Orangenlimonade

500 ml Wasser kochen und die Teemischung damit übergießen. 8 Minuten ziehen lassen. Mindestens 1 Stunde in den Kühlschrank stellen. Die Orangen schälen und filetieren, in eine Bowleschale geben und mit dem Zucker bestreuen. Die gefrorenen Himbeeren, den kalten Früchtetee und die Eiswürfel hinzugeben. Mit der gekühlten Orangenlimonade auffüllen.

DANKE

Wer mich kennt, der weiß, dass ich immer die passende Musik zum Schreiben brauche. Deshalb möchte ich diesmal allen voran Norah Jones und Sam Smith danken, die mich dieses Buch über mit ihrer wundervollen Musik begleitet und inspiriert haben.

Mein tiefster Dank geht außerdem an meine großartige Agentin Anoukh Foerg, die mir vor einiger Zeit vorschlug, doch mal etwas über Frauenfreundschaften zu schreiben. Herausgekommen ist eine Geschichte, die mich zum Lachen und zum Weinen gebracht und so berührt hat wie kaum eine zuvor – und es ist erst der Anfang!

Des Weiteren möchte ich Andrea Schneider, Roberta Gregorio, Alexandra Blöchl und allen anderen danken, die während des Schreibprozesses ein offenes Ohr, hilfreiche Tipps oder einfach nur ein paar liebe Worte parat hatten.

Ein besonders großes Dankeschön meiner wunderbaren neuen Lektorin bei Blanvalet – Julia Fronhöfer, mit der ich so sehr auf einer Wellenlänge bin, dass es einfach nur bereichernd ist. Ich freue mich auf alle zukünftigen Projekte.

Dem gesamten Blanvalet-Team, insbesondere Eléonore Delair – danke, danke, danke! Ich bin so glücklich dazuzugehören.

Ein hundertfaches Dankeschön meiner Redakteurin Angela Kuepper dafür, dass sie wieder einmal das Beste aus meiner Story herausgeholt hat. Sie ist so ein talentierter und gutherziger Mensch.

Dem fantastischen Johannes Wiebel danke für das tolle Coverdesign – ich bin unsterblich verliebt.

Von Herzen möchte ich meiner Familie danken – für die Unterstützung, die unendliche Geduld und den Glauben an mich. Sibah, Leila und Kimmy – ohne sie wäre mein Leben ohne Licht.

Dad. Danke für die vielen Frühstücke und Seriennachmittage, die mich auch mal von meinem Schreibtisch wegholen und mir ein wenig Ablenkung schenken. Danke besonders für die leckeren Avocados!

Meiner Mom möchte ich dafür danken, dass sie mich schon früh gelehrt hat, wie wichtig es ist, zu reisen und die Welt zu erkunden. Es hilft so sehr bei jedem Wort, das ich schreibe.

Danke auch Britta Dubber, Maike Limberg, Laney Appleby, Kate Sunday, Andra Jaeckel, Silke Hoffner, Iris Klockmann, Verena Scheider und Marie-Luise Walther – dafür, dass es sie gibt.

Danke, Hilde – meiner Mrs. Witherspoon –, für alles.

Und wie immer gilt mein größter Dank meinen Lesern, die es mir ermöglichen, das zu tun, was ich liebe.

Ich wünsche idyllische Stunden in der Valerie Lane!

Leseprobe

Manuela Inusa

Die Chocolaterie der Träume
Valerie Lane 2

Keira liebt das, was sie tut, über alles: In ihrer kleinen Chocolaterie in der Valerie Lane stellt sie Confiserie in sorgfältiger Handarbeit her – ihre selbst gemachten Pralinen, Kekse und schokolierten Früchte sind bei Jung und Alt beliebt. Bei all den leckeren Sachen kann Keira oft selbst nicht widerstehen. Aber was macht das schon? Sie steht zu ihrer Leidenschaft und zu ihren Kurven. Doch ihr Freund Jordan, mit dem es ohnehin kriselt, sieht das leider etwas anders. Zum Glück stehen Keira ihre Freundinnen immer zur Seite – und dann gibt es noch diesen einen charmanten Kunden, der in letzter Zeit häufiger bei *Keira's Chocolates* einkauft …

PROLOG

An einem kalten Morgen Ende Januar trafen fünf Frauen in einer kleinen Straße in Oxford zusammen, die von sechs alten Straßenlaternen und acht leeren Blumenkübeln gesäumt wurde, in denen im Sommer die herrlichsten Blumen blühten und ihren Duft versprühten. Diese winzige kopfsteingepflasterte Gasse ging von einer der großen Hauptverkaufsstraßen ab und war leicht zu übersehen; hatte man sie aber erst einmal entdeckt, hatte man viel mehr gefunden als nur ein paar Geschäfte – nämlich Liebe, Wärme und Geborgenheit. Denn die Gasse namens Valerie Lane, die ausschließlich von weiblichen Ladenbesitzerinnen belebt wurde, war nach einer ganz besonderen Namensgeberin benannt …

Valerie Bonham, auch schlicht »die gute Valerie« genannt, war eine Legende. Jeder in der Umgebung kannte eine Vielzahl von Geschichten über die Frau, die vor über einhundert Jahren ihr eigenes Geschäft in dieser Straße betrieben hatte, und jeder hier nahm sie sich zum Vorbild. Nie zuvor hatte man einen Menschen mit einem größeren Herzen gekannt, und nie zuvor war eine Frau so verehrt worden, und das allein aufgrund ihrer vollkommenen Güte.

Die gute Valerie besaß einen kleinen Gemischtwarenladen, in dem sie neben Holzkohle, Kartoffeln, Nähgarn, Brot und Tee das Allernötigste für das tägliche Leben verkaufte. Sie war zwar mit einem lieben Ehemann, Samuel, jedoch nicht mit eigenen Kindern gesegnet. Auch wenn es nicht leicht für sie war, so wusste sie sich doch anderweitig zu betätigen und ihre Fürsorge denen zu geben, die sie so dringend benötigten. Valerie strickte für die Armen, versorgte jene, die Hunger litten, und beschenkte all die Menschen, die sonst niemanden hatten.

Im Jahre 1912 starb Valerie im Alter von nur dreiundfünfzig Jahren an einer schweren Grippe, doch sie hinterließ neben ihrem Namen und ihrem guten Geist auch eine ganz besondere Atmosphäre, die die Valerie Lane noch heute einhüllt.

Die fünf Freundinnen blickten zu dem alten Kirschbaum am Ende der Straße hinüber, von dem ein paar Eiszapfen herabhingen. Dass die gute Valerie von den Kirschen jenes Baumes Marmelade gekocht hätte, war nur eines der vielen Dinge, die man sich noch heute erzählte. Eine Geschichte über sie gefiel den fünfen aber ganz besonders, und das war die, in der es hieß, Valerie habe an jedem Mittwochabend nach Ladenschluss ihre Türen geöffnet, um jene einzulassen, die eine heiße Tasse Tee, ein offenes Ohr oder eine Schulter zum Anlehnen brauchten. Und ebendiese Tradition führen die neuen Ladenbesitzerinnen der Valerie Lane noch heute fort – in Gedenken an Valerie Bonham, die gütigste Frau von Oxford.

Und so würde es auch am kommenden Mittwochabend wieder der Fall sein. Doch jetzt lächelten sie einander an und gingen in ihre Läden, um diese um Punkt neun Uhr zu öffnen … Und ein neuer Tag in der Valerie Lane begann.

KAPITEL 1

Keira betrat ihren Laden – *Keira's Chocolates* – und eilte zur Heizung, um diese anzustellen. Es war eiskalt draußen. Natürlich musste sie darauf achtgeben, die Räume nicht zu überheizen, damit die Pralinen nicht schmolzen, jedoch konnte sie es ihren Kunden nicht zumuten, sich in dieser Kälte aufzuhalten. Und sie selbst fror natürlich auch nicht gerne.

Im letzten Monat war die Heizung wegen eingefrorener Rohre einmal ausgefallen, und es hatte sich gleich bemerkbar gemacht: Die Kunden waren nicht lange geblieben, hatten keine Zeit für ein Schwätzchen gehabt und waren auch nicht neugierig auf die allerneuesten Köstlichkeiten gewesen, die Keira in liebevoller Handarbeit selbst herstellte. Sie waren geflüchtet, so schnell sie konnten, um Wärme in einem der großen Geschäfte in der Cornmarket Street zu finden. Und das, wo die Läden der Hauptgeschäftsstraße den fünf Frauen der Valerie Lane, die von Monat zu Monat zu überleben versuchten, eh schon ein Dorn im Auge waren. Die Konkurrenz war groß, doch zum Glück gab es treue Kunden, die ebendiese persönliche Note schätzten, welche die Valerie Lane ausmachte. Hier wurde man noch beraten, hier wurde man auf ein nettes Gespräch eingeladen, hier wusste man, was man bekam – und Keira war dankbar für jeden einzelnen Kunden, der es ihr ermöglichte, ihre Chocolaterie zu halten.

Die Neunundzwanzigjährige nahm die Mütze vom Kopf und fuhr sich durchs schulterlange braune Haar, das sie heute offen trug. Dann rieb sie die Hände aneinander und pustete in die Luft, um zu sehen, ob ihr Atem in der Kälte noch zu erkennen war. Ein wenig, ja, aber es wurde von Minute zu Minute wärmer. Sie trat ans Fenster, von wo aus sie ihre Freundin Orchid sah, die schräg gegenüber auf der anderen Straßenseite ihr Schaufenster neu herrichtete. Noch war kein Kunde zu sehen. Keira ging ihre überwiegend weißen Regale entlang, in denen sie die verschiedenen Kekssorten – in Schachteln, hübschen Dosen und in kleinen Zellophantütchen – aufgereiht hatte. Hier und da hatte sie ein wenig dekoriert, nicht zu viel, denn ihre Produkte sollten im Vordergrund stehen. Jedoch fand sie in Orchids Geschenkartikelladen ständig irgendein neues wundervolles Accessoire, das perfekt passte und ihre Süßigkeiten noch ein wenig mehr hervorhob. So stand neben den schlichten weißen Schachteln voll Kokosplätzchen eine blassrosa Vase mit einem Strauß dunkelrosa und weißer Rosen, die so echt aussahen, dass niemand je bemerkt hätte, dass sie aus Seide waren. Die kleinen Metalldosen mit den Pfefferminzplätzchen waren in einem Regalfach aufgetürmt, das einer dieser knallpinken Schwäne zierte, die im letzten Jahr der absolute Renner bei Orchid gewesen waren.

Keira hatte im ganzen Laden, der sich in zwei ineinander übergehende offene Räume aufteilte, an genau den richtigen Stellen kleine Akzente gesetzt. Meist in Rosa oder femininen Farben, um ihr Hauptpublikum anzusprechen; es gab jedoch auch eine Ecke extra für Kinder mit Schokoteddys und kunterbuntem Süßkram und eine für die männliche Kundschaft, wo sie dunkle Herrenschokolade und Cognacpralinen anbot, Bourbon-Täfelchen aus Kanada, Marzipan aus Deutschland und Schokolade in Zigarrenform aus Frankreich. Diesen Bereich hatte sie mit einer alten hölzernen Zigarrenkiste und einer goldenen Taschenuhr ausgestattet, die sie sich aus dem Antiquitätenladen ihrer Freundin Ruby ausgeliehen hatte. Sie war sehr stolz auf ihre große internationale Auswahl, am stolzesten aber war sie immer noch auf ihre selbst hergestellten Pralinen und Trüffel, die sich auch am besten verkauften. Das war seit jeher so gewesen.

Ja, in der Valerie Lane legte man noch Wert auf Handarbeit, auf mit Liebe hergestellte Waren. Laurie mischte viele Teesorten für ihre Tea Corner selbst, Susan verkaufte im Wool Paradise neben jeder nur erdenklichen Art von Wolle auch Selbstgestricktes und -gehäkeltes, und Orchid hatte handgemachte Kerzen im Sortiment. Und Ruby aus dem Antiquitätenladen durchstöberte beinahe jedes Wochenende eigens die Flohmärkte der Stadt und suchte mit viel Liebe neues Altes für ihre Kunden zusammen.

In dem leer stehenden Laden zwischen Susan's Wool Paradise und Orchid's Gift Shop war bis vor einem Dreivierteljahr noch selbst gemachtes Eis verkauft worden. Die frühere Besitzerin von Donna's Ice Cream Parlour jedoch hatte das Geschäft geschlossen, um mit ihrer großen Liebe nach Holland zu gehen, und seitdem stand der Laden leer. Keira war sich aber sicher, dass dort ganz bald wieder jemand Neues einziehen und der Valerie Lane alle Ehre machen würde. Mr. Spacey, der Verwalter, würde schon mit Bedacht jemanden auswählen, dem er den Laden anvertraute. Ihm lag die alte Straße nämlich genauso am Herzen wie ihnen allen. Keira konnte mit Worten gar nicht ausdrücken, wie wohl sie sich in der Valerie Lane fühlte, wie sehr sie die anderen Ladenbesitzerinnen schätzte und wie froh sie jeden Morgen war, ihr Geschäft zu betreten.

»Guten Morgen, Miss Buckley«, erklang es von der Tür her. Sie hatte das Läuten der Türglocke gar nicht gehört, war sie in Gedanken doch wieder einmal ganz woanders gewesen.

»Mr. Monroe. Einen schönen guten Morgen!« Keira band sich mit dem Haargummi, das sie immer ums Handgelenk trug, einen hohen Pferdeschwanz und stellte sich hinter dem Verkaufstisch in Position.

Der Mann Mitte fünfzig mit dem Ziegenbart, der über Orchid's Gift Shop wohnte, lächelte sie an und trat näher an die Glasvitrine heran, in der sie ihre handgemachten Pralinen und Trüffeln ausgelegt hatte.

»Ist das wieder kalt heute.« Er zog sich seine ledernen Handschuhe aus und machte eine Zittergeste, um seine Worte zu unterstreichen. »Brrr.«

»Das können Sie laut sagen. Womit kann ich denn heute dienen?« Sie schenkte ihm ein freundliches Lächeln.

»Haben Sie noch welche von den Rumtrüffeln, die... Oh ja, da sehe ich sie!« Er freute sich richtig und sah begierig auf einen Berg voll dunkelbrauner igeliger Kugeln.

»Aber selbstverständlich. Ich habe gerade vorgestern neue gemacht.«

»Wunderbar! Dann nehme ich doch gleich zweihundertfünfzig Gramm.«

»Sehr gerne.« Keira griff zu einer der hübschen Schachteln aus dünner, weiß glänzender Pappe mit einer schlichten goldenen Verschnörkelung auf dem Deckel und füllte diese. Sie wog ab und griff dann mit der Zange zu einer anderen Sorte, um ein kleines Extra beizulegen. »Ich gebe Ihnen auch noch eine von den neuen Mandelkrokant-Pralinen mit, ja? Zum Probieren.«

»Sie sind ein Schatz.«

Ja, das war sie wohl. Und jeder wusste ihre Großzügigkeit zu schätzen – nun, beinahe jeder ...

»Das macht zwölf Pfund siebzig, bitte.«

Mr. Monroe bezahlte und wünschte noch einen schönen Tag. Als er die Tür öffnete und sich zum Gehen wandte, drang eisige Luft herein. Keira ließ sich auf ihrem Hocker nieder. Sie starrte auf eine der blauen Blumen auf der Bluse, die sie zu ihren Lieblingsjeans trug, und seufzte.

Heute war einer dieser Tage, an denen sie sich, so sehr sie ihren kleinen Laden liebte, am liebsten zu Hause verkrochen hätte. Die Szene mit Jordan vom Vorabend steckte ihr noch in den Knochen. Es war unglaublich, wie ein paar verletzende Worte einem so völlig die Kraft rauben konnten.

Jordan war seit acht Jahren ihr Partner, und seit fünf wohnten sie zusammen. Sie hatten sich in dem Jahr eine gemeinsame Wohnung genommen, in dem Keira die Chocolaterie eröffnet hatte. Ein gutes Jahr, es sollte das beste ihres Lebens werden. Wie gerne dachte sie an die schönen Zeiten zurück! Doch von da an war es bergab gegangen, zumindest mit Jordan, denn es lief von Jahr zu Jahr und von Monat zu Monat schlechter. Manchmal fragte sie sich, warum er überhaupt mit ihr zusammengezogen war, wenn er doch so viel an ihr auszusetzen hatte. Ständig war er am Meckern, seine Bemerkungen wurden immer fieser, und sie hatte das Gefühl, ihm überhaupt nichts mehr rechtmachen zu können.

Ja, sie wusste selbst, dass sie sich in den vergangenen Jahren rein optisch sehr verändert hatte. Seit sie das Schokoladengeschäft hatte, war sie öfter am Naschen als zuvor. Aber das lag hauptsächlich daran, dass sie solchen Kummer hatte. Sie war halt eine Frustesserin, und Jordan war ihrer Meinung nach selbst schuld an der Misere. Es war ein Teufelskreis, aus dem es kein Entkommen zu geben schien.

»Mann, sitzt deine Hose eng!«, hallten seine Worte, die er ihr statt einer Begrüßung um die Ohren gehauen hatte, noch immer in ihr nach.

Der Abend zuvor. Sie kam von der Arbeit und balancierte die Boxen mit chinesischem Essen, das sie auf dem Heimweg mitgenommen hatte. Zuzüglich trug sie noch zwei Kartons voll Trockenobst, das sie schokolieren wollte.

»Nett, danke«, erwiderte sie knapp. »Könntest du mir vielleicht mal was abnehmen?«

»Schon wieder chinesisch? Weißt du eigentlich, dass diese vielen Kohlenhydrate am Abend nicht gut sind?«

»Natürlich. Du sagst es mir ja immer wieder.«

»Du bist wie ein Kind. Man kann dir etwas hundertmal sagen, und es kommt trotzdem nicht bei dir an.«

Kinder. Ein anderes schmerzvolles Thema.

»Was soll ich denn deiner Meinung nach tun? Gar nichts mehr essen?«

Jordan übertrieb, fand sie. Bei einem Meter vierundsechzig wog sie siebenundsiebzig Kilo. Okay, das war weit entfernt von schlank, aber fett? Ihre Freundinnen Laurie, Susan, Orchid und Ruby sagten ihr immer wieder, dass ihr die Extrapfunde standen, sie weiblicher machten. Jordan war da anscheinend anderer Meinung.

»Du könntest einen Salat essen.« Jordan, ein Meter dreiundachtzig groß, blond und gut durchtrainiert, schob sich die Brille auf der Nase zurecht, die ein wenig schief war, wohl sein einziger Makel.

»Ich stand den ganzen Tag im Laden. Ich habe Hunger.«

»Du kannst mir nicht erzählen, dass du den ganzen Tag nichts gegessen hast. Wahrscheinlich hast du mehr Pralinen gefuttert als verkauft.«

Er war so gemein! Auch wenn er alles immer mit einer Spur Witz oder Sarkasmus sagte, wusste sie doch, dass er es völlig ernst meinte. Aber nein, sie wollte sich nicht schon wieder auf einen Streit einlassen. Manchmal fragte sie sich, warum Jordan sie eigentlich immer so provozieren musste. Machte es ihm etwa Spaß, sie zu verletzen?

»Du hättest ja einen Salat vorbereiten können. Oder irgendetwas anderes Leichtes, wenn du was gegen Chinanudeln und Frühlingsrollen hast.«

»Ich habe nichts dagegen. Wenn man trainiert, kann man sich das ja auch erlauben. Und das habe ich übrigens den ganzen Tag gemacht. Ich war im Fitnessstudio, weshalb ich leider auch keine Zeit zum Kochen hatte.« Fitnessstudio – so verbrachte Jordan seine Sonntage, während Keira im Laden stand, denn die Geschäfte der Valerie Lane hatten wie die meisten anderen in Oxford auch sonntags geöffnet.

»Dann stecken wir wohl jetzt in der Zwickmühle, oder?«, sagte sie sauer.

»Tja …« Er stand auf und sah in die Tüte vom Chinaimbiss. Dann nahm er das Essen genervt mit in die Küche und füllte es auf Teller.

Kam es ihr nur so vor, oder hatte er von ihrer Portion etwas für sich abgezweigt?

»Guten Appetit«, sagte sie. Von Jordan kam nur ein Brummen.

Die Ladenglocke läutete. Keira erhob sich seufzend und setzte ein Lächeln auf.

»Barry, hallo.«

Barry war mit Laurie von nebenan liiert, er war ihr Teelieferant. Keira hatte monatelang mit angesehen, wie die beiden sich schüchtern an den jeweils anderen herangetastet hatten, bis sie endlich so weit gewesen waren, sich zu verabreden. Inzwischen waren sie so glücklich, wie ein Pärchen nur sein konnte, und obwohl Keira es nicht wollte, versetzte es ihr doch jedes Mal einen Stich ins Herz, sie zusammen zu sehen. Genauso, wie es sie schmerzte, Orchid mit ihrer großen Liebe Patrick zu sehen. Sie mochte keine turtelnden, händchenhaltenden, sich küssenden Pärchen um sich haben. Sie wollte sich einfach nur unter ihrer Decke verkriechen.

»Hi, Keira. Du, ich habe eine Bitte. Du kennst Laurie doch schon viel länger als ich. In zwei Wochen ist Valentinstag … was denkst du, worüber sie sich freuen würde? Ich meine, so richtig.«

Da musste Keira nicht lange überlegen.

»Verreise mit ihr. Sie ist so lange nicht in Urlaub gefahren, das würde ihr wirklich guttun, und sie würde sich ganz sicher darüber freuen.«

»Eine Reise? Denkst du, sie würde den Laden dafür schließen?«

»Für eine Reise mit dem Mann ihrer Träume? Natürlich! Und selbst wenn sie anfangs noch Bedenken hat … Manchmal muss man Laurie einfach zu ihrem Glück zwingen.«

»Okay. Wenn du meinst. Dann werde ich mir was einfallen lassen.«

Keira nickte und hoffte nur, Barry würde nicht auf so blöde Ideen kommen wie Jordan, der im letzten Sommer eine Mountainbike-Tour durch Frankreich mit ihr hatte machen wollen. Etwas weniger Romantisches hätte sie sich nicht vorstellen können. Eigentlich hatte er sie gar nicht dabeihaben wollen bei seiner Tour, da war sie sich sicher. Höchstens, damit sie mehr Sport machte, abnahm, wieder die wurde, die sie einmal gewesen war. Nun, sie glaubte nicht, dass sie diese Frau jemals wieder sein würde. Nicht an Jordans Seite zumindest.

Laurie, die nicht nur ihre Ladennachbarin, sondern auch ihre allerbeste Freundin war, hatte ihr schon öfter gesagt, dass sie sich das doch nicht anzutun brauchte. Dass sie einfach gehen konnte. Sie und Jordan waren weder verheiratet, noch hatten sie Kinder. Es wäre so einfach.

Ja, Laurie hatte leicht reden. Es war nämlich in vielerlei Hinsicht nicht so einfach. Zuerst einmal wusste Keira überhaupt nicht, ob sie mit den Einnahmen aus der Chocolaterie allein die Miete für die Wohnung plus alle sonstigen Ausgaben bezahlen könnte. Einen Großteil der Rechnungen übernahm nämlich Jordan, der als Zahnarzt sehr gut verdiente. Dann wusste sie natürlich auch nicht, ob sie überhaupt in der Wohnung bleiben könnte. Was, wenn Jordan sie vor die Tür setzte? Wo sollte sie dann hin? Und was würde sie ganz allein mit sich anfangen? Sie war so daran gewöhnt, jemanden um sich zu haben, dass sie es sich ziemlich einsam vorstellte, plötzlich ohne Partner dazustehen. Aber der Hauptgrund war natürlich, dass sie Jordan trotz allem liebte. Sie wünschte sich noch immer eine Familie mit ihm, Kinder, und sie hoffte tagtäglich, er würde irgendwann erkennen, dass es das war, was er ebenfalls wollte. Das wäre das perfekte Valentinsgeschenk für sie. Vielleicht sollte sie genau das ihren Freundinnen sagen, für den Fall, dass Jordan auf die Idee käme, eine von ihnen aufzusuchen.

Aber Jordan war nicht Barry. Jordan war eine leise Hoffnung, an der Keira noch immer wie an einem Luftballonband festhielt, obwohl sie doch genau wusste, dass der Ballon sich längst gelöst hatte und davongeflogen war.

Das schlaff herunterhängende Band war übrigens die perfekte Metapher dafür, wie sie sich zurzeit fühlte: ausgelaugt und ihrer Lebensfreude beraubt.

»Du hast recht. Vielleicht sollte ich sie mit nach Schottland nehmen, zu meiner Schwester und meiner süßen kleinen Nichte«, sagte Barry in seinem Holzfällerhemd jetzt, und seine Augen strahlten bei dem Gedanken.

Keira lächelte mit Tränen in den Augen. »Das würde ihr sicher gefallen.«

»Alles gut, Keira?«

Sie nickte. »Alles bestens.«

»Hast du wieder Stress mit Jordan?« Er hatte in den sechs Monaten, die er mit Laurie zusammen war, mehr mitbekommen, als ihr lieb war.

»Ja. Na ja …« Sie zuckte mit den Schultern.

»Der Kerl hat dich gar nicht verdient.«

»Ich weiß.«

»Dann weißt du sicher auch, dass es bessere Männer da draußen gibt, oder?«

Tatsächlich? Und wie sollte sie so einen finden?

»Möchtest du eine von meinen neuen Mandelkrokant-Pralinen probieren?«, fragte sie, um vom Thema abzulenken und nicht vor Barry in Heulkrämpfe auszubrechen.

»Gerne.«

Sie reichte ihm mit der Zange eine über die Theke. Er konnte nicht widerstehen und biss gleich hinein.

»Wow, die sind richtig lecker. Packst du mir davon ein paar ein?«

»Du musst jetzt nichts von mir kaufen, um mich aufzuheitern.« Sie lächelte durch ihre Tränen hindurch.

»Sie sind wirklich köstlich.«

»Na gut.« Keira steckte sechs viereckige Pralinen in ein Tütchen und reichte es Barry. »Geht auf mich. Danke für deine lieben Worte.«

Barry machte ein mitleidiges Gesicht.

»Nun hör schon auf, ich bin doch kein dreibeiniges Kätzchen, und ich bin auch nicht Gary, der bei dieser Eiseskälte draußen auf der Straße schläft.« Gary war ein junger Obdachloser, der fast immer an der Ecke Valerie Lane und Cornmarket Street anzutreffen war. »Mir geht es gut. Okay?«

»Okay. Danke für die Pralinen.« Er hielt das Tütchen in die Höhe und ging zur Tür, um zwei ältere Damen einzulassen, bevor er sich mit einem Winken verabschiedete.

»Bye, Barry«, sagte sie mit einem Seufzer.

Laurie hatte wirklich Glück gehabt, fand sie. Sie hatte die Nadel im Heuhaufen gefunden. Dass ihr das selbst auch gelingen würde, war wohl eher unwahrscheinlich.

Ach, was war eigentlich ihr Problem? Sie hatte es doch Barry auch gerade verkauft: Ihr ging es gut. Sie musste weder Hunger leiden noch auf der Straße schlafen. Und sie hatte noch beide Beine. Alles war bestens. Besser könnte es gar nicht sein.

Das Dumme war nur, dass es so unheimlich schwer war, sich selbst zu belügen.

Wenn Sie wissen möchten,
wie es weitergeht, lesen Sie
Manuela Inusa
Die Chocolaterie der Träume

ISBN 978-3-7341-0501-2/
ISBN 978-3-641-21111-0 (E-Book)
Blanvalet Verlag

Eine wunderbare Frühstückspension.
Der Duft von Butterkuchen.
Zwei Frauen, die endlich ihr Glück finden …

480 Seiten. ISBN 978-3-7341-0059-8

Auf der Suche nach einer beruflichen Auszeit mietet sich die Journalistin Nina in der Borkumer Frühstückspension ein, in der sie einst den schönsten Sommer ihres Lebens verbrachte. Damals verliebte sie sich in Klaas und träumte von einem Leben an seiner Seite – bis er ihr Herz brach. In der Zwischenzeit arbeitet Ninas Nichte Rosalie in der Pension. Sie interessiert sich sehr für die Geschichte der Insel und für das, was Nina dort erlebte. Während Nina es endlich wagt, ihrer Vergangenheit ins Auge zu sehen, befindet sich plötzlich auch Klaas wieder auf der Insel. Und dann ist da noch ein Walzer, dessen Melodie eine Liebe beschwört, die nie verging …

Lesen Sie mehr unter: **www.blanvalet.de**